천수경에서 배우는
성공비결 108 가지

| 이광복 지음 |

청어

성공은 당신의 몫이다

이 책을 손에 든 당신은 참으로 훌륭하다. 지금 이 시간 많은 사람들이 부질없는 잡념과 쓸데없는 망상으로 금쪽같은 시간을 허송하고 있는 엄연한 현실에 비추어 이 책을 펼쳐든 당신이야말로 이미 절반의 성공을 차지했다. 성공은 역시 준비하는 자의 몫이다. 이렇게 볼 때, 당신의 앞날에 무한한 영광이 있을 것이다.

필자는 대승불교의 대표적 경전인 『천수경(千手經)』을 토대로 당신을 성공으로 이끌기 위하여 이 책을 썼다. 따라서 이 책을 읽는 동안 당신의 내면에는 큰 변화가 일어나고, 그럼으로 해서 당신이 꿈꾸는 성공을 훨씬 앞당길 수 있으리라 확신한다. 이 책에는 『천수경』에 기초한 일련의 성찰과 우리 사회의 다양한 성공사례가 이해하기 쉽게 실증적으로 예시돼 있기 때문이다.

당신도 잘 알고 있다시피 이 세상에는 성공한 사람들이 참 많다. 그런가 하면 스스로 성공했다고 착각하는 사람들도 넘쳐난다. 예컨대 권력을, 재물을, 명예를 좀 거머쥐었다고 껍적대는 사람들이 그들이다. 하지만 인생은 그렇게 단순하지 않다. 세상은 변화무쌍하고, 한 치 앞을 내다볼 수 없는 것이 인생이라는 사실을 인정한다면 잠시 등 따습고 배부르다고 해서 그렇게 경거망동할 일은 아니다.

사실 인생이란 죽을 때까지 성패를 예측할 수 없다. 설령 한때 잘나간다 해도 언제 곤두박질치게 될지 모른다. 그 반면, 지금 당장 절망의 구렁텅이에서 헤매는 사람도 눈 깜빡할 사이에 오뚝이처럼 벌떡 일어나 감격적인 역전의 드라마를 연출할 수 있다.

이렇듯 우리 인생에는 성공과 실패, 실패와 성공이 무상으로 교차하게 마련이다. 인생의 우여곡절에는 어느 누구에게도 예외가 없다. 따라서 삶을 다 마치고 숨을 거둘 때까지 어느 누구도 인생의 성공과 실패를 단정할 수 없는 것이다.

그뿐이 아니다. 사람에 대한 평가는 사후(死後)에까지 이어진다. 어떤 사람의 경우 살아생전에는 보란 듯이 떵떵거렸지만 죽은 뒤 여론의 도마 위에 올라 무참히 난도질당하고, 또 어떤 사람의 경우 현세에서는 고난의 가시밭길을 걸었지만 역사와 함께 부활하여 그 업적과 명성을 만세에 떨치기도 한다.

따라서 성공도 성공 나름이다. 속이 꽉 찬, 그래서 오래오래 인정받는 '진짜 성공' 이 있는가 하면 내용과는 관계없이 겉보기만 희번들한 '가짜 성공' 이 있다. '진짜 성공' 이 명실상부한 '명품 대성' 이라면 '가짜 성공' 은 한갓 물거품에 지나지 않는다.

이제 우리 모두는 어느 누구도 부인할 수 없는 확고한 '명품 대성' 을 이룩해야 한다. 그런 점에서 이 책은 저 신묘한 『천수경』과 함께 당신의 성공을 확실히 보증할 수 있다. 이 책이야말로 성공을 꿈꾸는 사람에게는 성공을 향한 나침반이 되고, 현재 성공의 길로 들어선 사람에게는 더 큰 길로 나아가는 이정표가 될 것이다.

특히 필자는 이 책을 쓰면서 당신 개인의 성공뿐만 아니라 국격(國格) 향상과 인류의 역사발전에도 역점을 두었다. 당신의 성공이 곧 국가의 번영, 더 나아가 인류의 역사발전과 직결된다고 믿기 때문이었다. 따라서 필자는 어느 누구라도 이 책을 쉽고 편안하게 읽을 수 있도록 심혈을 기울였다. 많은 사람들이 이 책을 읽으면 읽을수록 그들의 성공과 맞물려 우리나라의 국격 향상에다 인류의 역사발전까지 크게 상승할 것이다.

한편, 우리 사회에서는 귀한 손님을 만나면 좋은 차와 술과 음식을 접대하는 것이 일상화되어 있다. 물론 바람직한 일이다. 하지만 예전에 비해 지갑 사정이 훨씬 좋아진 오늘날 한 번 먹어 없어지는 그런 것을 접대해봤자 오래 기억할 사람이 많지 않다. 그 대신 당신과 밀접한 인연을 맺고 있는 지인들, 예컨대 당신이 아끼고 사랑하는 친구와 친지와 이웃과 거래처 인사들 열 분 정도에게 성공비결로 가득한 이 책을 선물한다면 그 효과는 헤아릴 길이 없을 것이다.

당신도 성공하고, 지인들도 성공하고, 더 나아가 국격 향상과 인류의 역사발전에도 크게 이바지하고…… 그렇게만 된다면 무엇을 더 바랄 것인가. 아무쪼록 이 책을 통해 크게 성공한 당신이 국가와 인류사회에 크게 기여함으로써 역사에 길이 빛나기를 기원하고 또 기원한다.

이광복

contents

꿈은 반드시 이루어진다

이 세상에서 당신이 가장 존귀하다. 당신이 이 세상에 태어나지 않았다면 이 세상이 어떻게 돌아가든 당신과는 전혀 관계가 없다. 하지만 당신은 세상에 태어났고, 따라서 세상과 함께 세상과 더불어 세상 속에서 살아가지 않으면 안 된다. 달리 말하자면 당신은 태어날 때부터 인류의 역사발전에 동참하였다.

그렇다면 어떻게 인류의 역사발전에 이바지할 것인가. 두말할 나위도 없이 가장 성공적인 삶을 살아야 한다. 당신의 성공이 바로 우리 사회의 성공이고, 국가의 성공이며, 더 나아가 인류 전체의 성공이기 때문이다. 그런 점에서 당신은 이 시대의 주역이라고 말할 수 있다.

우리 주위에는 참으로 행복하게 사는 사람들이 많다. 본인은 물론 가족들까지 건강하고, 이웃으로부터 열렬한 찬사와 박수갈채를 받으며 사는 사람들. 어디 그뿐인가. 사회 각 분야에서 어마어마한 성공을 거두어 역사를 이끌어 가는 사람들도 한둘이 아니다.

그 반면, 권력과 재산과 명예 등 필요한 것을 가질 만큼 가졌으면서도 끊임없이 지탄받는 사람들이 있다. 인생이 무엇인지도 모르면서 채신머리없게 까불대는 사람들. 그런 사람들의 경우 겉으로는 그럴싸하게 보일지 모르지만, 그 내면을 들여다보면 시궁창이 무색할 만큼 썩을 대로 썩어서 차마 눈뜨고 볼 수가 없다.

당연한 말이지만, 이 세상의 모든 가치는 인간중심이어야 한다. 예컨대 인간답지 못한 인간, 즉 인간성을 상실한 작자가 제 아무리 엄청난 권력과 재물과 명예를 가졌다 한들 그것은 한갓 허깨비 놀음에 불과할 뿐이다. 하지만 비록 가진 것은 없어도 하늘을 우러러 한 점 부끄러움도 없이 가장 인간답게 살면 그것이 곧 참다운 성공이다.

수신제가치국평천하(修身齊家治國平天下)란 '심신을 닦고 집안을 잘 관리한 다음 나라를 다스리고 천하를 평정하라'는 가르침이다. 하지만 지금 우리 사회에서는 수신(修身)도 못하고, 제가(齊家)도 못한 어중이떠중이들이 제 세상 만난 듯 활개를 치면서 숱한 물의를 일으키고 있다. 참으로 안타까운 일이다.

그런 점에서 이 책을 펼쳐든 당신은 입이 닳도록 칭송 받아 마땅하다. 당신은 이 책을 통해 무늬만 성공이 아닌, 인간중심의 가장 고귀한 성공을 모색하고 있기 때문이다. 따라서 당신은 반드시 크게 성공할 수 있다. 더 나아가 당신의 성공은 대대손손 더욱 창대한 영광으로 이어질 것이다.

뜻이 있는 곳에 길이 있고, 꿈꾸는 자가 꿈을 이룬다. 올바른 사람만이 옳은 일을 할 수 있다는 진리를 상기할 때, 『천수경』에 기초한 이 책의 담론(談論)을 '내 것'으로 잘 받아들이기만 하면 성공을 향한 당신의 꿈은 반드시 이루어진다. 그뿐 아니라 당신은 국격 향상에도 크게 이바지하면서 인류의 역사를 새로 써내려갈 수 있으리라 확신한다.

001
젖먹이 아기의 눈동자에
세상이 들어 있다

❋

종종 젖먹이 아기들을 본다. 천사가 따로 없다. 젖을 배불리 먹은 뒤 한숨 푹 자고 나서 앙증스런 손을 내저으며 방글방글, 벙글벙글, 방싯방싯, 벙싯벙싯 평화롭게 웃는 아기들. 그런 아기들에게 무슨 고민과 고통과 탐욕이 있을 것인가.

아기의 반짝반짝 빛나는 그 눈동자에 주위의 사물이 얼비친다. 그 속에 세상이 들어 있다. 이렇듯 아기는 눈을 뜨면서 세상과 만난다. 아기의 초롱초롱한 눈망울에 비친 이 세상은 한 점 티도 없이 참으로 아름답다.

하지만 그 천진무구한 아기들이 새록새록 자라서 우리 사회의 기존질서랄까 제도권에 합류하게 되면 양상이 달라진다. 공부하랴, 시험 치랴, 학원 다니랴…… 대학입시의 좁은 관문을 뚫느라 죽자 살자 진을 빼야 한다. 그렇게 해서 대학에 들어간 뒤에는 불확실한 미래와 직면하지 않으면 안 된다.

설령 운 좋게 괜찮은 일자리를 마련했다 해도 그때부터 더 치열한 생존경쟁을 벌여야 하는 것이 우리의 현실이다. 그것은 끝까지 살아남기 위한 처절한 몸부림이라 해도 과언이 아니다. 이 사바세계에서 살아가려면 이루 말할 수 없는 산전수전을 다 겪어야 하는 것이다.

이 과정에서 인생의 성패가 갈린다. 인생이 순탄하라는 법은 없다. 본래 인생길에는 희로애락(喜怒哀樂)이 무상으로 교차하게 마련이다. 이런 우여곡절 속에 어떤 사람은 인생 초반에 성공하고, 또 어떤 사람은 온갖 풍파를 거치면서도 좌절하지 않고 급기야 대망의 성공을 일궈냄으로써 만인의 찬사를 받는다.

당신은, 그리고 우리 모두는 꼭 성공해야 한다. 가령 오늘 이 시간 말 못할 시련을 겪고 있다 해도 실의에 젖거나 좌절해서는 안 된다. 만약 견디기 어려울 만큼 힘든 상황이 온다면 잠시 타임머신을 타고 과거로 거슬러 올라가 젖먹이 아기였던 시절을 생각할 필요가 있다.

천사 같던 아기. 젖을 배불리 먹은 뒤 한숨 푹 자고 나서 앙증스런 손을 내저으며 방글방글, 벙글벙글, 방싯방싯, 벙싯벙싯 평화롭게 웃던 아기. 초롱초롱한 눈망울로 티 없이 아름다운 세상을 바라보던 아기……. 그 아기가 바로 당신인 것이다.

당신은 그때 벌거숭이 알몸으로 태어나 '공짜로' 젖을 먹으면서 기저귀까지 얻어 찼다. 그뿐 아니라 당신이 직접 밥벌이를 할 때까지 일정기간 부모님 또는 누군가가 먹여주고, 입혀주고, 재워주고, 가르쳐 주었다. 인생이 도박이라면 본전도 갖지 않고 태어난 당신은 본격적으로 한 판 벌이기도 전에 누군가의 개평을 얻어 일단 '따고' 시작한 것이다.

한편, 사람은 죽어서도 민숭민숭한 알몸으로 돌아가지 않는다. 누군가가 수의(壽衣) 한 벌은 해주게 되어 있다. 따라서 사람이라면 누구나 '따고' 시작해서 '따가지고' 돌아간다. 그러므로 인생은 기본적으로 이래저래 '남는 장사'라고 말할 수 있다.

그렇다면 어떤 경우에라도 한 번 살아볼 만한 것이 인생이다. 하지만 예나 지금이나 많은 사람들이 자기 분수를 모르고 진흙탕에서 발버둥 치며 인생 전체를 송두리째 망친다. 인생에 대한 깊은 성찰이 없는 까닭이다. 이렇게 볼 때, 온갖 진리로 가득한 『천수경』은 우리에게 실로 소중한 지혜와 참다운 성공비결을 가르쳐 주고 있다.

002
될 성 싶은 나무는
떡잎부터 알아본다

✳

A소년은 말할 수 없이 불우했다. 일제강점기 서울 쌍림동에서 막노동꾼의 장남으로 태어난 그는 여덟 살 때 심상소학교(尋常小學校; 국민학교의 전신, 현재의 초등학교)에 들어갔다. 그의 두뇌는 명석했다. 하지만 심상소학교의 명칭이 국민학교로 바뀌던 그해 하루 벌어 하루 먹던 아버지께서 시난고난 앓기 시작했다.

뼈마디가 물러나는 막노동으로 골병이 들었던 아버지. 그런 아버지가 병석에 눕게 되자 가난하기 짝이 없던 그의 집안은 막다른 골목으로 내몰리게 되었다. 병약했던 어머니는 식모살이라도 나설 작정이었다. 하지만 어린 아이들, 즉 A소년의 동생들이 줄줄이 딸린 터라 어떻게 해볼 재간이 없었다. 그 아이들을 맡길 데가 없기 때문이었다.

그의 일가족은 굶기를 밥 먹듯 했다. 사정이 이렇다 보니 A소년은 팔자 좋게 학교를 계속 다닐 수가 없었다. 부모님과 어린 동생들이 모두 헐벗고 굶주리는 마당에 학교를 다닌다는 자체가 그에게는 사치이자 호사처럼 느껴졌다.

어린 떡잎에 불과했던 A소년은 견디다 못해 4학년 때 급기야 국민학교를 자퇴해야만 했다. 이는 자기 한 사람만의 입에 풀칠이라도 하기 위한 뼈아픈 결정이었다. 그러니까 그의 공식적인 최종학력은 '국민학교 4학년 중퇴' 인 셈이다.

그렇게 학업을 포기한 A소년은 이웃집 어른의 소개로 마음씨 좋던 일본인이 경영하던 B약업사의 사환으로 취업했다. 말이 좋아 취업이지 그건 남의집살이에 지나지 않았다. 그때 그의 나이 열두 살이었다. 다른 아이들이 모두 학교 다닐 그 나이에 그는 학업을 중단한 채 B약업사의 문간방 소년이 되어 서러운 밥벌이에 나섰다.

당시 봉익동에 있던 B약업사는 초라하기 짝이 없었다. 별로 크지 않은 허름한 한옥 한 채를 본사 겸 공장으로 쓰고 있었다. 하기야 모든 업체가 영세하여 본사와 공장의 구별이 따로 없던 시절이었다. A소년은 그런 B약업사에서 잔심부름을 하며 몇몇 의약품이 만들어지는 과정을 경이의 눈길로 바라보았다.

남달리 부지런한 데다 눈썰미까지 뛰어났던 A소년은 일본인 사장과 한국인 공장장의 각별한 신임을 받았다. 그리하여 그 이듬해 그는 영업사원이 되었고, 배달과 수금이라는 1인 2역을 담당했다. 공장에서 만들어진 의약품을 자전거에 가득 싣고 시내 거래처 곳곳에 배달해 주는가 하면 그들 거래처로부터 수금도 했다.

A소년이 약업계에 발을 들여놓은 지 3년째 되던 해 이른 봄 병석의 아버지께서 이 한 많은 세상을 떠났다. 아버지가 비운 자리는 너무 컸다. 그때부터 A소년은 집안의 가장이 되어 어머니와 여러 동기간들을 보살펴야 하는 무거운 책임을 떠안아야만 했다.

A소년은 얼마 안 되는 월급을 받으면 고스란히 어머니에게 갖다드렸다. 아직 어렸던 터라 눈깔사탕 등 먹고 싶은 것도 많았다. 하지만 그는 군것질 한 번 한 적이 없었고, 월급봉투에서 한 푼도 축내지 않고 전액 어머니의 손에 쥐어드렸다.

어머니는 그 돈으로 A소년의 어린 동생들을 근근이 먹여 살렸다. 그토록 곤궁한 생활 속에서도 어머니는 A소년과 다른 살붙이들을 위해 낮이나 밤이나 앉으나 서나 노상 치성을 드렸다. 치성이란 『천수경』 독송이었다. 학교라고는 문턱조차 밟아보지 못한, 그래서 낫 놓고 기역자도 몰랐던 어머니께서는 어깨너머로 배운 『천수경』을 달달 외웠다.

그런 어머니의 영향으로 A소년 역시 어린 시절부터 『천수경』에 심취했다. 그는 경문에 담긴 깊은 뜻을 전혀 알지 못했다. 어머니처럼 그냥 경문을 줄줄 외웠을 뿐이다. 학업 중단으로 한이 맺혔던 A소년은 『천수경』 독송으로 그저 이 설움 저 설움 피눈물 나는 설움을 달랬다. 훗날 그가 제약업계의 거봉(巨峰)으로 우뚝 치솟는 '명품 대성'을 거두리라고는 그 자신도 미처 예견하지 못하고 있었다.

003
맨손으로도 얼마든지 성공할 수 있다

✳

　한편, A소년의 아버지께서 돌아가시던 바로 그해 8월 15일 일제가 패망했다. 이로써 우리 겨레는 해방을 맞이했고, 일본인 사장은 바다 건너 자기네 나라로 돌아가면서 B약업사의 기계 일체는 물론 각종 원료와 자재까지 전부 한국인 공장장에게 넘겨주었다.

　일제의 갑작스런 패망으로 생산시설을 거저줍다시피 한 한국인 공장장은 하루아침에 사장이 되었다. 그때 이 신임 사장은 겨우 열다섯 살이었던 A소년을 일약 영업과장으로 발탁하였다. 그러니까 A과장은 해방과 함께 소년출세라고 할까, 벼락출세라고 할까, 아무튼 초고속으로 승진한 셈이었다.

　그는 과장 명함을 갖게 된 이후 점점 더 재바른 '약장사'가 되어갔다. 그의 영업능력에 대해서는 회사 안팎에서 너도 나도 찬사를 아끼지 않았다. 그의 명성이 자자해질 무렵, 저 끔찍한 6·25전쟁이 발발했다. 그로 말미암아 사장은 부득이 B약업사 가동을 중단해야만 했다. 그러자 공장에서 일하던 직원들은 뿔뿔이 흩어져 피난길에 올랐다.

　A과장은 국민방위군이 되어 대구로 남하했고, 어머니를 비롯한 그의 가족들은 전원 부산으로 피난했다. 그로부터 얼마 뒤 국민방위

군이 해체되자 그는 경남 밀양을 거쳐 부산으로 가서 가족들과 합류했다. 소년 시절 이후 약장사로 잔뼈가 굵어온 그는 그곳 부산 국제시장 등지에서 놀라운 장사 수완을 발휘하여 가족들을 부양했다.

그러다가 휴전 직후 가족들과 함께 환도했다. 그는 서울 쌍림동으로 돌아오자마자 곧바로 봉익동의 B약업사부터 찾았다. 아니나 다를까, B약업사는 지붕까지 폭삭 주저앉아 형체조차 알아볼 수 없었다. 박살난 기와조각들만 여기저기 심란하게 나뒹굴고 있었다.

A과장은 그 길로 사장이 살던 창덕궁 앞 운니동 집에 들렀다. 사장 집은 그런 대로 형체를 유지하고 있었다. 문간방이 허물어진 것을 제외하면 안방과 툇마루가 옛 모습 그대로 남아 있었다. A과장은 사장 가족들과 극적으로 재회했고, 그 날 이후 A과장은 사장을 도와 제약공장 복구에 들어갔다.

하루, 이틀, 사흘…… 이렇게 날짜가 흘러 한 달쯤 되었을 때 제약공장은 어느 정도 본래의 모습을 되찾게 되었다. 사장과 A과장은 일용직 근로자들을 채용하여 곧 의약품 생산을 재개했다.

그런데 웬걸, 그 이듬해 여름 사장이 돌연 큰 병으로 쓰러졌다. 간암 말기였다. 사장의 나이는 한창 일할 연치인 40대인 데다 자녀들 또한 어렸다. 사장은 병원에 장기 입원하고 있었지만 별 차도가 없었고, 시일이 흐르면 흐를수록 그의 낯빛은 검정숯덩이처럼 변해가고 있었다.

한편, 사장의 병세가 악화되는 동안 B약업사도 활력을 잃은 채 시들시들 내리막길을 걷고 있었다. 그러던 어느 날, 자신의 죽음을 예감한 사장이 A과장에게 B약업사를 맡아 달라고 간곡히 부탁해왔다. 놀라운 일이 아닐 수 없었다. 만약 사장의 자녀들 가운데 누군가가 스무 살만 되었더라도 그런 일은 없었을 것이다.

사장은 오래 고민하던 끝에 어린 자녀들 대신 근면하고 성실한 A 과장에게 B약업사를 넘겨주기로 결심한 것이었다. 그리하여 A과장은 '어쩔 수 없이' B약업사의 경영을 떠안게 되었다. 그러니까 그것은 '피할 수 없는' 선택이었다. 그때 그의 나이 약관 스물네 살이었다.

사환에서 영업사원으로, 영업사원에서 영업과장으로, 영업과장에서 사장으로……. 특히 영업과장에서 사장이 될 때에는 몇 단계를 생략한 채 껑충 건너뛰어 한 약업사의 정상에 올랐다. 이는 말단 중의 말단인 사환으로 입사한 지 12년만의 일이었다.

아무리 격변의 시대였다 해도 A사장의 이 같은 성공은 쉬운 일이 아니었다. 그 무렵 쌍림동에서 함께 자란 동년배의 다른 친구들은 자기 밥벌이도 못해 전전긍긍하고 있었다. 하지만 맨손으로 약업계에 뛰어들었던 A사장은 B약업사의 어엿한 사주(社主)가 되었다. 그는 분명 척박한 폐허 위에 피어난 한 송이 화려한 꽃이었다.

004
호박이 넝쿨째 굴러들어온다

✽

A사장은 결코 자만하지 않았다. 그는 늘 겸손했고, 병마와 싸우는 전임 사장의 뒷바라지까지 떠맡았다. 물론 그 가족들을 돌보는 것도 A사장의 몫이었다. 전임 사장이 부탁한 것은 아니었지만, A사장은 자진해서 전임 사장의 가족들을 끝까지 책임지리라 작정했다.

A사장이 B약업사의 경영을 떠맡은 지 석 달도 안 돼 애석하게도 전임 사장이 조용히 눈을 감았다. A사장은 사실상의 상주가 되어 고인의 부인과 함께 장례를 치렀다. 물론 사람이 할 수 있는 범위 안에서 모든 정성을 다 기울였다.

그 이듬해 봄 A사장은 전임 사장 부인의 중매로 참한 규수를 만나 조촐한 결혼식을 올렸다. 신부는 좋은 가문의 여고 출신 미인이었다. 막노동꾼의 아들로 태어나 학력이라야 겨우 국민학교 4학년 중퇴에 지나지 않는 A사장으로서는 가위 과분한 배필을 만난 셈이었다.

그런데 신부 역시 독실한 불교신자로『천수경』은 물론『반야심경』『금강경』등 불교의 주요 경전을 좔좔 외우고 있었다. A사장은 결혼과 동시에 가회동 셋방에서 알콩달콩 새 살림을 시작했다. 위로는 노모를 모시고, 아래로는 동생들을 거느린 벅찬 살림이었지만 신부는 쓰다 달다 군말이 없었다. 아니, 대가족이 한 집에서 엉기덩기 어울려 사는 것을 큰 행복으로 여겼다.

그해 가을 A사장은 마그네슘 제제(製劑) 위장약을 시중에 내놓았다. 이 위장약은 위산과다에 탁월한 효능을 가진 일종의 제산제(制酸劑)로서 이미 전임 사장 때 개발한 회심의 역작이었다. 하지만 전임 사장은 이 제품의 개발만 마쳐놓고 제품화하지 못한 채 타계한 것이었다.

A사장이 맨 처음 시중에 내놓은 이 신약은 크게 히트했다. 개발은 전임 사장이 했지만 그 열매는 A사장이 거둔 셈이었다. 결혼과 함께 새 식구를 맞이한 뒤 이렇듯 신약까지 대성공을 거두었으니 그 희열이란 이루 말할 수가 없었다.

아무튼 이를 계기로 B약업사의 위상이 달라지기 시작했다. 그 이전까지는 별로 이름 없는 그렇고 그런 군소 메이커에 지나지 않았지만, 이 신약이 공전의 대히트를 기록함으로써 B약업사는 일약 유명 메이커로 떠올랐다.

A사장은 그 여세를 몰아 영양제(營養劑)·진통제(鎭痛劑)·소화제(消化劑)…… 등등 신약을 차례차례 개발해 냈고, 그 의약품들은 모두 시중에 나가는 족족 불티나게 팔렸다. 오죽하면 물건이 없어서 못 판다는 즐거운 비명이 나올 정도였다.

B약업사는 오뉴월 물호박 자라듯 부쩍부쩍 성장했다. 아니, 호박이 넝쿨째 굴러들어오는 형국이었다. 상상을 초월하는 이 같은 고도 성장 속에 이 회사는 60년대 중반 법인전환과 동시에 종래의 B약업사라는 상호를 B약품으로 변경했다.

이 과정에서 A사장은 전임 사장의 자녀들을 도맡아 가르쳤고, 그들이 대학을 졸업하자마자 B약품의 사원으로 특채해 요직에 앉혔다. 이는 젊은 나이에 세상을 떠난, 자신에게 회사를 물려주었던 은인에 대한 지극한 보답이었다. 전임 사장의 자녀들 또한 일찍 돌아가신 부친의 유지를 받들어 열심히 일했다.

A사장은 전임 사장의 장남을 부사장으로 기용했다. 그보다 앞서 전임 사장의 딸들, 그러니까 부사장의 누이동생들이 퇴직할 때에는 그들의 희망대로 자재납품, 구내식당 운영권 등 평생 먹고살 수 있는 기틀을 마련해 주었다.

한편, A사장은 지난 90년대 중반 장남에게 경영권을 넘겨주었고, 그 자신은 회장이 되었다. 이때 A회장은 일찍이 부사장으로 근무하는 동안 회사 발전에 크게 기여해온 전임 사장의 장남을 종신부회장으로 앉혔다.

A회장은 어언 팔순을 넘겼다. 그런데도 젊은이 못지않게 정정한 그는 덕인(德人) 중의 덕인으로 널리 알려져 있다. 최소한 B약품에는 '해고'라는 어휘가 존재하지 않는다. A회장은 B약품을 이끌어 오는 동안 종업원을 단 한 사람도 해고한 적이 없었다. 그뿐 아니라 B약품은 장학사업, 불우이웃 돕기, 농어촌과 군부대 자매결연 등 기업 이윤의 사회 환원에도 적극적이다.

종업원 천여 명, 연간 매출액 수천억 원. B약품은 굴지의 모범기업으로 탄탄한 반석 위에 올라서서 현재 다양한 의약품을 생산하고 있다. 그런가 하면 B약품의 주식은 증권시장에서 우량주(優良株)로 정평이 나 있다.

A회장에게는 특이한 별명이 있다. '천수경'이 그것이다. 어린 시절 어머니의 영향으로 『천수경』을 수지한 A회장. 그는 점차 한 구절 한 구절 그 심오한 뜻을 깨닫기 시작한 뒤 회사 간부회의 때나 전 직원 월례조회 등 수시로 『천수경』을 인용해 자신의 경영철학을 펼쳐

나왔다.

따라서 언제부턴가 그에게 '천수경' 이라는 영광스러운 별명이 붙게 되었다. 그러니까 『천수경』이야말로 왕년의 불우한 소년을 마침내 대기업의 회장으로 이끌어준 '명품 대성' 의 원천이었던 것이다.

005
인간본연의 문제를 생각하자

＊

우리나라는 지난 50여 년 동안 놀라운 경제성장을 이룩했다. 불과 반세기만에 이룩한 이 같은 고도성장은 세계 역사상 유례가 없다. 해외 여러 나라에서는 우리나라의 경제성장을 '한강의 기적'이라 평가하고 있다.

사실 세계의 개발도상국들은 우리나라를 경제발전 모델로 삼고 있다. 이와 함께 해외 여러 나라에서 많은 사람들이 우리나라에 들어와 눌러앉고 산다. 특히 '코리안 드림'을 안고 우리나라에 와서 일자리를 찾는 외국 근로자들의 발길이 끊이지 않는다.

국제결혼도 부쩍 늘었다. 사정이야 어찌 됐든 이는 경제발전 이후에 나타난 새로운 현상이다. 이렇듯 이민·취업·결혼 등 외국인의 지속적인 국내 유입으로 이제는 '다문화 가정'까지 급격히 불어나는 추세에 있다.

사실 우리나라는 몰라보게 달라졌다. 상전벽해(桑田碧海)가 따로 없다. 가난했던 시절 외국으로 이민 갔던 동포들은 모처럼 고국에 돌아와 감탄을 금치 못한다. 우리나라가 이렇게 발전하리라고는 꿈에도 생각 못했던 일이기 때문이다. 오죽하면 외국으로 이민 가서 살다가 우리나라로 되돌아오는 역(逆)이민도 부쩍 늘어나고 있다.

경제발전은 우리 사회 전체를 바꿔놓았다. 서울·부산·대구·광주·인천·대전·울산 등 대도시에는 하늘을 찌르는 고층빌딩이 가득 들어차 있다. 공장에서는 각종 생산재와 소비재가 줄기차게 쏟아져 나온다. 그런가 하면 시장에는 온갖 상품들이 넘쳐난다.

시원하게 뚫린 고속도로에서는 자동차들이 씽씽 질주하고, 공항에서는 항공기가 서로 충돌하지 않을까 걱정스러울 정도로 쉴 새 없이 뜨고 내린다. 공항 대합실에는 나가고 들어오는 사람들로 북적댄다. 항만도 예외가 아니다. 부산·인천 등 주요 항만에는 거대한 선박이 끊임없이 드나든다.

주거문화도 크게 바뀌었다. 판잣집과 초가집은 전설 속의 옛집이 되었고, 전국 어디를 가나 번듯번듯한 최신식 주택과 아파트가 숲을 이루었다. 보리밥도 못 먹던 국민들이 이제는 고기를 먹더라도 개인의 식성과 취향에 따라 삼겹살·목살·안심·등심·갈비 등 부위별로 골라먹게 되었다.

콩나물시루 같은 만원버스 안에서 밀고 짜고 서로 몸을 비틀던 사람들이 저마다 자가용 승용차를 소유하고 있다. 누가 봐도 놀라운 일이 아닐 수 없다. 이 땅에 살다가 50년 전 이 세상을 떠난 분들은 이런 세상을 구경조차 하지 못했다.

우리는 지난 세월 땀과 눈물로 이처럼 눈부신 경제발전을 이룩했다. 하지만 경제발전과 '삶의 질'이 반드시 비례하는 것은 아니다. 인간다운 행복이 보장되지 않는 경제발전은 결코 성공이라고 말할 수 없다.

어떻게 하면 보다 더 인간답게 살 것인가. 이 문제를 생각하지 않는 한 아무리 경제가 발전한다 해도 '삶의 질'이 높아질 수 없다. 비록 늦었지만 이제는 경제발전과 함께 인간본연의 문제를 생각해야 한다.

만약 경제발전과 행복이 비례하는 것이라면 재산 많은 부자가 이 세상에서 가장 행복하게 살아야 한다. 하지만 인생은 그렇게 단순하지 않다. 재산과 행복을 다 차지할 수 있다면 더 바랄 나위가 없겠지만, 오히려 적당히 가난한 사람 중에서 참된 행복을 누리는 사람들이 훨씬 더 많다.

이렇게 볼 때, 『천수경』 수련의 중요성은 아무리 강조해도 지나침이 없다. 이 경전에 담긴 진리, 최소한 그 행간의 의미만이라도 읽어낼 수 있어야 인간적으로 성숙한 참다운 성공을 이룩할 수 있다. 『천수경』은 인간본연의 문제에 대한 깊은 성찰과 함께 당신을 큰 성공과 행복으로 이끌어줄 것이다.

006
신바람 나는 세상을 만들 수 있다

✳

외견상 우리나라는 가위 선진국 문턱에 접근했다. 하지만 이런 외형이 전부는 아니다. 화려한 경제성장의 뒤안길에서 우리나라는 많은 부작용도 낳았다. 소위 부익부 빈익빈, 정경유착, 빈부 격차로 인한 소외계층의 증가, 상대적 박탈감, 갈등과 불신, 대립과 반목 등 여러 병폐들은 차치하고라도 우리는 윤리와 도덕, 전통과 미풍양속 등 무엇과도 바꿀 수 없는 정신적 가치를 상실했다.

그 대신 '돈이면 다'라는 배금사상과 물질만능주의가 판치게 되었다. 이에 따라 국민 대부분의 관심사는 정신적으로 성숙한 인간생활이 아닌, 권력과 자본과 기술과 실용과 효율과 성과와 실적과 속도 따위로 대변되는 물질적 가치에 집중돼 있다. 이 같은 현상은 철학도 소신도 없는, 물질이 최고의 가치인 양 떠들어대는 정부와 정치권의 부채질 속에 날로 심각성을 더해주고 있다.

사정이 이러한지라 우리 사회 구석구석 어디를 돌아봐도 인간중심의 따뜻한 담론을 찾아보기 어렵게 되었다. 이에 따라 우리의 내면은 풀 한 포기 물 한 방울 찾아볼 수 없는 사막이 무색할 정도로 무미건조해지면서 '삶의 질' 또한 점점 더 핍진(乏盡)해지고 있다.

그러므로 우리의 삶은 외화내빈(外華內貧) 그 자체라고 말할 수 있다. 겉모양은 그럴싸하지만 속은 텅텅 비어 있다. 빛 좋은 개살구라고나 할까, 속이 텅 빈 강정이라고나 할까, 아무튼 우리 사회의 전반에 걸쳐 정신문화가 심각한 골다공증을 앓고 있다.

예컨대 빌딩은 높아졌지만 의식수준은 낮아지고, 길은 사통오달로 넓게 트였지만 안목은 좁아지고, 학벌은 높아졌지만 학식은 낮아지고, 지갑은 두꺼워졌지만 인심은 야박해지고, 얼어 죽는 사람은 없지만 인정은 냉랭해지고, 전깃불은 휘황찬란하지만 저마다의 가슴속에는 말 못할 사연과 칙칙한 그림자들이 찐득찐득한 똬리를 틀고 있다. 이것이 우리 시대의 일그러진 자화상이다.

따라서 고민 없는 사람이 없다. 서로가 서로를 경쟁상대로 삼아야 하는 사회는 건전한 사회가 아니다. 그보다는 우리 모두가 '함께' '더불어' 잘살아야 한다. 권력이든 재물이든 가진 자가 자기보다 못한 약자를 위해 사랑을 베풀 줄 아는 사회가 좋은 사회인 것이다.

그러므로 이제는 달라져야 한다. 권력도 좋고 자본도 좋지만 그보다는 인생의 정신과 내면을 행복으로 가득 채워야 한다. 모든 고민과 번뇌를 떨치고 진정한 행복을 누리고자 하면 물질적 가치보다 정신적 가치를 더 중시하는 발상의 대전환이 절실하다.

바로 그 중심에 『천수경』이 있다. 열심히 『천수경』을 수련하면 이 세상의 모든 고민과 번뇌를 떨치고 진정한 행복을 구가할 수 있다. 그리하여 우리 모두가 한바탕 신바람 나는 세상을 만들 수 있다.

007
당신은 양반 중의 양반이다

 '수염이 석 자라도 먹어야 양반' 이라는 말이 있다. 맞는 말이다. 경제논리만으로 접근한다면 이 말은 진리 중의 진리가 아닐 수 없다. 제 아무리 수염이 석 자라 한들 일단 굶어죽은 뒤에는 양반이고 뭐고 따질 값어치 자체가 자동적으로 소멸되기 때문이다.

 특히 헐벗고 굶주리는 사회일수록 이 말은 더욱 강력한 설득력을 얻는다. 하지만 거꾸로 뒤집어 놓고 생각해 보면 사정은 달라진다. 아무리 잘 먹어도 어느 날 갑자기 수염이 석 자로 자라는 것은 아니다.

 우리가 핫바지나 고쟁이 대신 좋은 옷을 입게 된 것은 사실이다. 이제 돈만 있으면 언제든지 좋은 옷을 사 입을 수 있다. 실지로 서울이나 부산 등 대도시 한복판에 나가보면 값비싼 명품 옷을 입고 거리를 활보하는 사람들도 한둘이 아니다. 하지만 그들이 다 양반이라고 말할 수는 없다.

 시중에는 한식·양식·일식 등 좋은 음식이 넘쳐난다. 돈 많은 사람들은 식사 한 끼에 수십만 원을 쓴다. 주류(酒類)는 더 말할 나위도 없다. 양주 한 병에 몇 백만 원, 룸살롱에 가서 수백만 원어치 술을 마셨노라고 자랑하는 사람들까지 지천으로 널려 있다.

31

경제발전 이후 식생활이 달라지면서 신세대의 체형이 크게 변모했다. 키도 훌쩍 크고 몸무게도 확 늘었다. 그렇다고 그들의 체력마저 좋아진 것은 아니다. 특히 그들 체형의 크기만큼 인간적인 지식이나 실력이 늘었느냐 하면 그렇다고 확답할 수는 없다.

아방궁 같은 호화주택도 많다. 영화 또는 달력의 사진판에나 나옴직한 으리으리한 주택들이며 한 가구의 주거공간이 330평방미터(1백 평)를 초과하는 대형 아파트도 적지 않다. 그런 집에 사는 사람들이 전부 이웃을 사랑하는, 그리하여 사회적으로 널리 존경받는 양반이라고 단정할 수는 없다.

서울 강남 같은 곳에 가면 억대 이상의 외제 승용차도 수두룩하다. 그밖에도 경제발전 이후 일련의 외형적 변화들을 열거하자면 한이 없다. 돈을 많이 벌어 잘 입고 잘 쓰는 것은 좋은 일이다. 하지만 물질의 향유와 소비를 성공이라고 말할 수는 없다.

이제 우리는 가슴 따뜻한, 속이 꽉 찬, 인간적으로 성숙한, 어느 누구로부터도 존경받을 수 있는 수염 긴 양반이 되어야 한다. 이제는 우리 모두 내면의 수염을 길러 알찬, 품위 있는, 그야말로 격조 높은 인생을 가꾸어야 한다. 그것이 진정한 성공이다.

바로 『천수경』에 그 비법이 있다. 『천수경』을 알면 인생이 무엇인가를 제대로 깨닫게 된다. 그러므로 이 책을 펼쳐든 당신은 벌써 양반의 반열에 올라섰다. 모두가 돈이라면 눈에 불을 켜는 세상이다. 그런 이 마당에 당신은 인간중심의 정직한 담론을 담아낸 이 책을 펼쳐 들었다. 따라서 당신은 양반 중의 양반이라고 말할 수 있다. 감히 확실하게 장담하거니와 이제부터는 당신 앞에 올바른 성공의 길이 활짝 펼쳐질 것이다.

008
대의명분에 충실하라

어떤 회사에서 신입사원 응시자 면접시험을 실시하게 되었다. 먼저 서류를 검토했다. 남자 응시자들의 경우 군대에 다녀온 사람이 대부분이었지만, 심심찮게 현역으로 복무하지 않은 응시자들도 있었다.

면접을 담당한 임원들은 군대 다녀온 응시자에게는 제대로 눈길을 주지 않았다. 그 반면, 군대에 다녀오지 않은 응시자에게는 더 비상한 관심을 기울였다. 면접 담당 임원이 도리어 응시자에게 따리를 붙였다.

"아버지가 대단하신 분이군?"

"네에?"

"아주 힘센 부모님 밑에서 자랐잖아. 무척 행복하겠어."

요즘 항간에 떠도는, 누군가가 우리 시대의 한 단면을 비꼬아 지어낸 말이다. 합격 여부는 관계없이 군대에 안 간 젊은이라면 일단 끗발 있는 사람의 자식으로 봐야 한다는 뜻이다. 이는 매우 서글픈 현실이 아닐 수 없다. 모름지기 성공을 꿈꾸는 사람이라면 그 어떤 특혜에 군침을 삼킬 것이 아니라 역사를 직시할 줄 알아야 한다.

백제 의자왕(義慈王) 20년(서기 660년) 나당연합군이 백제를 공격했다. 소정방(蘇定方)이 이끄는 당나라 주력 13만 대군은 기벌포로 상륙했고, 김유신(金庾信) 장군이 이끄는 신라 육군 5만 병력은 육로를 이용하여 황산벌로 진격했다.

한편, 백제의 계백(階伯) 장군은 피눈물을 삼키며 가족들의 목을 벤 뒤 5천 결사대를 이끌고 황산벌에 나아가 신라군과 대적했다. 이때 계백 장군의 5천 결사대는 신라 육군과 네 번 맞붙어 네 번 다 이겼다[四合皆勝]. 병력 규모로 본다면 백제군은 신라군의 10분의 1에 지나지 않았다. 그러니까 계백 장군의 백제군은 열 배나 많은 신라군의 멱살을 틀어잡고 기세를 꺾은 것이다.

궁지에 몰린 신라군 진영에서는 특단의 고육지계를 써야만 했다. 먼저 풍월주 흠순(欽純)의 아들 반굴(盤屈)을 내보냈지만 그는 이내 전사했다. 그러자 이번에는 품일(品日) 장군의 아들 관창(官昌)을 내보냈다. 관창은 백제군 진영으로 단신 돌진했다가 포로가 되었고, 계백 장군은 새파랗게 어린 그를 가상히 여겨 신라 진영으로 돌려보냈다.

그러나 관창은 우물물로 목을 축인 뒤 두 번째 돌격에 나섰다가 또다시 사로잡혔다. 계백 장군은 어쩔 수 없이 그의 목을 벤 후 그 수급을 말안장에 매달아 신라군 진영으로 보내주었다. 이를 계기로 신라군은 일제히 분기하여 총공격을 감행했다. 한편, 계백 장군은 혼신의 힘으로 싸우다가 중과부적으로 장렬히 전사했다. 이는 초등학생도 다 아는 역사적 사실이다.

신라가 외세를 끌어들여 동족을 공격한 사대주의 문제는 잠시 논외로 하고, 여기에서 우리가 주목할 것은 계백 장군의 대의멸친과 용전분투, 신라군 지휘부의 살신성인과 솔선수범이다. 계백 장군은 끝까지 싸워 충용(忠勇)을 실천했고, 신라군 지휘부에서는 반굴과 관창 등 귀족 자제들을 선봉으로 내세웠다. 젊은 자제들 역시 그걸 당연한 것으로 받아들여 기꺼이 목숨을 바쳤다. 그러니까 그들은 고육지계의 희생제물이었던 셈이다.

그런데 언제부턴가 우리 사회에서는 그런 대의와 솔선수범이 사라졌다. 그 대신 권력을 가진 자, 재산을 가진 자들은 자기 자식부터 위험으로부터 빼돌리는 기상천외한 '역설의 솔선수범'을 보여왔다. 그래서 '유권면제(有權免除) 무권입대(無權入隊)' '유전면제(有錢免除) 무전입대(無錢入隊)'라는 말이 공공연히 떠돌고 있다.

그러나 권력과 돈을 앞세워 자식을 군대에 안 보내려고 획책하는 사람들이 성공하면 과연 얼마나 성공할 것인가. 그 자식들 또한 남들 다 가는 군대에 다녀오지 않고 성공하면 얼마나 성공할 것인가. 그것은 성공이 아니라 미래의 실패로 직결될 따름이다.

역사를 알면 성공이 보이고, 대의명분에 충실하면 성공이 나타난다. 계백 장군을 보라. 반굴을 보라. 관창을 보라. 그들은 조국을 위해 전쟁에 나아가 기꺼이 신명을 바침으로써 그 이름이 역사 속에서 '불멸 대성'으로 찬란히 빛나고 있지 않은가. 그 대신 정당한 사유 없이 군대에 다녀오지 않은 사람들은 두고두고 손가락질과 조롱의 대상이 될 것이다.

009
국격이란 무엇인가

✼

왕년에는 국위(國威)라는 말이 널리 통용됐다. 국위란 '나라의 권위나 위력'을 뜻하는 말로, '국위선양' '국위손상' '국위실추' 같은 합성어가 인구에 회자되었다. 예컨대 운동선수들의 세계제패, 국제기능올림픽 선수들의 세계제패 같은 쾌거는 국위선양과 직결되었다. 그 반면, 해외에서의 싹쓸이 쇼핑, 마약밀매, 엽색행각 따위는 국위손상 또는 국위실추 행위로 지목되어 강력한 지탄을 받았다.

사실 국제무대에 우리나라가 별로 알려지지 않았던 시절 국위선양은 국가적 과제라 해도 과언이 아니었다. 특히 북한과의 체제경쟁을 의식한다면, 즉 북한의 기세를 꺾어 납작코를 만들고 그들보다 비교우위에 올라서려면 국위선양이야말로 필수적이었다. 하지만 이제는 사정이 달라졌다. 북한은 더 이상 체제경쟁의 대상이 될 수 없다. 우리는 해외 각국과의 활발한 무역을 확대해 나왔고, 세계인이 깜짝 놀라고도 남을 만한 경제성장에다 1988년 제24회 서울올림픽이며 2002년 제17회 한일월드컵경기의 성공적 개최는 물론이려니와 2010년 G20(주요 20개국) 정상회의 유치에 이르기까지 막강한 국력을 과시하게 되었다.

이 과정에서 종래에 자주 사용하던 국위라는 단어는 퇴색했고, 언제부턴가 국어사전에도 없는 국격이라는 새로운 화두가 등장했다. 이와 관련, 정부는 개인에게 인격이 있듯 국가 차원에서도 나라의 품격인 국격이 있다고 전제, 국격을 '국가 및 구성원의 내면에서 우러나오는 품위와 격조'로 정의하는 한편 '국민·사회·국가의 품격의 총합'을 의미한다고 덧붙였다. 이와 함께 정부는 국가의 경쟁력, 사회적 자본, 국제적 위상 등이 높아질 때 '품격 높은 사회, 품격 높은 나라'로 발전할 수 있다고 밝혔다.

하지만 정부의 그런 설명은 어쩐지 가슴에 와 닿지 않는다. 인간 중심의 가치가 땅에 떨어진, 그리하여 편법과 반칙이 판치는 현실에 비추어 인격·품격·국격 같은 어휘들이 사뭇 공허하게 느껴질 따름이다. 특히 '국가 및 구성원의 내면에서 우러나오는 품위와 격조' 같은 표현은 한갓 얄팍한 말장난 같은 인상을 떨칠 길 없다.

단언컨대 우리 모두의 인격적 성숙 없이는 국격 향상을 기대할 수 없다. 달리 말하자면 정부의 위상과 국민 전체의 인격이 성숙해질 때 국격이 올라간다. 그러니까 국격은 '정부의 위상과 국민 인격의 총화'라고 말할 수 있다. 따라서 정부가 체통을 살리고, 국민 한 사람 한 사람이 고매한 인격을 바탕으로 크게 성공하면 국격은 저절로 올라간다.

그렇다면 정부와 정치권은 국격이니 뭐니 알록달록하게 포장된 구호만 외쳐댈 것이 아니라 국민들의 내실과 '삶의 질' 향상에 주력해야 한다. 이렇게 볼 때 위정자들부터 반드시 『천수경』을 알아야 한다. 그럴 경우 그들의 정책 입안에서부터 훨씬 더 인간적인 요소가 살아나 실질적인 국격 향상을 도모할 수 있을 것이다.

010
난장판이 따로 없다

지금 우리 사회에 불신풍조가 걷잡을 수 없이 만연된 것은 정부와 정치권이 신뢰를 얻지 못하기 때문이다. 그들부터 달라지지 않는 한 불신풍조는 쉽게 가시지 않을 것이 확실하다. 만약 그들이 『천수경』의 '천' 자라도 안다면, 그리하여 인생이 무엇인가를 조금이라도 깨닫게 된다면 국민들로부터 그렇게 손가락질을 받지는 않을 것이다.

얼마 전 출판계 원로이신 C사장을 만났다. C사장은 소싯적 이래 좋은 책만 출판해온, 그래서 존함만 대면 누구라도 알 수 있을 만큼 크게 성공한 출판인이다. 그는 지난 반세기 동안 오직 양서(良書)만을 출판했다. 그러니까 C사장이야말로 가장 양심적인, 이를테면 출판인 중의 출판인이라고 말할 수 있다.

C사장이 출판한 책의 종류는 줄잡아 수백 종, 발행부수로 따지면 수억 부에 이른다. 다소 과장해서 말하자면 우리나라 국민 치고 그 출판사에서 나온 책을 한 권이라도 읽지 않은 사람이 없다. 그러므로 C사장은 출판을 통해 우리 국민들에게 그만한 정신적 자양분을 공급해 주었다.

C사장은 이 근래 위정자들이 보여주는 일련의 작태에 대해 개탄을 금치 못했다. 여당도 야당도 아닌 그는 정부와 정치권에 대해 서

슬 시퍼런 비판의 목소리를 쏟아내면서 대뜸 A4 용지에 자필로 쓴 메모를 보여주었다.

"누구한테 들은 이야기입니다. 하도 재미있어서 이렇게 메모까지 해놓았습니다. 이거 한 번 보시겠습니까."

정치권을 신랄하게 풍자한 그 메모는 공교롭게도 '신' 자로 끝을 맺고 있었다. 물론 한자로 쓰면 각기 글자가 다르지만, 그 메모는 한글의 '신' 자를 운(韻)으로 하여 정부와 정치권을 마음껏 조롱하는 일종의 담시(譚詩) 형식으로 작성되어 있었다.

- 정치에는 병신
- 경제에는 등신
- 외교에는 망신
- 사회에는 불신
- 국민에게는 배신
- 돈 먹는 데는 걸신
- 말 바꾸는 데는 귀신
- 마누라에게는 충신

이러한 질타를 뒷받침이라도 하듯 그 날 신문은 국회의원들의 단상점거 사진이 대문짝만하게 나와 있었다. 사실 난장판이 따로 없었다. 그 날 국회 본회의장이 바로 난장판이었다. 와글와글, 시끌시끌…… . 그 사진에서는 국회의원들의 고함과 맞고함, 욕설과 삿대질이 무더기로 쏟아져 나오고 있었다.

도대체 그들의 양식과 의식수준을 이해할 수가 없다. 국민들이 보고, 더 나아가 전 세계가 보고 있건만 명색 국민의 대표라는 사람들이 그런 추태를 보이다니 너무 기가 막혔다. 그런 사람들이 국격 향상 운운한다는 것은 언어도단이 아닐 수 없다.

국회의원이라면 일단 출세한 사람이라 해도 큰 과언이 아니다. 하지만 출세가 곧 성공일 수는 없다. 그들은 국회의원이라는, 언필칭 한 사람 한 사람이 헌법기관이라는 신분을 가졌을지언정 결코 존경의 대상이 될 수 없다.

다행스럽게도 이 책을 펼쳐든 당신은 그런 국회의원들보다 훨씬 더 의식수준이 높다. 당신은 그처럼 개떡 같은 '엉터리 출세'가 아닌, 어떤 경우에도 자타가 공인하는 찰떡 같은 성공을 성취할 수 있을 것이다.

011
나는 누구인가

✳

『천수경』은 처음부터 끝까지 진리 그 자체라고 말할 수 있다. 속인이 속세를 버리고 출가 입산하여 스님이 되면 기본적으로 가장 먼저 『천수경』부터 공부한다. 그러니까 『천수경』이야말로 '기본과목 중의 기본과목'이라고 말할 수 있다.

『천수경』은 우리나라에서 가장 자주, 가장 많이, 가장 널리 읽는 경이다. 4월 초파일 '부처님 오신 날' 봉축 법요식 등 각종 불교의식에서 거의 예외 없이 가장 먼저 봉독하는 경도 『천수경』이다. 전국의 사찰이나 신행단체 등에서 불공을 드릴 때 반드시 『천수경』을 읽는다. 재가불자들에게도 『천수경』은 '필수과목'이다. 따라서 웬만한 불자들의 경우 『천수경』을 달달 외운다.

사실 이 경전에 담긴 진리는 무궁무진하다. 스님들은 성불(成佛)하기 위하여 수행에 진력하고 있지만, 세속의 한복판을 헤쳐 나가는 우리 같은 생활인들도 이 경전의 가르침을 '내 것'으로 받아들일 경우 크게 성공할 수 있다.

특히 이 경전을 읽으며 내 삶을 비추어 본다면 많은 것을 깨달음을 얻게 된다. 나는 누구인가. 나는 어떤 사람인가. 나는 어떻게 살아왔는가. 나는 과연 앞으로 어떻게 살아야 할 것인가……. 이 경전안에 그 모든 해답이 들어 있다. 그러므로 우리는 『천수경』 수련을 통해 새롭게 태어날 수 있고, 그 연장선상에서 가장 성공적인 삶을 가꾸어 나갈 수 있다.

불자가 아니라고 해서 어찌 『천수경』을 외면할 것인가. 설령 불자가 아니라 해도 『천수경』을 반드시 알아야 한다. 특히 이 시대의 지성인일수록 『천수경』을 꼭 알아둘 필요가 있다. 물론 『천수경』 이외의 다른 경전까지 알면 더 바랄 나위가 없다. 이는 기독교 신자가 아니라 해도 최소한 『성경』을 알아야 하고, 유림(儒林)이 아니라 해도 『논어』를 알아야 하는 이치와 같다.

더욱이 우리는 지금 글로벌 시대에 살고 있다. 극히 일부 폐쇄적인 국가를 빼고는 지구상의 거의 모든 국가들이 정치·경제·사회·문화 등 모든 부문에서 활발히 교류하고 있다. 이런 시대일수록 우리는 더 많은 지식과 실력을 축적하지 않으면 안 된다.

이와 함께 우리는 인간적으로 더욱 성숙해져야 한다. 만약 인간적으로 성숙하지 못한다면 세계무대에서 신뢰를 얻을 수 없다. 어느 사회에서나 인격자는 정중한 대우를 받지만 인격적으로 모자란 사람은 뒷전으로 밀려 '찬밥 신세'를 면할 길 없다.

그런 점에서 『천수경』은 우리에게 더욱 소중하다. 『천수경』의 진리 안에서 성공비결을 배우고, 그것을 몸 전체로 실천할 수만 있다면 우리는 '명품 성공'을 기약할 수 있을 뿐만 아니라 세계 어디에 나가서도 당대 최고의 지성인으로 극진한 대우를 받을 수 있을 것이다.

012
무엇이든 알아서
손해 날 것은 하나도 없다

✳

모름지기 한국인이라면 불교든 기독교든 이슬람교든 뭐든 개인의 종교와는 관계없이 『천수경』을 꼭 알아야 한다. 『천수경』이야말로 한국에서 가장 널리 통용되는 한국불교의 대표적 경전이기 때문이다. 이처럼 중요한 경전을 모르고 다른 경전에 관해 아는 체 한다는 것은 언어도단이다.

서양의 역사가 기독교와 불가분의 관계에 있는 것처럼 동양의 역사는 불교와 밀접한 연관을 맺고 있다. 한국불교도 뿌리가 아주 깊다. 그런 만큼 역사적으로 우리나라의 정치·경제·사회·문화 등 모든 부문과 긴밀하게 연계돼 있다. 따라서 『천수경』을 모르면 한국불교에 관해 말할 자격이 없고, 한국불교에 무지하면 우리나라의 종교는 물론이려니와 역사와 전통에 대해서도 모를 수밖에 없다.

요컨대 『천수경』을 모르면 지성인·문화인이 될 수 없다. 만약 국제적인 만남에서 누군가와 대화를 나누던 중 불교가 화제에 올랐을 때 『천수경』을 모르면 꿀 먹은 벙어리가 될 수밖에 없다. 특히 외교 등 비즈니스 테이블에서 상대방이 한국의 불교로 말문을 열었다면 유연하게 응대할 수 있어야 한다.

가령 학교에서 배운 것만 가지고도 가볍게 맞장구를 칠 수 있다.

예컨대 고구려의 소수림왕(小獸林王) 때 순도(順道)와 아도(阿道)가 어떻게 했고, 백제의 침류왕(枕流王) 때 마라난타(摩羅難陁)가 어떻게 했고, 신라의 법흥왕(法興王) 때 이차돈(異次頓)이 어떻게 했다는 이야기만 할 수 있어도 다행이라면 다행이다.

하지만 상대방도 그 정도의 상식과 정보는 갖고 있다는 것을 알아야 한다. 만약 상대방이 한국의 불교에 관해 좀 더 깊이 알고자 할 때 최소한 『천수경』만이라도 친절히 소개할 수 있다면 당신은 그것 하나만으로도 성큼 비교우위에 올라설 수 있다. 그 순간, 당신이 상대방으로부터 존경받게 되는 것은 물론 더 나아가 우리나라의 국격이 훌쩍 높아진다.

그 반면, 상대방이 먼저 『천수경』을 언급하고 있는데 당신이 아무런 의견도 개진하지 못한다면 당신은 함량미달의 '짝퉁 한국인' 취급을 받을 수밖에 없다. 만일 '종교가 달라서' '종교에 관심이 없어서' 따위의 구질구질한 이유를 들어 '잘 모른다'고 우물쭈물할 경우 그때는 함량미달의 '짝퉁 한국인' 정도가 아닌, 한국인이면서 외국인보다도 한국을 모르는 수준 이하의 형편없는 '가짜 한국인'으로 전락하고 말 것이다. 설령 종교가 다르다 해도 기본적으로 알아둘 것은 알아두어야 한다. '국제 망신'이 따로 없다. 마땅히 알아야 할 것을 알지 못하면 국격 향상은커녕 언제든지 국제적으로 망신을 초래할 수밖에 없다. 무엇이든 알아서 손해 날 것은 하나도 없다. 그런 점에서 『천수경』이야말로 기본적으로 알아두어야 할 '필수 교양과목'이라고 말할 수 있다.

013
모든 소원을 성취할 수 있다

✳

『천수경』의 본래 명칭은 『천수천안관자재보살광대원만무애대비심대다라니경(千手天眼觀自在菩薩廣大圓滿無崖大悲心大陀羅尼經)』으로, '한량없는 손과 눈을 가지신 관세음보살이 넓고 크고 걸림 없는 대자비심을 간직한 큰 다라니에 관해 설법한 말씀'이라는 뜻이다. 본래 산스크리트어[梵語]로 되어 있는 원문을 중국 당나라 때 가범달마(伽梵達磨)가 번역하였다.

『천수경』에는 광본과 약본이 있다. 광본은 부처님과 관세음보살(觀世音菩薩)의 대화 형식으로 구성된 경전이고, 약본은 광본의 핵심인 신묘장구대다라니(神妙長句大陀羅尼)의 앞뒤에 경문을 덧붙여서 불자들의 신행생활에 적합하도록 편성한 것이 특징이다.

우리나라에서 가장 널리 유통되고 있는 『천수경』은 바로 이 약본이다. 따라서 일반적으로 그냥 『천수경』이라고 하면 통상 약본 『천수경』을 일컫는 말이다. 물론 이 책에서도 약본 중심으로 담론을 전개하게 될 것이다.

알 만한 사람은 다 알고 있는 사실이지만, 현행 약본 『천수경』은 정구업진언(淨口業眞言) 등의 진언을 시작으로 개경게(開經偈)·계청(啓請)·신묘장구대다라니·사방찬(四方讚)·도량찬(道場讚)·참회게(懺悔

偈)·여래십대발원문(如來十大發願文)·사홍서원(四弘誓願)·귀명삼보(歸命三寶) 순으로 짜여 있다.

이러한 배열에서 보듯 『천수경』은 일점일획 더 보태고 뺄 것도 없는, 말하자면 완벽하게 구성된 '집약형' 경전이라고 말할 수 있다. 앞으로 성공비결을 보다 효과적으로 제시하기 위하여 먼저 이 경전의 구성요소를 개략적으로 살펴보면 다음과 같다.

- 진언 : 진실하여 거짓이 없는 참된 말.
- 개경게 : 경을 여는 게송(偈頌).
- 계청 : 열어서 청함.
- 신묘장구대다라니 : 신통하고 오묘한 긴 글귀의 큰 다라니.
- 사방찬 : 사방을 찬탄함.
- 도량찬 : 도량을 찬탄함.
- 참회게 : 참회하는 게송.
- 여래십대발원문 : 부처님께 올리는 열 가지 큰 발원문.
- 사홍서원 : 네 가지 큰 서원(誓願).
- 귀명삼보 : 신명을 바쳐 삼보(三寶, 佛·法·僧)에 귀의함.

이상에서 보듯 『천수경』에는 한국불교의 모든 사상과 철학과 지향점이 종합적으로 응집돼 있다. 따라서 이 『천수경』이야말로 기본 중의 기본인 동시에 깨달음을 향한 원천이라고 말할 수 있다. 실지로 여러 스님들이 이 경전을 통해 고승(高僧)의 반열에 올랐고, 숱한 재가불자들 또한 『천수경』의 가르침을 가슴에 새기고 실천함으로써 소원을 크게 성취하였다.

이에 따라 우리나라 불자들은 『천수경』을 가장 자주, 가장 많이,

가장 널리 읽게 되었다. 그러니까 『천수경』을 읽는 스님들과 보살들의 마음속에는 성불과 소원성취를 향한 간절한 염원이 담겨 있다. 우리도 『천수경』 수련을 통해 모든 소원을 거뜬히 성취할 수 있다.

014
신비한 원력과 공덕을 차지하라

✳

본래 산스크리트어로 된 불교 경전이 중국으로 전래되면서 본격적인 한역(漢譯) 작업이 이루어졌다. 이때 번역에 참여한 고승들은 불경 본문의 대부분을 의역(意譯)했지만, 진언 또는 다라니만큼은 음역(音譯)하였다. 그러니까 진언 또는 다라니의 경우 원전(原典)의 '소리'를 그대로 옮긴 것이다.

진언이란 부처님의 깨달음이나 서원을 나타내는 거짓 없는 참된 말로서 주(呪)·신주(神呪)·밀주(密呪)라는 뜻을 가지고 있다. 불보살(佛菩薩)의 비밀스런 말도 여기에 해당된다. 이 가운데 비교적 긴 주문(呪文)을 통상 다라니라고 하며, 특히 길게 이어지는 주문을 대다라니라고 한다. 한편, 다라니는 부처님 가르침의 정요(精要)로서 신비로운 원력을 가진 주문이다. 이를 총지(總持)·능지(能持)·능차(能遮)로 번역한다.

그렇다면 진언 또는 다라니를 의역하지 않고 원전의 소리를 그대로 옮겨 음역한 이유는 무엇일까. 그 까닭을 정리하면 대략 두 가지로 요약할 수 있다.

첫째, 진언에 담긴 뜻이 하나로만 풀어내기에는 벅찬 복합적 의미를 지니고 있기 때문이다. 따라서 어느 한 가지 뜻으로만 의역할 경우 나머지 다른 의미들이 자동 소멸될 수밖에 없다. 그렇다면 군이 의역할 필요가 없고, 소리를 옮겨 적는 편이 훨씬 낫다.

둘째, 진언이 갖는 독특한 소리에는 일정한 파장을 가진 에너지가 있는데 뜻으로 번역할 경우 소리가 달라짐으로써 미묘한 에너지의 힘을 살릴 수 없게 된다. 따라서 소리를 그대로 옮겨 적는 편이 훨씬 효과적이다.

한편, 현장법사(玄奘法師)는 일찍이 숱한 불경을 번역하면서 오종불번(五種不飜)의 원칙을 적용하였다. 오종불번의 원칙이란 다섯 가지에 한하여 번역하지 않는다는 원칙이다. 참고로 그 내용을 살펴보면 다음과 같다.

- 비밀고(秘密考) : 다라니와 같이 미묘하고 심오하여 도저히 해석할 수 없는 비밀어는 번역하지 않는다.
- 다함고(多含考) : 하나의 말에 여러 가지 뜻이 복합적으로 얽혀 있는 표현은 번역하지 않는다.
- 차방무고(此方無故) : 동식물 명칭 등 부처님이 설법한 현지에만 있고 다른 지역에는 없는 사물의 경우 번역하지 않는다.
- 순고고(順古考) : 예로부터 음만을 써도 여러 사람이 알 수 있는 말은 번역하지 않는다.
- 존중고(尊重考) : 참뜻은 깊고 오묘한 것이지만 번역함으로써 도리어 그 뜻이 훼손되는 경우 번역하지 않는다.

요컨대 진언, 즉 다라니는 불보살의 원력과 공덕이 담겨 있는 신비한 주문이다. 불보살의 원력과 공덕이 무궁무진한 점을 감안할 때 그 주문을 다른 글로 풀어서 옮긴다는 것은 실로 어려운 일이라 하겠다. 당신은 이 책을 통해 진언 및 다라니의 신비한 원력과 공덕을 차지할 수 있다.

한편, 진언 또는 다라니를 의역하지 않았다고 해서 거기에 뜻이 없는 것은 아니다. 도리어 의역할 수 없는, 의역해봤자 참뜻이 훼손 또는 오도될 수밖에 없는 심오한 뜻이 담겨 있다고 이해해야 한다. 따라서 그런 언어는 굳이 의역하지 않고 원어 그대로 외우는 편이 훨씬 경전의 본질에 부합한다.

예컨대 기독교에서도 '알렐루야' '아멘' 같은 단어는 굳이 의역하지 않는다. 이들 어휘를 의역하지 않고 음역만 한다고 해서 본뜻이 없는 것은 아니다. 오히려 의역할 경우 여러 의미를 함축하고 있는 본래의 뜻이 손상될 수밖에 없는지라 그냥 음역만 하는 것이다.

가령 우리 민족의 전통민요 「아리랑」의 경우도 예외가 아니다. '아리랑 아리랑 아라리요 아리랑 고개로 넘어간다……' 이런 노랫말을 다른 언어로 번역한들 무슨 의미가 있을 것인가. 만약 「아리랑」을 의역할 경우 그와 동시에 「아리랑」은 「아리랑」으로서의 본질을 상실하고 만다.

아무튼 『천수경』에는 여러 진언과 이 경전의 중추(中樞)에 해당하는 '신묘장구대다라니'가 들어 있다. 앞으로 방대하게 전개될 『천수경』의 성공비결 담론을 '내 것'으로 받아들일 때 이 점을 참고한다면 큰 도움이 될 것이다.

015
안 되는 것이 없다

『신수대장경(新修大藏經)』에 의하면 천수다라니를 독송하면 열 가지 이익이 있다[誦呪十利]고 하였다. 이와 함께 『신수대장경』은 천수다라니를 독송할 경우 열다섯 가지의 훌륭한 삶을 얻고[得十五種善生] 열다섯 가지의 나쁜 죽임을 당하지 않는다[不受十五種惡死]고 하였다. 그 구체적 내용은 다음과 같다.

◆ 독송의 열 가지 이익[誦呪十利]

• 모든 중생이 안락을 얻는다.

• 모든 병이 낫는다.

• 오래 산다.

• 부자 된다.

• 모든 악업과 중죄를 소멸할 수 있다.

• 장애와 어려움을 떨칠 수 있다.

• 모든 선행과 공덕을 더욱 많이 쌓게 된다.

• 모든 선근(善根)을 성취할 수 있다.

• 모든 두려움을 떨칠 수 있다.

• 구하는 것을 모두 얻을 수 있다.

◆ 열다섯 가지의 훌륭한 삶을 얻음[得十五種善生]

• 태어나는 곳마다 좋은 통치자를 만난다.

• 항상 선량한 나라에서 살게 된다.

• 늘 좋은 시절을 만난다.

• 항상 좋은 벗을 만난다.

• 언제나 정상적인 몸으로 건강하게 산다.

• 깨달음에 이르는 믿음이 깊어진다.

• 계율이 청정하다.

• 가족들이 서로 사랑하여 화목하다.

• 재물과 음식과 의복 등을 항상 풍족하게 확보한다.

• 항상 타인으로부터 공경과 존경을 받는다.

• 타인에게 재물을 빼앗기지 않는다.

• 구하는 일이 뜻대로 이루어진다.

• 용과 하늘과 신선이 항상 보호해 준다.

• 언제 어디에서나 부처님을 뵙고 법문을 듣는다.

• 올바른 말을 듣고 그 깊은 뜻을 깨닫게 된다.

◆ 열다섯 가지의 나쁜 죽임을 당하지 않음[不受十五種惡死]

• 굶어죽지 않는다.

• 사형당하지 않는다.

• 원수로부터 살해되지 않는다.

• 전쟁터에서 전사하지 않는다.

• 짐승에게 물려서 죽지 않는다.

• 독사에 물려죽지 않는다.

• 물에 빠져 죽거나 불에 타죽지 않는다.

- 독극물에 의해 죽지 않는다.

- 독충에 물려서 죽지 않는다.

- 정신착란으로 죽지 않는다.

- 산이나 절벽에서 추락사하지 않는다.

- 나쁜 사람이나 도깨비에 홀려 죽지 않는다.

- 사악한 신이나 악귀에 의해 죽지 않는다.

- 나쁜 병에 걸려서 죽지 않는다.

- 때 아닐 때 죽지 않고 자살하지 않는다.

이와 같이 『천수경』의 공덕은 이루 말할 수가 없다. 이 같은 일련의 원력을 종합한다면 『천수경』을 머리에 새기고 실천할 경우 안 되는 것이 없다. 우리는 『천수경』 수련을 통해 살아 있을 때는 물론이려니와 죽을 때까지 큰 복을 받을 수 있다.

016
입을 함부로 놀리지 마라

✻

입이 없으면 말을 할 수가 없다. 하지만 우리는 입이 있음으로 해서 본의든 본의가 아니든 숙명적으로 죄를 지을 수밖에 없다. 입에서 나오는 망어(妄語, 진실하지 못한 허망한 말)·양설(兩舌, 이간질하는 말)·악구(惡口, 악담)·기어(綺語, 도리에 어긋나며 교묘하게 꾸며 대는 말)는 모두 죄가 된다.

사회가 혼탁하면 혼탁해질수록 거짓말이 난무한다. 예전에는 소위 '3대 거짓말' 이라는 것이 있었다. 노인이 '죽고 싶다' 고 하는 말, 장사꾼이 '물건을 팔아봤자 남는 게 없다' 는 말, 과년한 처녀가 '시집가지 않겠다' 는 말이 그것이었다. 그래도 그 정도는 애교 섞인 순진한 거짓말이라고 말할 수 있겠다.

하지만 최근에는 사회 곳곳에서 거짓말이 넘쳐난다. 어떤 사람은 입만 열었다 하면 거짓말만 내뱉는다. 예컨대 닳고 닳은 사기꾼들의 경우 그들의 입에서 나오는 것이란 숨 쉬는 것 빼고는 다 거짓말이라 해도 과언이 아니다. 오죽하면 텔레비전으로 생중계 되는 국회 청문회에 나와서 입술에 침도 바르지 않은 채 금세 들통 날 거짓말을 술술 늘어놓는 사람들이 얼마나 많은가. 그들 역시 사기꾼과 다를 바 없다.

이 험악한 세상에는 이쪽과 저쪽을 이간질하기 위해 혀끝으로 술수를 부리는 사람도 한둘이 아니다. 심지어 정부와 국민을 이간질하려고 날조된 유언비어를 퍼뜨리는 불순세력도 적지 않다. 그런 범죄 행위는 실정법으로 단죄되어 마땅하지만, 그에 앞서 인간적으로 돌이킬 수 없는 큰 죄악이 아닐 수 없다.

구습(口習)이란 '입버릇'을 일컫는 말이다. 구습이 나쁜 사람은 입만 열었다 하면 나쁜 말을 뱉어 낸다. 어떤 사람들은 시도 때도 없이 자기 자녀들에게까지 욕설을 퍼붓는다. '염병할 놈' '죽일 년' '빌어먹을 놈' '개만도 못한 년' '호랑이가 물어갈 놈' '썩을 년'……차마 입에 담지 못할 더러운 욕설을 쏟아낸다. 아무리 해내버리는 것이 말이라고 하지만 그런 욕설을 해서는 안 된다.

그런가 하면 우리 사회에는 한 입으로 두 말 하는 허풍쟁이가 많다. 선거 때마다 지키지도 못할 공약을 내세우는 정치꾼들을 비롯하여 곳곳에 씨도 먹히지 않을 '뻥'으로 한 몫 보려는 사람들까지 널려 있다. 그래봤자 소기의 목적을 달성하기는커녕 제 스스로 큰 죄업을 지으면서 실없는 사람으로 추락할 뿐이다. 그밖에도 인간이 알게 모르게 입으로 짓는 죄업은 이루 헤아릴 수 없이 많다.

정구업진언(淨口業眞言)
- 입으로 지은 죄업을 깨끗이 씻는 신비의 말
수리 수리 마하수리 수수리 사바하
- 깨끗하고 깨끗하고 크게 깨끗하게 하여 아주 깨끗함을 원만히 성취
  케 하소서.

『천수경』의 첫 대목이다. 그러니까 『천수경』은 입으로 지은 죄업

부터 깨끗이 씻고 시작한다. 말하자면 거룩한 경을 본격적으로 읽기 위해 양치질부터 하는 셈이다. 특히 독경할 때에는 '정구업진언'의 주문 '수리 수리 마하수리 수수리 사바하'를 잇따라 세 번 반복해 읽는다. 따라서 이후에 전개되는 모든 경은 '깨끗하고 깨끗하고 크게 깨끗하게 하여 아주 깨끗함이 원만히 성취된 상태'로 이어진다고 말할 수 있다.

입을 함부로 놀리면, 즉 입으로 죄를 지으면 성공할 수 없다. 언제 어디서든지 말을 아끼고 좋은 말만 해야 한다. 그래야 성공할 수 있다. 직접 '정구업진언'의 주문을 읽고 그 참뜻까지 익힌 당신은 이제 어떤 경우에라도 정어(正語, 바른말)·진어(眞語, 참되고 화합을 도모하는 말)·애어(愛語, 부드럽고 따뜻하며 사랑이 담긴 말)·실어(實語, 실제나 실행과 서로 맞는 말)만을 구사하게 되리라 믿는다. 수리 수리 마하수리 수수리 사바하……

한편, 우리는 하루에도 몇 차례씩 양치질을 한다. 이때 칫솔질을 하면서 구강위생만 생각할 것이 아니다. 혹여 잘못 내뱉은 말이 있다면 입을 깨끗이 씻고 앞으로는 좋은 말만 하겠다는 내면의 다짐까지 가슴에 새길 수 있어야 한다. 그러면 당신의 인격이 높이 올라가 반드시 크게 성공할 수 있고, 그 바탕 위에서 국격도 향상된다.

017
여성들은 군대 이야기를
싫어한다

✳

여성들은 대개 군대 이야기를 싫어한다. 그 다음으로 싫어하는 화제는 축구 이야기라고 한다. 그보다 더 싫어하는 것은 당연히 군대에서 축구한 이야기라고 한다. 좀 오래된, 그래서 진부해진 느낌까지 들긴 하지만 아무리 생각해도 그럴싸한 우스갯소리가 아닐 수 없다.

사실 남성들이 모인 자리에 가면 종종 군대 이야기와 축구 이야기가 등장한다. 어떻게 보면 그런 화제야말로 공동의 경험과 관심사를 공유하고 확인함으로서 상호 거리를 좁혀 일체감을 조성한다는 측면이 있다.

하지만 군대 이야기가 화제에 올랐다 하면 대부분 과대포장으로 흐르게 마련이다. 평범한 사병으로 군 복무를 했으면서도 소대·중대·대대·연대는 물론 사단이나 그 이상의 상급부대까지 자기가 쥐락펴락 했던 것처럼 '뻥튀기' 하는 사례가 흔하다. 아니, 자기가 없었더라면 아예 대한민국 군대가 존재하지 못했을 것처럼 떠들어대는 사람도 있다.

군대에 다녀온 사람으로서 무한한 긍지와 보람을 느끼는 것은 얼마든지 좋다. 하지만 문제의 뻥튀기가 지나치게 과장될 때에는 그 순간 정직성·진정성을 잃게 된다. 또, 아무런 분별없이 마구 떠들어대는 동안 아주 중요한 군사기밀이 유출될 수도 있다는 사실을 명심해야 한다.

일찍이 모 부대 소대장으로 월남전에 참전했고, 그 후 중대장까지 지낸 예비역 대위가 있다. 그는 앉았다 하면 월남전 이야기부터 꺼낸다. 초 치고 된장 풀고 갖은 양념 다해서 입에 게거품을 물고 허풍을 떨 때에는 참으로 가관이다. 부하들이 베트콩의 총격을 받고 퍽퍽 쓰러질 때 자기만 용케 살아남았다는 대목에 이르면 이 사람이 과연 장교 계급장을 달았던 지휘관 출신인지 그 자질을 의심하지 않을 수 없다.

그래서는 안 된다. 그 자신 실지로 여러 부하들을 잃은 무능한 지휘관이었다면 입을 굳게 다물고 자숙해야 한다. 아무 데서나 무용담 아닌 무용담을 너벌너벌 늘어놓으며 주접을 떨 것이 아니라 그보다 먼저 자신의 무능과 부덕을 뉘우치는 가운데 겸허하면서도 애끓는 마음으로 꽃다운 나이에 아깝게 죽어간 부하들의 명복을 빌어야 할 것 아닌가. 그런데도 그는 주책없이, 시도 때도 없이 개나발을 불어 구업을 짓는다.

한편, 남성들의 축구 이야기 또한 여성들이 싫어할 만한 요소가 충분하다. 축구 이야기가 입에 오르면 그때부터 국가대표 아닌 사람이 없다. 현역 국가대표 감독도 뺨 맞고 돌아갈 정도로 얼마나 기막힌 논평을 하는지 그저 신기할 따름이다.

군대에서 축구한 이야기는 더 말할 나위가 없다. 전부 그런 것은 아니지만 대부분의 남성들은 군대에서 축구한 이야기를 화제에 올릴 경우 너나 할 것 없이 모두 멀티 플레이어가 된다. 공격과 수비, 심지어 골키퍼에 이르기까지 여러 포지션을 들먹이며 떠드느라 다른 사람에게는 말할 기회조차 주지 않는다.

하지만 그런 '구라'를 푸는 동안 그 사람의 인격은 속절없이 좀먹게 마련이다. 군대에서 즐겨 쓰는 말로 '가만히 있으면 중간이나 갈 것'을 괜히 어설픈 구라를 풀어댐으로써 인격적으로 손해를 볼 필요는 없다. 그건 마치 문어나 낙지가 제 다리를 잘라 먹는 행위와 같다.

다른 각도에서 보자면 금쪽같은 시간에 기껏 군대 이야기, 축구 이야기, 군대에서 축구한 이야기를 하는 것은 그만큼 화제가 궁핍하다는 뜻도 된다. 남자들이 모여서 나눌 수 있는 고상한 담론은 얼마든지 있다. 예컨대 『천수경』 같은 경전을 대화의 주제로 삼는다면 얼마나 좋을까.

하지만 그들은 '대화의 질'을 모른다. 따라서 그들은 남들이야 믿거나 말거나 별로 실익 없는 대화에 열을 올린다. 그래가지고는 인격·국격이 올라갈 수 없고, 그 자신의 성공도 점점 멀어질 수밖에 없다. 진짜로 혁혁한 무공을 세운 사람은 그런 엉터리 구라가 아닌 번쩍번쩍 빛나는 훈장(勳章)으로 말한다.

이제 여성들 앞에서 군대 이야기, 축구 이야기, 군대에서 축구한 이야기는 가급적 피해야 한다. 상대방이 좋아하지 않는 이야기를 일방적으로 늘어놓는 것은 자신의 성공에 별 도움이 안 된다. 그 대신 서로 공감할 수 있는, 즉 쌍방이 서로 막힘없이 소통할 수 있는 유익한 담론을 화제에 올려야 성공할 수 있다. 그래야 국격도 올라간다.

018
불필요한 말은 할 필요가 없다

✳

지성인이라면 응당 말을 아껴야 한다. 아무리 학벌 좋고 풍채 좋은 사람이라도 말을 많이 하면 체통이 떨어진다. 하지만 우리 사회에는 배울 만큼 배우고, 그래서 소위 행세 깨나 한다는 사람 중에도 말을 '낭비하는' 경우가 많다. 예컨대 일식집에 들어가 이렇게 묻는 사람들이 있다.

"오늘 횟감 좋습니까."

그건 전혀 불필요한 질문이다. 물어보나 마나 일식집 주인의 답변은 이미 정해져 있기 때문이다. 그건 너무 뻔하다.

"네, 아주 좋습니다."

설령 횟감이 한물갔다 한들 일식집 주인과 그곳 종업원들을 막론하고 '오늘 횟감은 한물갔습니다'라고 답변할 사람은 아무도 없다. 만약 누군가가 그런 질문을 던질 경우 일식집 관계자들은 마음속으로 '미친 놈' 하고 코웃음을 치게 된다. 따라서 그런 시답잖은 질문은 할 필요가 없다. 그런데도 일식집에 갈 때마다 '습관적으로' 그렇게 묻는 사람들이 있다.

어디 그뿐인가. 그보다 더 한심한 사람들이 있다. 일식집이든 한식집이든 중국요리집이든 음식점에서 식사를 하는 동안 괜히 다른 음식점 이야기를 꺼내 이것저것 비교하는 사람들이 그들이다.

"음식은 저쪽 집이 더 맛있는데 말야……."

설령 고객끼리 주고받는 대화라 할지라도 그 말을 듣는 이쪽 음식점 주인과 종업원 입장에서는 참으로 김새는 노릇이 아닐 수 없다. 그건 이쪽 음식점에 대한 모독이며 홀이나 주방에서 일하는 음식점 관계자들의 염장을 지르고 부아를 돋우는 일이다. 그들의 내면에는 다른 음식점과의 경쟁심리가 있고, 음식에 관한 한 자기가 최고라는 자부심이 있기 때문이다.

누군가의 입에서 이 집은 어떻고, 저 집은 어떻고 그런 말이 나오는 순간 서비스의 질은 당연히 떨어질 수밖에 없다. 그러므로 무심코 내뱉은 그 허튼소리 한마디로 일행은 보이지 않는 손해를 자초하게 된다. 이렇듯 허튼소리 하는 사람은 성공할 수 없다.

이와 함께 재산증식 이야기를 할 때 거의 예외 없이 단골메뉴로 등장하는 것이 '미나리꽝'과 '호박밭'이다. 서울이나 부산·대구·인천·광주·대전·울산 등 대도시의 경우 도심에서 벗어난 외곽까지 광범위하게 비대해졌다. 이 과정에서 종래의 변두리 지역 땅값이 천정부지로 뛰었다. 이에 따라 대도시에 오래 산 주민들일수록 미나리꽝과 호박밭 이야기를 잘한다.

"내가 한창 젊었을 때만 해도 그 일대는 미나리꽝이었어. 그때 땅 한 평에 백 원도 안 되었지. 그 땅을 샀더라면 지금쯤 돈방석에 앉아 있는 건데 말야."

"그래? 저쪽 아파트단지는 호박밭이었어. 나도 호박밭을 몇 백 평만 사놓았더라면 지금 이렇게 고생하지는 않을 거야."

그건 하나마나한 이야기가 아닐 수 없다. 개구리가 올챙잇적 생각 못한다는 말이 있다시피 그들은 현재의 시점에서 훌쩍 흘러간 옛 이야기를 하고 있다. 그들이 지칭하는 지역이 미나리꽝이든 호박밭이든 그때에는 감히 그걸 매입할 형편이 못 되었으면서도 돈냥이나 손에 쥔 지금 기준으로 그런 거랑말코 같은 헛소리를 늘어놓는 것이다.

그런 쓸데없는 말을 늘어놓을 바에야 차라리 '우리 집 금송아지는 매일 다이아몬드 똥을 수십 트럭씩 싼다'고 말하는 편이 낫다. 그러면 다른 사람들이 즐겁게 웃겠지만, 그러나 왕년의 미나리꽝이 어떻고 호박밭이 어떻고 떠들어봤자 귀신 씨나락 까먹는 소리 정도로나 여길 것이다.

역시 안 해도 좋을 말은 안 하는 편이 서로에게 이롭다. 괜히 하지 않아도 좋을 말을 함으로써 남의 빈축을 살 필요가 없다. 이제 당신은 꼭 필요한 말만 하는 훌륭한 인격자가 되어 '명품 성공'을 향해 질주하게 되었다.

019
약속은 생명이다

✳

　예로부터 일구이언(一口二言)하면 이부지자(二父之子)라 했다. '한 입으로 두 말 하면 두 아버지의 아들'이라는 뜻이다. 두 아버지의 아들이란, 결국 어머니가 여러 남자와 몸을 섞어 어느 남자의 자식 놈인지 모른다는 뜻이 된다. 그러니까 부모까지 욕을 먹이는 매우 험악한 질타가 아닐 수 없다.

　하지만 시절이 하 숭숭하다 보니 한 입으로 두 말 하는 고약한 사람들이 수두룩하다. 날씨에 따라, 기분에 따라, 상황에 따라 수시로 말을 바꾸는 나쁜 사람들. 소위 힘 깨나 쓴다는 사람들 중에도 그런 작자들이 많다. 그들은 이부지자가 뭔지도 모르는 모양이다.

　약속을 하찮게 여기는 사람이 너무 흔하다. 약속을 깨는 것도 일종의 일구이언, 즉 한 입으로 두 말 하는 말 바꾸기에 해당된다. 그런 사람은 성공할 수 없다. 약속이란 '다른 사람과 앞으로의 일을 어떻게 할 것인가를 미리 정하여 두거나 또는 그렇게 정한 내용'을 일컫는 말이다. 그렇다면 하늘이 두 쪽 나도 반드시 약속을 지켜야 한다.

　예나 지금이나 사람과 사람 사이의 관계는 약속으로 성립된다. 그 중에서도 시간약속은 기본 중의 기본이다. 우리는 하루에도 몇 차례씩 누군가와 시간약속을 한다. 달리 말하자면, 사람과 사람 사이의 모든 관계는 시간약속으로부터 시작된다 해도 과언이 아니다. 시간약속을 해야 만남이 이루어지고, 모든 일이 그 만남을 통해 추진되기 때문이다.

그런데 가장 기본적인 이 시간약속조차 지키지 못하는 저질들이 지천으로 널려 있다. 부도가 따로 없다. 시간약속을 지키지 못하는 사람은 셈도 흐리다. 금전거래에서는 약속한 시간을 지키지 못하면 부도 처리된다. 따라서 기본적으로 시간약속을 지키지 못하는 사람과 금전거래를 할 경우 언제 부도를 맞을지 모른다.

애당초 지키지 못할 약속이라면 약속 자체를 하지 말았어야 한다. 그런데도 일방적으로 약속을 남발하는 사람들이 적지 않다. 정치권이 선거 때 내놓는 공약은 그 대표적 사례라 말할 수 있다. 그들의 공약은 언제나 '공약(空約)'으로 둔갑했다. 그러니까 '말 바꾸는 데는 귀신'이라는 말이 나왔다. 따라서 그들은 정부와 정치권에 대한 불신만 키워 나왔다.

사실은 정치가 성공해야 사회 전체가 발전하고 우리 모두가 골고루 잘살 수 있다. 하지만 지금까지 정부와 정치권이 보여준 일련의 행태는 실망스럽기 짝이 없다. 정부와 정치꾼들은 약속을 수시로 번복 또는 파기함으로써 우리 사회의 불신을 가중시켰다.

우리 같은 일반시민들의 주변에도 불확실한 약속이 넘쳐난다. 예컨대 '언제 술 한잔 합시다' 또는 '식사 한번 합시다' 하는 따위의 무책임한 약속이 그것이다. 시간과 장소가 특정되지 않은, 해도 그만 안 해도 그만인 그런 일방적 약속 따위는 가급적 삼가는 것이 좋다.

진정으로 술 한잔이나 식사 한끼 접대할 의향이 있으면 시간과 기회가 맞아떨어졌을 때 조용히 실천하면 그만인 것을, 굳이 그런 일방적인 약속을 함으로써 스스로 신뢰를 떨어뜨릴 필요가 없다. 그런 뜨뜻미지근한 언약은 대부분 식언(食言)으로 끝날 확률이 높다.

본래 '나중에 보자' '이 다음에 보자'는 사람 치고 별 볼일 없다. 예컨대 '나중에 돈 벌면 잘 해줄게' '이 다음에 돈 벌면 장학금을 듬뿍 내놓아야지' '나중에 성공하면 집안일을 모두 챙길 거야……' 등등 그런 말은 하나마나한 헛소리에 불과하다.

그런 사람이 성공하기를 기대하는 것보다는 차라리 모래알 싹 나고 개구리 턱에서 수염 나기를 기다리는 편이 낫다. 실지로 누군가에게 기여하는 사람은 모자람 속에서도 '나눔'을 실천한다. 하지만 말을 앞세우는 사람은 실천의지가 그만큼 떨어진다.

결정적으로 신뢰를 떨어뜨리는 식언 또한 엄청난 구업이다. 그 대신 성공한 사람은 정확히 앞뒤를 재어 꼭 실천할 수 있는 약속만 한다. 약속은 생명이다. 오늘날처럼 이부지자가 넘쳐나는 세상일수록 약속 잘 지키는 사람은 단연 돋보이게 되어 있다. 당신은 어떤 약속도 '칼같이' 잘 지킴으로써 장차 크게 성공할 것이다.

020
당신은 우주의 중심에 있다

✳

오방내외안위제신진언(五方內外安慰諸神眞言)
– 오방 내외의 모든 신들을 안위하는 신비의 말
나무 사만다 못다남 옴 도로도로 지미 사바하
– 거룩한 부처님께 귀의합니다. 신성하고 밝음을 원만히 성취케 하옵소서.

'정구업진언' 에 이은 두 번째 진언 '오방내외안위제신진언' 전문이다. 오방은 동·서·남·북에다 그 가운데인 중방(中方)을 가리킨다. 이 오방에 내외까지 포함하면 결국 우주 전체가 된다. 그러니까 이 진언은 우주의 모든 신들을 편안히 모시기 위하여 바치는 주문이다. 독경할 때 진언 '나무 사만다 못다남 옴 도로도로 지미 사바하' 를 잇따라 세 번 반복해 읽는다.

그런데 이 진언에 나오는 '제신(諸神)' 과 관련하여 분명히 짚고 넘어가야 할 사안이 있다. 유일신을 섬기는 기독교의 관점에서 본다면 '제신' 이라는 표현이 조건반사적 저항을 불러올 수 있기 때문이다. 하지만 신에 대한 개념은 종교마다 다르다는 것을 알아야 한다.

웬만한 불자들은 다 알고 있다시피 불교의 목적은 성불에 있다. 그러므로 불경에서 말하는 신은 절대자로서의 신이 아닌, 천신(天

神)·지신(地神) 등 중생들을 보살피는 선신(善神)을 의미한다. 그러니까 기독교에서 말하는 신과는 근본적으로 차이가 있다. 물론『천수경』에 등장하는 신들도 이런 신이라고 이해하면 된다.

한편, 상식적으로 볼 때 모든 방위는 인간중심으로 되어 있다. 즉, 자기가 서 있는 위치에서 동·서·남·북과 위·아래가 결정된다. 서울의 동쪽에 강릉이 있고, 서쪽에 인천이 있다. 하지만 강릉에서 보면 서울이 서쪽에 있고, 인천에서 보면 서울이 동쪽에 있다. 자기의 위치에 따라 이렇듯 방위가 달라진다.

지구는 둥글고, 당신은 지금 천지사방의 중심에 있다. 따라서 한 방향으로만 끊임없이 가면 지구를 한 바퀴 돌아 결국 자기가 있던 본래의 자리로 돌아오게 되어 있다. 달리 말하자면 당신은 지금 우주의 중심에 있다.

이와 함께 당신이 머물고 있는 위치에서 위와 아래도 결정된다. 가령 당신이 100층에 있으면 99층도 아래가 된다. 하지만 1층에 있으면 2층도 위가 되고, 아래라고는 지하층밖에 없다.

따라서 당신이 어디를 가든 오방과 내외가 있고, 그곳의 제신들이 당신을 여일하게 굽어보고 있다. 그런데도 누군가의 눈길이 미치지 않는다고 해서 음험한 짓을 하는 사람들이 적지 않다. 그래서는 안 된다. 누가 보든 안 보든 언제 어디에서나 정직하게 살아야 한다. 그러면 오방내외의 제신이 당신을 도와 반드시 성공으로 이끌어줄 것이다.

021
중심을 잡아라

✳

　내 인생은 다른 사람이 대신 살아주는 것이 아니다. 따라서 내 인생은 내가 주도적으로 살아가지 않으면 안 된다. 개중에는 일이 잘 안 풀릴 경우 이것저것 구차스런 핑계를 대는 사람들이 있다. 그런 사람은 애당초 성공할 수 없다. 처음부터 정신상태가 잘못돼 있기 때문이다.

　모든 것은 자기가 결정하고 자기가 책임질 수 있어야 한다. 그러자면 내면의 중심, 즉 어떤 상황에서도 반드시 옳은 판단을 내릴 수 있는 확고한 저력을 길러야 한다. 저력이 없는 사람은 중심을 잃고 이리저리 휘둘릴 수밖에 없다. 특히 그렇게 줏대 없는 사람일수록 사기꾼의 달착지근한 감언이설에 속아 성공은커녕 실패를 자초하게 마련이다.

　저력을 기르는 방법에는 여러 가지가 있지만, 그 중에서도 인생에 대한 성찰은 기본 중의 기본이라고 말할 수 있다. 인생을 제대로 알지 못하면 성공할 수 없다. 설령 잠시 권력과 재물과 명예를 차지한다 해도 인생에 대한 진지한 탐구와 성찰이 없을 경우 중심을 잡지 못해 도리어 큰 참화를 불러올 수 있다.

　예컨대 씨름이나 유도나 레슬링 같은 운동경기는 중심이 승패를 좌우한다. 달리 말하자면 상대방의 중심을 빼앗는 대표적 경기인 셈이다. 그밖의 모든 운동 역시 중심을 잘 잡아야 승리할 수 있다. 만일 중심을 잃게 되면 백전백패를 면할 길 없는 것이다.

선박이 거센 파도에도 전복되지 않는 것은 중심이 확실하기 때문이다. 산더미 같은 파도가 휘몰아칠 때 물 위의 배는 특유의 복원력으로 중심을 되찾는다. 중심이 확실하면 이렇듯 복원력을 발휘할 수 있지만, 만약 중심이 허약하다면 이리 흔들 저리 흔들 그냥 파도에 휩쓸리다가 수장될 수밖에 없다.

오뚝이는 더 말할 나위가 없다. 본질적으로 중심 없는 오뚝이는 존재할 수가 없다. 오뚝이는 중심이 있음으로 해서 쓰러졌다가도 다시 일어나게 된다. 성공하려면 언제 어떤 위치에서도 오뚝이처럼 벌떡벌떡 일어날 수 있는 중심을 가져야 한다.

특히 큰 성공을 꿈꾸는 사람일수록 먼저 인생이 무엇인가를 통찰해 저력을 기르지 않으면 안 된다. 우리가 하는 일은 모두 인간의, 인간에 의한, 인간을 위한 것이어야 한다. 인간을 외면하거나 인간을 해치는 일이라면 그건 성공할 수가 없다.

내공을 충분히 쌓은, 그리하여 확실하게 중심을 잡은 사람은 항상 옳은 판단을 내릴 수 있다. 따라서 하는 일마다 성공이 보장된다. 하지만 그렇지 못한 사람의 경우 수시로 오판을 불러와 결정적인 낭패를 볼 수밖에 없다. 그런 점에서 영원불멸의 『천수경』이야말로 성공의 저력을 길러주는 최고의 길라잡이라고 말할 수 있다.

022
주제파악을 잘하라

✻

세상에는 별 희한한 사람들이 다 있다. 배울 만큼 배운 사람이 해서는 안 될 짓을 하는가 하면 혼자서 똑똑한 체 다 하는 사람이 얼토당토않은 망발을 하는 경우 어떻게 해볼 재간이 없다.

꽤 오래 전에 있었던 일이다. 국회부의장 부인이 세상을 떠났다. 그때 여야 국회의원들이 빈소를 찾았다. 그런데 D의원이 고인의 영정 앞에 분향하고 재배한 뒤 부인 잃은 부의장의 손을 잡으며 다정하게 물었다.

"그간 별 일 없으셨죠?"

망발 중에도 기절초풍할 망발이었다. 명색 국회의원이라면 말 깨나 하는, 그래서 유권자들의 표를 긁어모아 금배지까지 달게 된 사람이라고 봐야 한다. 하지만 D의원은 부인 잃고 비통함에 젖어 있는 정계의 원로이자 현직 부의장인 대선배에게 그런 어처구니없는 무례를 범하고 말았다.

세상을 살다보면 문제의 국회의원처럼 주제파악을 못하는, 좀 더 심하게 말하자면 동서남북조차 못 가리는 사람들이 너무 많다. 필자는 이런저런 회의 또는 강의 도중 종종 그런 사람들을 만난다. 상대방이 정신적으로 이상한 사람이라면 그런 대로 이해하고 넘어갈 수 있겠지만, 평소 멀쩡하던 사람이 아무 생각 없이 중뿔난 헛소리를 턱턱 내뱉을 때에는 여간 실망스러운 것이 아니다.

주제가 정해져 있는 회의에서 본질을 크게 벗어난 발언, 강의 도중 강의의 내용과는 전혀 관계없는 질문이 난무한다. 예컨대 초상집에 가서 분향재배하고 실컷 곡(哭)까지 한 뒤 '누구 돌아가셨느냐?'고 묻는다면 어떻게 될까. 주제를 파악하지 못하면 자다가 주머니 두드리면서 남의 다리 긁기 안성맞춤인 것이다.

그런 사람은 아무리 좋은 문학작품을 읽어도 작가가 왜 이 작품을 썼는지 그 안에 담긴 메시지를 읽어내지 못한다. 따라서 아무리 책장을 술술 잘 넘겨도 얻는 것이 없다. 두말할 나위도 없이 우리가 문학작품을 읽는 것은, 그 안에 담긴 주제를 파악하기 위한 노력이라고 말할 수 있다. 그럼에도 불구하고 주제를 간파하지 못한다면 그런 독서는 말짱 헛일에 불과할 뿐이다.

문제는 정신집중이다. 정신이 흐트러지면 일을 해도 자기가 무슨 일을 하는지 모른다. 이 냉엄한 현실 속에서 한눈을 팔고 엉뚱한 생각을 하면 주제를 파악할 수가 없다. 그리고 주제파악을 못하면 항상 헛다리만 짚게 마련이고, 그런 사람에게는 빛나는 성공 대신 처참한 실패가 뒤따를 뿐이다.

정신일도하사불성(精神一到何事不成)이란 '정신을 집중하여 노력하면 어떤 어려운 일이라도 성취할 수 있다'는 말이다. 정신을 한 곳으로 모아 열심히 『천수경』을 수련할 경우 우주만물의 진리를 깨달아 주제파악을 잘하게 됨으로써 어느 누구라도 반드시 성공할 수 있다.

023
준비를 철저히 하라

✳

　무슨 일을 하든지 준비를 철저히 해야 한다. 가령 장거리 운전을 하려면 자동차의 이상 여부를 확인해야 한다. 보닛을 열어 팬벨트·엔진오일 등을 점검해 보는 것은 매우 바람직한 준비과정이라고 말할 수 있다.

　이와 함께 연료도 충분히 확보해야 한다. 물과 음료 등을 준비하는 것도 잊지 말아야 한다. 운전면허증 등 소지품을 제대로 챙겼는지 확인한다. 그런 다음 안전벨트를 매고 시동을 걸어 전후좌우를 잘 살피면서 서서히 자동차의 속력을 높여 나간다.

　항공기와 선박은 더 말할 나위가 없다. 항공기의 경우 이륙에 앞서 엔진과 각종 장비를 철저히 정비하고 기내(機內)에서 먹고 마실 식음료와 자잘한 각종 소모품까지 충분히 준비해야 한다. 연료·기상상태 등 확인 점검할 대상은 한두 가지가 아니다. 그렇지 않고서는 성공적인 운항을 장담할 수 없다.

　선박도 예외가 아니다. 부두를 떠나기 전에 모든 준비를 철저히 해야 한다. 만약 기관·레이더·계기 등 어느 한 가지라도 이상이 발견되면 출항할 수 없다. 성공적인 항해를 담보하기 위해서는 무엇보다도 물샐틈없는 준비가 전제되어야 하는 것이다.

운동선수도 본격적인 시합에 앞서 땀이 촉촉해질 만큼 충분한 준비운동을 한다. 이때 운동선수들은 흔히 워밍업, 즉 '몸을 푼다'고 말한다. 이는 긴장을 풀고 몸의 컨디션을 조절하는 과정이라고 말할 수 있다. 그래야만 시합에 들어가 곧바로 제 기량을 마음껏 발휘할 수 있기 때문이다.

저 옛날 도자기를 굽던 도공(陶工)들도 가마에 불을 넣을 때에는 목욕재계하고 몸가짐을 깨끗하게 유지했다. 이 또한 일종의 사전 준비과정으로서, 도자기가 본래 의도했던 대로 잘 소성(燒成)되기를 염원하는 지극정성의 발현이었다.

『천수경』은 '정구업진언'으로 입을 깨끗이 씻고, '오방내외안위제신진언'으로 제신에 대한 안위와 함께 신성하고 밝음을 원만히 성취할 수 있도록 기원한 다음 '개경게(開經偈)'로 들어간다. 이 '개경게'는 비단 『천수경』을 독송할 때만 읽는 것이 아니라 모든 경전을 독경할 때 읽는 게송으로 이제부터 독경을 시작한다는 선언적 의미를 내포하고 있다. 경전의 전체적인 구성에서 보더라도 『천수경』은 이렇듯 도입부에서부터 치밀하게 짜여 있다.

우리도 어떤 일을 착수하기에 앞서 충분한 준비과정을 거쳐 치밀한 계획을 짜야 한다. 특히 하고자 하는 일이 바람직한 일인가를 생각해야 한다. 만약 아무리 눈에 보이는 이익이 많다 해도 옳지 못한 일, 다른 사람에게 피해를 끼치는 일이라면 깨끗이 접어야 한다. 그 대신 옳은 일, 다른 사람에게 유익한 일이라면 당분간 손해가 예상되더라도 과감히 추진해야 한다. 그러면 언젠가는 반드시 일시적인 손해를 훌쩍 뛰어넘을 수 있다. 그러다가 어느 단계를 넘어선 뒤에는 승승장구 일취월장하면서 큰 성공을 일궈낼 수 있다.

024
법 위에 '진짜 법'이 있다

개경게(開經偈)

– 경을 여는 게송

무상심심미묘법(無上甚深微妙法)

– 더 없이 깊고 깊은 미묘한 법이여

백천만겁난조우(百千萬劫難遭遇)

– 백천만겁에도 만나기 어렵사옵니다.

아금문견득수지(我今聞見得受持)

– 제가 지금 듣고 보고 몸에 지녀서

원해여래진실의(願解如來眞實意)

– 원하옵건대 부처님의 진실한 뜻을 깨닫고자 하옵니다.

첫 번째 게송의 미묘법, 즉 미묘한 법이란 무엇일까. 그것은 바로 부처님께서 가르쳐 주신 불법(佛法)이다. 이 영구불변의 불법이야말로 무지몽매한 뭇 중생을 깨달음으로 이끌어 구제해주는 진리 중의 진리인 것이다.

이런 진리의 법이 있음에도 불구하고 인간은 저마다 자기의 생각이 가장 옳다고 생각한다. 천만의 말씀이다. 그건 어림도 없는 착각

일 뿐이다. 인간이 생각하는 진리란 시대에 따라, 장소에 따라, 그때
그때 형편에 따라, 각자의 처지에 따라 '귀에 걸면 귀걸이 코에 걸면
코걸이'가 될 수 있다.

예컨대 기득권자의 입장에서 보면 개혁의 목소리가 귀찮고 성가
시게 느껴진다. 그 반면, 개혁을 주장하는 측면에서 보면 기득권자
들의 전횡이야말로 혁파해야 할 대상이 아닐 수 없다. 그러므로 갈
등과 불신, 대립과 반목이 끊임없이 생겨난다.

특히 우리나라에서는 소위 끗발 좋은 사람들이 더 법을 잘 어긴
다. 전직 대통령의 불법 비자금 조성, 어느 정당의 '차떼기'는 그 대
표적 사례라 말할 수 있다. 재벌도 예외가 아니다. 그들은 차명계좌,
분식회계 등으로 공금을 빼돌려 비자금을 조성했다가 덜컹 쇠고랑
을 찬다.

그러나 여기 『천수경』에서 말하는 법, 즉 불법은 어길 수 없는 우
주만물의 총체적 진리를 의미한다. 따라서 인간이 만든 모든 실정법
은 이 불법 앞에서 법이 될 수 없다. 인간이 편의적으로 만든 각종
실정법과 제도는 공동체를 위한 최소한의 규약에 지나지 않는다. 달
리 말하자면 인간이 만든 실정법 위에 영원불변의 '진짜 법'이 있다
는 것을 알아야 한다.

따라서 자기만의 생각이 옳다고 고집하는 것은 바보 같은 짓이다.
항상 자기가 부족하다고 생각할 때, 그리고 그 부족한 부분을 채우
기 위해 끊임없이 무엇인가를 성찰할 때 인간적으로 성숙해질 수 있
다. 그런 깨달음이 크면 클수록 성공의 여신은 당신에게 환한 미소
를 보낼 것이다.

025
소방서에 불난다

✴

    얼마 전 세칭 '검사와 스폰서' 사건이 터졌다. 이 사건으로 검찰이 여론의 뭇매를 맞았다. 하기야 일제강점기는 차치하고라도 해방 직후까지 소급해 여러 자료를 찾아보면 검찰이 비판받을 짓을 많이 했다. 정권의 시녀 노릇은 그렇다 치고, 일부 검사들의 잘못된 행태로 말미암아 정직하고 성실한 여타의 많은 검사들까지 도매금으로 비판을 받지 않으면 안 되었다.

    그들은 법을 전공한, 사법시험을 통과한, 그리하여 전문적으로 법을 다루면서 남의 범죄행위를 캐내 단죄하는 위치에 있다. 그렇다면 검찰이야말로 가장 깨끗해야 한다. 아무리 털어도 먼지 안 날 만큼 깨끗한 사람만이 다른 사람을 단죄할 수 있기 때문이다.

    그럼에도 불구하고 '검사와 스폰서' 사건에서 불거진 몇몇 검사들의 행태는 촌지·향응·성접대 등 온갖 비리로 얼룩져 있었다. 여기에 종전부터 말썽이 되어온 떡값·전별금까지 합치면 그들이 저지른 작태는 그야말로 '비리의 쓰레기통'이라고 말할 수 있었다.

    그들은 본분을 망각했다. 아니, 그들 자신에게 주어진 본분을 더럽혔다. 그들은 선후배·동료들에게 못할 짓을 했고, 검찰에 대한 국민의 신뢰를 무너뜨리는 것은 물론 국가의 기강을 해쳤다. 대외적으로도 국가적 망신을 불러왔다.

법치(法治) 확립의 근간인 검찰이 부패하면 소방서에 불난 것과 같다. 검사가 비리를 저지른다면 소방관이 불 지르는 행위와 다를 바 없다. 따라서 검찰은 어느 누구보다도 도덕성의 모범을 보여야 한다. 입으로만 검찰개혁을 외쳐봤자 한가한 잠꼬대에 지나지 않을 뿐이다. 아무튼 '검사와 스폰서' 사건으로 고위 검사들이 줄줄이 옷을 벗었다. 하지만 선량한 국민들이 볼 때 그런 식으로 어물어물 넘어 갈 일은 아니었다. 만약 힘없는 국민들이 그런 비리에 연루되었더라면 수사다 기소다 뭐다 해서 가차 없이 엄중한 처벌을 받았을 텐데 정부는 문제의 검사들에게 특별한 시혜를 베풀어 그저 옷을 벗기는 선에서 유야무야 사건을 마무리했다.

사정이 이쯤 되고 보면 사실상 법치는 물 건너갔다고 봐야 한다. 법은 만인 앞에 평등한가. 아니다. 이제 법의 평등을 액면 그대로 받아들일 숙맥은 없다. 모름지기 법은 추상같아야 한다. 하지만 그런 엉터리 검사들이 활개 친다면 법은 서슬 푸른 서릿발이 될 수 없다. 아니, 그런 검사들이 법을 주무를 경우 법은 서릿발은커녕 썩어빠진 낙지의 대갈통에서 흘러나오는 시커먼 먹물 수준에도 못 미칠 뿐이다. 비리에 연루된 검사들은 인간이 만든 법 위에 '진짜 법'이 있다는 것을 알지 못했다. 그들이 한때 검사라는 완장을 차고 목에 힘을 주었지만 '검사와 스폰서' 사건 등 그들 스스로 저지른 악업은 당대 아니면 후대에라도 반드시 징벌을 받을 수밖에 없다.

법 위의 '진짜 법'은 만인 앞에 평등하다. 착한 사람은 상을 받고 악한 사람은 벌을 받는다. 따라서 법 위의 '진짜 법', 영원불멸의 그 진리를 깨우친 사람은 만고청사에 길이 빛날 대성공을 일궈낼 수 있다.

026
송아지 못된 것은 엉덩이에 뿔난다

✳

    판사 출신의 F변호사는 명문 고등학교를 나왔다. 그의 동기동창 중에는 전·현직 장관, 국회의원, 기업체 사장들만 해도 여러 명에 이른다. 고등학교 재학 중에는 서로 앞을 다투던 수재들이었다. 그들은 각기 일류 대학을 졸업한 뒤 이른바 출세가도를 달려 나왔다.

    그 중에서 F는 단연 돋보였다. 그는 법대 재학 중 사법시험에 합격, 동기동창들 중에서 가장 촉망 받는 선두주자로 떠올랐다. 그가 사법연수원을 거쳐 모 지방법원 판사로 법관 생활을 시작했을 때, 다른 동기동창들도 정부·기업·언론사 등으로 속속 진출했다. 그 중에는 중학교 교사가 된 사람도 있었다.

    F판사는 한때 잘나가는 것으로 알려져 있었다. 주위에서 칭송하면 칭송할수록 그는 오만무례의 극치를 달렸다. 특히 힘없는 사람들 앞에서는 여차하면 자기가 생사여탈권이라도 발동할 수 있다는 듯이 마구 짓까불었다. 막말로 법원의 일개 구성원에 불과한, 좀 더 심하게 말하자면 말단 판사 부스러기에 지나지 않는 녀석이 어느 누구라도 법정에 세워 단죄할 수 있다는 듯이 만용을 부렸다. 새파란 나이에 '영감' 칭호를 듣다 보니 눈에 보이는 것이 없는 모양이었다. 송아지 못된 것은 엉덩이에 뿔난다는 말이 실감날 정도였다.

그는 친구들을 만날 때에도 오직 법원에서 있었던 재판 이야기만 하였다. 그뿐 아니라 그는 장차 대법원장까지 올라가겠다고 꽝꽝 큰소리를 쳤다. 그는 자나 깨나 법원이 전부라고 생각했다. 하지만 다른 동창들은 사회적으로 다양한 경험을 쌓으며 세상을 폭넓게 바라보고 있었다.

세월이 흘렀다. 그 사이 상황이 역전돼 있었다. F판사는 새내기 초년판사 시절 장차 대법원장까지 오르리라 공언했지만, 결국 그 흔한 지방법원장도 역임하지 못한 채 고등법원 부장판사를 끝으로 옷을 벗어야 했다.

그는 지난날 고법 부장판사로 승진했을 때 동네방네 나팔을 불며 '차관급'이라고 뻐겼다. 차관급이라고 해서 부러워할 사람도 없고, 장관급이라고 해서 벌벌 떨 사람도 없건만 그는 저 혼자 괜히 목에 힘을 주고 다녔다. 그것이 그의 한계였다.

그렇게 겸손하지 못한 위인이 현역 판사 시절 재판을 하면 얼마나 잘했을 것인가. 아니나 다를까, 그가 맡았던 재판의 상당수가 상급 법원에 의해 파기되었다. 그만큼 오심(誤審)이 많았다. 어느 사이엔가 그는 선후배와 동료들 사이에서도 실력을 의심받고 있었다. 그런데도 고법 부장판사까지 승진한 것을 본다면 남달리 관운이 좋은 듯했다.

그는 현재 변호사로 활약하고 있지만 본래의 꿈을 이루지 못한 터라 법원에서 퇴직한 뒤로는 풀이 죽었다. 그의 소갈머리는 밴댕이보다 나을 것이 없다. 왕년에는 동창들 모임에도 가장 먼저 나타나 혼자 떠들다시피 했지만 이 근래에는 동창들 모임에 얼굴을 비치지도 않는다. 그 반면, 초반에 별로 두각을 나타내지 못하던 친구들은 장관이며 국회의원에다 기업체 사장으로 승승장구했다. 특히 언론사로 진출했던 친구들의 약진이 돋보였다. 그들은 언론사에서 중견간부로 성장한 뒤 정계에 진출하여 지역구 의원 또는 비례대표 등으로 속속 금배지를 달았다.

물론 금배지가 곧 성공을 의미하는 것은 아니다. 또 변호사가 장관이나 국회의원보다 하위개념이라고 단정할 수도 없다. 하지만 풋내기 시절부터 권력지향적이었던 F변호사의 입장에서 본다면 그들의 출세에 기가 질릴 수밖에 없는 것이다.

중학교 교사로 나갔던 친구는 고등학교 교장이 되었다. F판사가 법관이랍시고 목에 힘을 줄 때 그 친구는 묵묵히 학생들을 가르쳤다. 교육자 중의 교육자로 존경 받는 그의 주위에는 항상 성공한 제자들의 발길이 끊이지 않는다. 그 반면, F변호사는 외로운 처지가 되었다. 그의 사무실에는 누군가와 법적으로 다투어야 할 골치 아픈 사건만 밀려든다.

F변호사의 경우 헌법·민법·상법·형법 등 실정법을 팔아먹고 있을지는 몰라도 그 이상의 '진짜 법'이 있다는 것을 알지 못했다. 그가 진작 '더없이 깊고 깊은 미묘한 법'이 있다는 것을 알았다면 그렇게 오만무례하지는 않았을 것이다.

그렇다. 오만한 사람은 성공할 수 없다. 그 대신 겸손한 사람에게는 성공의 길이 활짝 열려 있다. 무상심심미묘법(無上甚深微妙法)……. '개경게'의 이 한 구절만이라도 잘 기억한다면 당신은 틀림없이 성공할 수 있다.

027
공정하지 못한 법은 법이 아니다

✻

법조인(法曹人)이란 일반적으로 법률사무에 종사하는 직업인을 일컫는 말이다. 특히 판사·검사·변호사를 법조삼륜(法曹三輪)이라 부르기도 한다. 이들 법조인이 다루는 법은 인간들이 만든 실정법일 뿐 그보다 훨씬 더 깊고 깊은 진리와는 거리가 멀다.

만약 실정법과 진리의 법이 일치하는 것이라면 현실 속의 법조인은 가위 부처님 경지에 이르러야 한다. 하지만 법조계에서 우뚝한 인물을 찾아보기가 쉽지 않다. 이와 함께 그들에게서 인간적으로 가슴 훈훈한 이야기를 듣기 어려운 것은 그들의 정서와 밀접한 연관이 있다.

그들은 다분히 공리적·기능적·기계적으로 법률을 다룬다. 법원에서 쏟아져 나오는 판결문을 보면 한결같이 풀빵 틀에서 구워져 나온 붕어빵과 다를 바 없다. 인간의 담론을 전혀 찾아볼 수 없다. 물론 판결문은 불필요한 오해가 끼어들지 못하도록 간단명료해야 하겠지만, 그럼에도 불구하고 동일한 사안을 놓고 재판부마다 각기 다른 판결을 내놓는 현실에 비추어 모든 재판이 전부 공정하다고 말할 수는 없다.

그 반면, 부처님의 진리는 오직 하나일 뿐 둘이나 그 이상일 수 없다. 따라서 주관적 해석이나 이의제기를 허용하지 않는다. 진리는 진리 그 자체일 뿐 인간 마음대로 그때그때 편의에 따라 적당히 꿰맞출 수 있는 것이 아니기 때문이다. 부처님의 법은 그만큼 완벽한 진리 중의 진리인 것이다.

하지만 인간이 만든 실정법은 죽었다 깨어나도 완벽할 수가 없다. 예컨대 최고법원인 대법원 합의체 판결의 경우 종종 대법관마다 엇갈리는 의견이 나오는 것을 볼 수 있다. 특히 다수의견이 아닌, 소수의견이 더 설득력을 갖는 경우도 적지 않다.

헌법재판소의 판결도 주목해볼 필요가 있다. 당대 최고의 중량급 법관들로 구성된 헌재의 경우 동일 사안에 대하여 재판관마다 합헌·위헌·헌법불합치·기각 등 다양한 의견이 나오는 것은 실정법이야말로 얼마든지 주관적 해석이 가능하다는 것을 의미한다. 따라서 실정법은 언제라도 '귀에 걸면 귀걸이 코에 걸면 코걸이'가 될 수 있다.

아직 소장파에 속하는 E변호사는 양심적인 법조인으로 널리 알려져 있다. 그는 고등법원 판사로 재직하다가 자진 사임하고 나와 변호사로 신분을 바꾸었다. 언젠가 그는 여러 지인들이 모인 자리에서 노골적으로 말했다.

"판사로 근무할 때에는 의사들에게 좋지 않은 감정을 가지고 있었습니다. 제가 다루었던 재판 중 의료사고로 인한 사건도 있었지만, 그들은 인술을 베풀기보다 돈만 밝히는 사람들이라는 인상을 지울 수 없었습니다. 그런데 막상 제가 변호사 개업을 하고 보니 변호사야말로 더 나쁜 사람들이라는 생각이 들더군요. 의사들은 다 죽어가는 응급환자들이 들어오면 돈이야 있건 없건 일단 사람을 살려 놓고 봅니다. 하지만 변호사들은 다릅니다. 아무리 딱한 사람이 와도 착

수금을 내놓지 않으면 사건 자체를 수임하지 않습니다. 그 반면, 수임료만 내면 사건도 안 되는 사건, 이를테면 법원으로 가져가봐야 패소할 것이 뻔한 사건까지 수임합니다. 그렇다고 재판 결과에 책임을 지느냐 하면 그것도 아닙니다. 하지만 재판에서 승소했을 때에는 성공사례금을 요구하거든요. 돈 놓고 돈 먹기라고나 할까, 아무튼 변호사 사회에는 상식적으로 납득하기 어려운 일이 많습니다."

1988년 10월 서울 영등포교도소에서 충남 공주교도소로 수형자들을 이송하던 중 12명의 수형자들이 호송버스에서 탈주했다. 그들 중 일부는 서울 서대문구 북가좌동의 한 가정집에 침입, 인질극을 벌이며 경찰과 대치했다. 이 과정에서 한 탈주범이 문건을 통해 '유전무죄(有錢無罪) 무전유죄(無錢有罪)'를 외쳤다. 이는 돈 없는 자의 피맺힌 절규였다.

당시 그 절규는 폭넓은 공감대를 형성하면서 한 시대의 유행어로 자리매김 했다. 지금도 달라진 것은 없다. 특히 형사재판의 경우 양형(量刑)을 선뜻 동의하기 어려운 것이 사실이다. 권력 있고 돈 있는 사람들은 기소유예, 불구속 기소, 감형, 사면 등 여러 특혜를 누린다. 하지만 힘없는 사람들은 꼼짝없이 검찰의 올가미에 걸려들어 법원이 결정한 형량대로 실형을 다 살아야 한다. 소위 '범털'에게는 관용, '개털'이나 '쥐털'에게는 엄벌이 적용되는 사회라면 그 사회는 편파적 사회일 뿐 결코 공정한 사회가 아니다.

우리가 진정으로 공정한 사회를 지향한다면 법부터 공명정대하게 적용해야 한다. 공정성을 상실한 법은 그 자체로서 법이 아니다. 하지만 '더없이 깊고 깊은 미묘한 법'은 언제나 변함없이 공정하다. 실정법이 아닌, 그 심대한 법을 가슴에 새기며 정진하면 기필코 큰 성공을 거둘 수 있다.

028
가족을 사랑하라

✳

사실 우리가 이 세상에 태어날 확률은 1%에도 훨씬 못 미치는 0%에 가까웠다. 생물학적으로 보더라도 아버지의 몸에서 나온 무수한 정자(精子)들 가운데 딱 한 톨이 어머니의 몸에 있던 난자(卵子)와 결합하여 한 생명이 잉태된다. 그것은 이론으로 설명해봐야 별 의미가 없고, 그저 생명의 신비 그 자체라고 말할 수 있다.

우리는 그렇게 태어났다. 특히 당신과 필자는 시절인연으로 동시대(同時代)를 살아가고 있다. 하 많은 세월 속에 극적으로 동시대에 태어나 함께 살아간다는 것만으로도 보통 인연이 아니다. 만약 우리가 동시대에 태어나지 않았다면 이런 진지한 대화를 나눌 기회가 없었을 것이다.

만약 필자가 한 세기 전에 이 세상을 다녀갔다면 당신을 만날 수가 없었다. 한 세기 뒤에 태어나게 된다 해도 사정은 똑같다. 당신 또한 한 세기 전에 이 세상을 다녀갔다거나 한 세기 뒤에 태어난다면 필자를 만나지 못했다.

우리는 이 세상에서 저 유명한 광개토대왕이나 세종대왕을 만날 수가 없다. 그 어른들이 훨씬 먼저 세상을 다녀갔기 때문이다. 가문의 경우에도 예외가 아니다. 선대 할아버지의 할아버지와 할머니의 할머니도 뵈올 수가 없다. 백년 뒤 또는 그 이후의 시대에 계속 태어나게 될 손자의 손자, 손녀의 손녀들을 만날 길이 없다.

이렇듯 시대를 엇비끼면 아무리 만나고 싶어도 도저히 만날 수가 없다. 따라서 인간끼리의 만남도 백천만겁난조우(百千萬劫難遭遇)라고 말할 수 있다. 그러므로 만남이라는 그 자체가 더없이 소중한 인연이다.

그 중에서도 가족의 인연은 더 말할 나위가 없다. 그 많은 어른들이 계시건만 다른 사람도 아닌 '우리 부모님' 사이에서 태어났다는 사실이 놀랍지 않은가. 따라서 가장 우선적으로 부모님을 공경해야 한다. 부모님을 공경하지 않는 자가 성공을 기대한다는 것은 앞뒤가 안 맞는 노릇이다.

한편, 바닷가의 모래알처럼 많고 많은 사람들 중에 딱 한 사람의 배우자를 만났다는 것은 생각하면 생각할수록 참으로 신기하고 희한한 일이다. 그런 남편, 그런 아내를 소중히 여기지 않는다면 과연 어느 누구를 소중히 여길 것인가.

자녀들 또한 예외가 아니다. 이 세상에는 숱한 가정이 있건만 그 녀석들이 공교롭게도 우리 가정에 태어나 부모와 자식으로서의 인연을 맺게 되었다는 그 사실이 잘 믿어지지 않는다. 그것 또한 신비 그 자체라고 말할 수 있다.

며느리나 사위도 마찬가지다. 그들 입장에서도 시가(媤家) 또는 처가(妻家)의 가족들과 어떻게 인연을 맺게 되었는지 정확히 헤아릴 수가 없다. 이 세상에 숱한 가문이 있건만 이렇듯 딱히 한 가문과 인연을 맺었다는 사실을 어떻게 설명해야 할까. 그것은 공리적·기능적·기계적 해석이 불가능하다.

이렇게 볼 때, 우리는 인연 중의 인연인 가족들을 지극정성으로 사랑해야 한다. 남편이 아내를, 아내가 남편을, 부모가 자녀를, 자녀가 부모를, 형제가 형제를 서로 존귀하게 여길 때 사랑이 넘쳐나게 마련이다.

가화만사성(家和萬事成)이란 '집안이 화목해야 모든 일이 잘 이루어진다'는 뜻이다. 가정의 화목은 아무리 강조해도 지나침이 없다. 만일 가정에 말 못할 사연이 있을 경우 백천만겁난조우를 화두로 잡고 문제를 풀어나가면 명쾌한 해법을 찾을 수 있다. 가정이 화목하면 반드시 만사가 형통할 것이다.

029
인연이 운명을 좌우한다

인연의 소중함을 자각한 사람은 동시대의 다른 사람을 존귀하게 여긴다. 그 반면, 인연의 소중함을 깨닫지 못한 사람은 다른 사람을 하찮게 여긴다. 우리는 동시대의 모든 인연, 백천만겁에도 다시 못 만날 그 인연을 진심으로 소중히 생각해야 한다.

필자는 동시대의 시절인연으로 당신과 만난 것을 아주 기쁘게 생각한다. 우리는 다른 시대가 아닌 이 시대에 태어나 함께 웃고, 울고, 슬퍼하고, 기뻐하며 살아간다. 설령 시간적·공간적·현실적 여건이 허락되지 않아 아직 옷소매를 스치지는 못했다 할지라도 필자는 지금 이 시대의 공기를 마시는 가운데 당신의 숨결을 호흡하며 살아가고 있다.

본래 불교에서의 연기론(緣起論)은 어떤 근본으로부터 일체의 만물이 생성한다고 보는 이론이다. 연기란 인연생기(因緣生起)의 줄임말로 모든 것이 인연 따라 일어남을 의미한다. 달리 말하자면 이 세상에 존재하는 모든 현상계(現象界)는 상관관계 속에 놓여 있다는 뜻이다.

『중아함경(中阿含經)』에 '이것이 있으므로 저것이 있고[此有故彼有] 이것이 생성하므로 저것이 생성하며[此生故彼生], 이것이 없으므로 저것이 없고[此無故彼無] 이것이 소멸하므로 저것이 소멸한다[此滅故彼滅]'는 구절이 있다. 부처님께서는 '법을 보는 자는 연기를 보는 것이며, 연기를 보는 자는 법을 보는 것'이라고 했다. 그러니까 연기의 법칙을 깨달은 사람이 진리에 이른다는 뜻이다.

예컨대 달걀이 있어야 병아리가 깨어날 수 있고, 병아리가 자라야 닭이 된다. 닭이 없으면 달걀이 있을 수 없고, 달걀이 없으면 병아리도 깨어날 수 없다. 부모가 있어야 자녀가 있고, 자녀가 있어야 형제도 있다. 부모가 없으면 자녀도 없고, 자녀가 없으면 형제도 존재할 수 없다.

우주만물은 이렇듯 상관관계에 있다. 따라서 인연처럼 소중한 것이 없다. 가정에서는 부부의 인연, 부모와 자녀의 인연, 학교에 가면 학우들과의 인연, 군대에 가면 전우들과의 인연, 직장에 가면 동료들과의 인연, 단체에 가면 소속회원들과의 인연…… 등등 종횡으로 얽히고설킨 여러 인연들을 열거하자면 한이 없다.

더 깊이 따지고 들어가 보면 인연 없이 살아갈 수가 없다. 인간이야말로 사회적 동물이기 때문이다. 이렇듯, 모든 것이 인연으로 시작해서 인연으로 끝난다. 따라서 인연이 인간의 운명을 좌우한다.

좋지 못한 인연은 예기치 못한 실패를 낳을 수 있다. 그 반면, 좋은 인연은 확대발전시킬수록 성공을 가져온다. 우리는 인간, 자연 등 어떤 대상과도 좋은 인연을 확대발전시킴으로써 큰 성공을 기약할 수 있다.

개인과 개인, 조직과 조직, 단체와 단체, 국가와 국가 사이에도 좋은 인연과 그렇지 못한 인연이 있다. 좋은 인연을 더욱 확대발전시키고, 좋지 못한 인연을 좋은 인연으로 개선해 나간다면 더 큰 성공이 보장될 것이다.

030
머리를 쓰지 않으면
육신이 고달프다

✳

구슬이 서 말이라도 꿰어야 보배다. 이는 '아무리 훌륭하고 좋은 것이라도 잘 다듬고 정리하여 쓸모 있게 만들어 놓아야 값어치가 있다'는 뜻이다. 좋은 것을 더 좋게……. 보석도 정성들여 가공할 때 보석으로서의 진가를 발휘하게 마련이다.

아금문견득수지(我今聞見得受持)……. 이 게송에서 가장 중요한 키워드는 수지(受持)라고 말할 수 있다. 수지란 '경전이나 계율을 받아 항상 잊지 않고 머리에 새김'을 뜻한다. 아무리 훌륭한 가르침이라 해도 한 귀로 듣고 다른 한 귀로 훌쩍 흘려버리면 아무런 소용이 없다. 그걸 잘 수지해야 깨달을 수 있다. 본래 모범적인 사람은 선현들의 가르침을 잘 받들어 실천한다. 그 반면, 대충대충 건성으로 사는 사람은 좋은 말을 들어도 그 자리에서 금세 까먹고 만다.

현대인들은 건망증이 심하다. 걱정이 아닐 수 없다. 의학적으로 볼 때 건망증은 '경험한 일을 전혀 기억하지 못하거나 어느 시기 동안의 일을 전혀 기억하지 못하거나 또는 드문드문 기억하기도 하는 기억장애'를 말한다. 그러니까 일종의 병인 셈이다.

특히 근래 들어와 알츠하이머병의 확산이 심각해지고 있다. 알츠하이머병이란 '원인을 알 수 없는 뚜렷한 뇌 위축으로 기억력과 지남력(指南力)이 감퇴하는 병'인데 통상 노인성 치매와 거의 같은 뜻으로 쓴다. 알츠하이머병은 참으로 무서운 질병이다. 아무리 의학이 발달했다 해도 알츠하이머병의 경우 아직 딱 부러지게 원인 규명을 하지 못했다. 그럼에도 불구하고 건망증이 알츠하이머병의 전단계라는 데는 거의 이의가 없다. 대부분의 건망증 환자들이 건망증 심화와 함께 점점 알츠하이머병 증상을 보이는 것으로 나타났기 때문이다. 알츠하이머병은 확실한 원인 규명이 안 된 만큼 이렇다 할 치료법이나 의약품도 개발되지 않았다. 그러니까 현재로서는 어떻게 해볼 수 없는 불치의 병인 것이다.

알츠하이머병, 즉 노인성 치매는 아주 무서운 병이다. 의사 등 전문가들은 이 몹쓸 병의 예방을 위해 끊임없이 머리를 쓰라고 권한다. 달리 말하자면 두뇌활동이 무뎌지지 않도록 노력하라는 뜻이다. 그래서 그런지 노인정이나 동네 사랑방에 가면 1점 당 10원이나 100원 내기 고스톱 치는 노인들을 쉽게 볼 수 있다. 그것이 두뇌회전에 어떤 영향을 미치는지는 알 수 없으나 노인들이 고스톱을 치는 동안 그 나름대로 머리를 쓰는 것만은 분명하다.

본래 머리를 쓰지 않으면 육신이 고달프다. 이는 정신노동과 육체노동의 상관관계를 말한 것이지만, 그러나 두뇌활동과 건망증의 상관관계에서도 전혀 무관하지는 않다. 두뇌활동이 정상적으로 작동되지 않는 사람의 경우 기억력이 감퇴되어 무슨 자료 한 가지를 찾더라도 그만큼 육신이 고달파질 것이기 때문이다.

그 반면, 기억력 좋은 사람은 웬만한 것쯤이야 머릿속에 다 들어 있으니까 자료를 찾고 자시고 할 것도 없다. 두말할 필요도 없이 우리는 끊임없이 머리를 써야 한다. 그렇게 머리를 잘 쓰는 사람은 항상 청정한 정신건강을 유지함으로써 크게 성공할 수 있다.

031
인간은 문명의 노예인가

흔히 텔레비전을 '바보상자'라고 한다. 이는 텔레비전의 부정적 영향을 강조할 때 쓰는 말이다. 텔레비전이 문명의 이기임에 틀림없지만, 자칫 거기에만 몰입하다 보면 바보가 될 수 있다. 예컨대 공부해야 할 학생이 텔레비전 시청에만 몰입한다면 그 학생은 바보 이상의 그 아무것도 아니다.

당신도 잘 알다시피 현대인들은 넘쳐나는 문명의 홍수 속에서 스스로 기억력 상실을 부채질하고 있다. 계산기가 흔해져서 이제 암산 같은 것은 할 필요가 없다.

서류를 작성하거나 논문을 쓸 때에도 일일이 손으로 글씨를 쓰지 않고 컴퓨터의 한글 프로그램 자판을 두드리면 된다. 짤막짤막한 메모를 제외하곤 만리장서(萬里長書)를 일일이 손으로 써야 할 일도 없어졌다. 한자를 몰라도 걱정할 것이 없다. 한글을 써놓고 해당 한자를 불러와 변환시키기만 하면 된다.

필요한 자료도 컴퓨터로 검색하면 금세 나온다. 노래방에 가면 기계에서 노랫말과 멜로디가 줄줄 흘러나온다. 휴대전화에 입력만 해놓으면 친지나 거래처의 전화번호를 일일이 기억하지 않아도 된다. 단축키만 누르면 언제든지 상대방과 연결된다. 자동차에 장착된 내

비게이션은 어디를 가든 길을 척척 일러준다.

하지만 지식과 실력은 지갑에서 돈 꺼내 쓰듯 필요할 때만 그때그때 찔끔찔끔 꺼내 쓰는 것이 아니다. 흔해빠진 일회용 소모품도 아니다. 지식과 실력은 꾸준한 연마를 통해서만 축적할 수 있다. 그렇게 해서 축적한 지식과 실력은 죽을 때까지 계속 확대되면서 큰 성공을 이루는 원동력이 된다.

그 반면, 기계에 의존해 살다 보면 결국 '기계의 노예'가 된다. 계산기가 상용화되어 암산을 하지 않으니까 두뇌회전이 무뎌졌다. 손으로 글씨를 쓰지 않고 컴퓨터의 자판을 두들기니까 어쩌다 부득이 글씨를 쓰게 될 경우 더듬적거리지 않으면 안 된다. 그 결과 젊은 세대들에게는 글씨야말로 '쓰는' 것이 아니라 '그리는' 것이 되었다.

한자는 더 말할 나위가 없다. 한자의 경우 뜻을 몰라 치명적인 사고를 저지르는 사례도 너무 흔하다. 예컨대 불법을 '佛法'(부처가 가르친 교법)으로 변환시킨다는 풍신이 '不法'(법에 어긋남)으로 쓰면 어떻게 될까. 그 반대로 '不法'으로 써야 할 것을 '佛法'으로 쓰면 또 어떻게 될까. '覇者'(황제로부터 일정한 지역을 다스릴 권한을 부여받은 제후의 우두머리. 무력이나 권력, 권모술수로써 천하를 다스리는 사람. 운동 경기나 어느 분야에서 으뜸이 되는 사람. 또는 그런 단체)'로 써야 할 패자를 '敗者'(싸움이나 경기에서 진 사람. 또는 그런 단체)로 변환시키면 또 어떻게 될까. 또 본래의 의도는 '敗者'를 말하고자 하면서 '覇者'로 썼다면 죽도 밥도 안 되는 것이다.

컴퓨터에 들어 있는 자료는 그저 자료일 뿐 지식이 될 수 없다. 노랫말과 멜로디를 기억하지 않으면 그 노래에 담긴 사상과 감정을 이해하지 못한다. 그래서 노래를 불러도 절절한 감흥이 없다.

휴대전화에 친인척을 비롯한 지인들의 전화번호를 입력해 놓으면 참으로 편리하다. 하지만 휴대전화를 분실하거나 고장 등 예기치 못한 비상사태가 발생하면 큰 낭패를 볼 수밖에 없다. 아무튼 휴대전화 등장 이후 자기 집 전화번호조차 기억하지 못하는 사람까지 적잖이 생겨났다.

내비게이션이 일러주는 대로 길을 따라가다 보면 그 고장의 문화와 역사와 인문지리 체험은 포기해야 한다. 그 지역의 특성 따위는 차치하고라도 고개를 넘는지 언덕을 넘는지 논밭에서 무슨 농작물이 자라는지 그런 것은 관심 밖으로 밀려나게 마련이다. 심지어 그 지역에 어떤 사람들이 무슨 일을 하면서 어떻게 사는지도 알지 못한다.

모름지기 지식과 실력은 몸소 갈고 닦아야 한다. 그렇지 않으면 문명의 노예가 되어 껍데기뿐인 로봇 같은 '바보 사람'으로 전락할 수밖에 없다. 그 반면, 탄탄한 지식과 실력을 갖춘 사람은 언제 어떤 상황에서도 크게 성공할 수 있다.

032
산에 가야 범을 잡는다

✳

원해여래진실의(願解如來眞實意)……. 이는 부처님의 진실한 마음을 깨닫고자 하는 간절한 염원이다. 그렇다. 그런 간절한 염원이 있어야 앞으로 장강대하처럼 이어질 부처님의 가르침을 제대로 깨달을 수 있다.

세속의 우리도 무슨 일에 종사하든 적극적인 염원을 가져야 한다. 특히 성공을 꿈꾸는 사람이라면 두말할 나위가 없다. 자기가 가고자 하는 방향에서 반드시 성공하고야 말겠다는 간절한 염원. 만약 그런 염원이 없다면 세월아 네월아 바람 부는 대로 물결치는 대로 그럭저럭 흘러갈 수밖에 없다. 그건 아니다. 그래가지고는 이 가파른 세상에서 성공을 기약할 수 없다.

염원이 흐릿한 사람은 열정과 실천의지도 박약할 수밖에 없다. 그럴 경우 적극성을 발휘하기 어렵다. 공부를 하든, 직장생활을 하든, 사업을 하든 적극성을 발휘해야 발전할 수 있다. 적극성이 결여된 사람은 노상 누군가에게 질질 끌려 다니지 않으면 안 된다.

이미 오래 전에 '공격형 경영'이라는 말도 나왔다. 이는 다소 위험부담이 따르더라도 과감한 투자와 기술개발, 그리고 파격적인 빅딜과 M&A 등 적극성을 띤다는 의미로 해석할 수 있다. 그러니까 공격형 경영은 안전 위주의 소극적 경영에서 벗어나 더 큰 도약을 이뤄내기 위한 강력한 의지의 발현이라고 하겠다.

사실 술에 물 탄 듯 물에 술 탄 듯 뜨뜻미지근한 타성과 무사안일에 젖은 사람은 성공하기 어렵다. 예컨대 감나무 밑에서 입을 떡 벌리고 누워 있다 한들 잘 익은 감이 입으로 떨어질 확률은 거의 없다. 감을 받아먹으려면 투자를 아끼지 말아야 한다. 여기에서 말하는 투자란 금전의 투입을 의미하는 것이 아니라 거기에 걸맞는 그만한 노력을 기울여야 한다는 뜻이다.

문제는 실천이다. 떨어지는 감을 제대로 받아먹고자 하면 적어도 나팔 모양의 깔때기 같은 것이라도 만들어 입에 대고 있어야 한다. 넓은 그물을 만들어 펼쳐 놓으면 위에서 떨어지는 감을 더 많이 받을 수 있다. 그 정도 노력도 하지 않고 가만히 누워서 감을 거저먹으려 한다면 그건 도둑놈 뱃심이라고 말할 수밖에 없다.

물에 가야 물고기를 잡고 산에 가야 범을 잡을 수 있다. 아니, 경우에 따라서는 호랑이굴에도 과감히 뛰어들 수 있어야 한다. 하지만 우리 사회에는 몰라서 못하는 사람, 알면서도 실천을 게을리 하는 사람들이 너무 많다. 심지어 손 안 대고 코 풀려는 건달들도 한둘이 아니다.

털도 뜯지 않고 거저먹으려 덤벼드는 건달들. 그런 건달들은 땀과 눈물의 소중한 가치를 모른다. 땀과 눈물이 듬뿍 스민, 그리하여 노력의 부피가 크면 클수록 성공의 덩치도 크게 보장된다. 그리고 그렇게 이룩한 성공이라야 누대에 걸쳐 오래 간다.

033
행운의 열쇠로 성공의 문을 연다

✳

우리가 누군가의 집을 방문할 때에는 먼저 옷차림 등 용모를 단정히 한다. 그리고 그 집 앞에 도착하면 주인의 영접을 받으며 일단 대문으로 들어선다. 그런 다음 현관을 거쳐 응접실에 앉아 본격적인 대화를 나눈다.

개법장진언(開法藏眞言)
— 법의 곳간을 여는 신비의 말
옴 아라남 아라다
— 깊은 경지에 도달케 하옵소서.

'개경게'에 이어 전개되는 『천수경』'개법장진언' 전문이다. 독경할 때 진언 '옴 아라남 아라다'는 잇따라 세 번 반복해 읽는다. '개법장진언'은 문자 그대로 법장을 여는 진언이다. 법장은 법이 갈무리된 곳간, 즉 경전을 가리킨다. 그러니까 개경게가 대문을 여는 절차라면 '개법장진언'은 본격적인 대화를 나누기 위해 응접실로 들어서는 과정이라고 말할 수 있다. 『천수경』은 이렇게 빈틈없는 수순(手順)으로 전개된다.

사실 우리의 일상적인 대화에서도 화제를 전개시켜 나가는 수순이 있다. 예컨대 상호 인사를 나누고 가벼운 담소부터 시작해서 분위기를 잘 조절하는 가운데 점점 본격적인 의제로 접근해 들어간다. 특히 세련된 사람일수록 물 흐르듯이 서론·본론·결론 순으로 자연스럽게 대화를 이끌어 나간다.

하지만 교양이 없거나 화술이 부족한 사람은 중뿔나게 불쑥불쑥 엉뚱한 이야기를 뱉어내 대화의 흐름을 끊고 분위기까지 산만하게 흐려 놓는다. 그건 자신의 낯을 깎는 짓이다. '정구업진언'을 논의하는 과정에서도 말의 중요성을 분명히 밝혔지만, 뭔가 의사표현을 할 때에는 내면에서 충분히 생각을 갈고 다듬어 잘 정리한 뒤 입을 열어야 한다.

삼사일언(三思一言)이란 '세 번 생각하고 한 번 말한다'는 뜻이다. 말이라고 해서 다 같은 말이 아니다. 많이 생각한 끝에 하는 말에는 그만큼 무게가 실린다. 그 반면, 아무런 생각 없이 불쑥불쑥 내뱉는 말은 천박하기 짝이 없다. 또 그런 말은 내면에서 충분히 숙성시킨 말보다 상대적으로 설득력이 약하게 마련이다.

장부일언중천금(丈夫一言重千金)이란 '장부의 한마디 말은 천금보다 더 무겁다'는 뜻이다. 모름지기 장부라면 더 말을 아껴야 한다. 말을 많이 하면 자벌머리가 없지만 말을 아끼면서 꼭 필요한 말만 하면 그만큼 신뢰와 기품과 위엄이 풍겨 나온다.

비즈니스 세계에서는 '123화법'이라는 것도 있다. 1분 이내에 화두를 던지고, 2분 이상 상대방의 말을 들어주며, 3번 이상 맞장구를 치면서 상대방을 칭찬하는 대화법이다. 그러면 어느 누구라도 감동할 수밖에 없다. 아무튼 좋은 대화법임에 틀림없다.

하지만 세련되지 못한 사람은 생뚱맞은 말을 쉴 새 없이 떠들어댐으로써 괜히 자충수를 둔다. 설익은, 잘 곰삭지 않은 거친 말은 상대방의 공감을 자아낼 수 없다. 오히려 껄끄러운 감정만 자극할 뿐이다.

그 반면, 잘 정제된 언어를 대화의 수순에 맞춰 적절히 구사하는 사람은 상대방에게 호감을 준다. 이와 함께 센스 있는, 촌철살인의 유머를 적당히 섞을 수 있다면 금상첨화라 말할 수 있다. 이것이 격조 높은 대화의 기본요령이다.

사실 우리 사회에는 대화에 서툰 사람들이 너무 많다. 배울 만큼 배우고 사회생활을 할 만큼 한 사람 중에서도 중뿔난 사람들이 적지 않다. 그런 사람은 국격 향상에도 별 도움이 안 된다. 성공을 기약코자 하면 어느 누구와도 매끄러운 대화를 통해 상대방에게 감동을 줄 수 있어야 한다.

당신은 『천수경』 수련을 통해 벌써 행운의 열쇠를 손에 쥐었다. 이제 그 열쇠로 성공의 문을 여는 일만 남았다. 옴 아라남 아라다……. 당신은 앞으로 깊은 경지에 도달하여 성공의 환호성을 올릴 수 있을 것이다.

034
이제는 성공하는 일만 남았다

우리는 '개법장진언'을 통해 드디어 법의 곳간으로 들어섰다. 그리하여 이제부터는 마침내 '천수천안관자재보살광대원만무애대비심대다라니(千手千眼觀自在菩薩廣大圓滿無碍大悲心大陀羅尼)'를 수련하게 되었다. 통칭 『천수경』이라는 경명도 이 '천수천안관자재보살광대원만무애대비심다라니'라는 긴 이름에서 나왔다. 그러니까 '정구업진언'부터 '개법장진언'까지가 천수다라니를 열기 위한 서론이었다면 지금부터는 『천수경』의 핵심인 '신묘장구대다라니'를 향한 본문으로 진입하게 된 셈이다.

천수천안관자재보살광대원만무애대비심대다라니(千手千眼觀自在菩薩廣大圓滿無碍大悲心大陀羅尼) 계청(啓請)
　- 한량없는 손과 눈을 가지신 관세음보살이 넓고 크고 걸림 없는 대자비심을 간직한 큰 다라니에 관해 설법한 말씀을 열어서 청하옵니다
계수관음대비주(稽首觀音大悲呪)
　- 관세음보살 대비주에 머리를 숙이옵니다.
원력홍심상호신(願力弘深相好身)
　- 원력은 넓고 깊으며 그 모습은 거룩하시고

천비장엄보호지(千臂莊嚴普護持)

– 천 개의 팔로 장엄하여 중생을 보호하시며

천안광명변관조(天眼光明遍觀照)

– 천 개의 눈 광명으로 세상을 살피십니다.

진실어중선밀어(眞實語中宣密語)

– 참된 말씀 가운데 은밀한 뜻이 있사옵고

무위심내기비심(無爲心內起悲心)

– 가식 없는 마음으로 자비심을 일으키시어

속령만족제희구(速令滿足諸希求)

– 모든 희망과 소원을 속히 이루게 해주시고

영사멸제제죄업(永使滅除諸罪業)

– 일체의 죄업을 영원토록 없애주시옵소서.

천룡중성동자호(天龍衆聖同慈護)

– 하늘의 신과 여러 성인들이 자비로써 보호해주시고

백천삼매돈훈수(百千三昧頓薰修)

– 온갖 삼매를 한꺼번에 씻어버리며

수지신시광명당(受持身是光明幢)

– 받아서 지닌 몸이 광명의 깃발이고

수지심시신통장(受持心是神通藏)

– 받아서 지닌 마음은 신통의 곳간이옵니다.

세척진로원제해(洗滌塵勞願濟海)

– 온갖 고해를 씻고 바다를 건너서

초증보리방편문(超證菩提方便門)

– 속히 깨달음의 방편을 증득케 해주시며

아금칭송서귀의(我今稱誦誓歸依)

- 제가 지금 대비주를 칭송하며 귀의하오니

소원종심실원만(所願從心悉圓滿)

- 소원을 마음대로 원만히 이루어지도록 청하옵니다.

매사에는 순서가 있다. 제대로 성공하려면 그 순서에 따라 차근차근 수순과 절차를 밟아야 한다. 당신은 이 대목에서 소원이 원만히 이루어지도록 청했다. 따라서 당신 앞에는 이제 크게 성공하는 일만 남았다.

035
당신은 꼭 필요한 사람이다

『천수경』이라는 경명에는 우리가 가벼이 넘길 수 없는 깊은 뜻이 담겨 있다. 앞으로 줄줄이 이어질 성공비결에 대한 이해를 돕기 위하여 '천수천안관자재보살광대원만무애대비심대다라니'의 어휘별 의미를 살펴보면 다음과 같다.

- 천수천안 : 천 개의 손과 천 개의 눈이라는 뜻으로 헤아릴 수 없이 많은 손과 눈을 일컫는 말. 관세음보살은 한량없는 손과 눈으로 일체중생의 고통을 덜어준다.
- 관자재보살 : 관세음보살. 아미타불의 왼편에서 교화를 돕는 보살. 이 세상의 모든 소리를 듣는 보살이므로 고통 속의 중생이 가운데 열심히 이 이름을 외우면 큰 도움을 받게 된다. 관자재보살과 비슷한 명칭으로는 관세음·관음·관음보살·관자재·관음·대비보살·도량교주 등이 있다.
- 광대 : 넓고 큼.
- 원만 : 성격이 모난 데가 없이 부드럽고 너그러움. 일의 진행이 순조로움. 서로 사이가 좋음. 둥글고 충만함.
- 무애 : 막히거나 거침이 없음. 걸림이 없음.

- 대비심 : 모든 중생의 괴로움을 없애려는 부처님과 보살의 자비로운 마음.
- 대다라니 : 긴 글귀의 큰 다라니.

열 손가락 깨물어서 아프지 않은 손가락 없다. 부모가 자녀에게 베푸는 마음은 모두 똑같다. 어느 자녀라고 해서 잘되기를 바라고, 또 어느 자녀라고 해서 잘못되기를 바라는 것이 아니다. 자녀가 둘이면 둘, 셋이면 셋, 다섯이면 다섯…… 그들을 사랑하는 마음은 변함없이 똑같다. 관세음보살의 마음도 그런 부모의 마음과 다를 바 없다.

특히 관세음보살은 천 개의 손과 천 개의 눈, 즉 한량없는 손과 눈으로 일체중생의 고통을 덜어준다. 그러니까 관세음보살의 손과 눈은 어느 중생에게나 다 자비를 베푼다. 달리 말하자면 관세음보살의 손길과 눈길은 미치지 않는 곳이 없다. 불가(佛家)에서는 이런 관세음보살을 특별히 '자비의 어머니' 라 부른다.

이 대목에서 우리는 인간의 한계를 생각하지 않을 수 없다. 사실 인간은 제 아무리 똑똑해도 언제나 결함을 안고 살아갈 수밖에 없다. 한마디로 말하자면 산 좋고, 물 좋고, 정자까지 좋을 수는 없다. 산이 좋은가 하면 물이 부족하고, 물이 좋은가 하면 정자가 마음에 안 들고……. 산과 물은 나무랄 데 없지만 정자가 신통찮고……. 물은 좋은데 산이 시원찮고, 정자는 기막힌데 물이 별 볼일 없고……. 이것저것 따지자면 한이 없다.

그래서 우리 사회에는 꼭 필요한 사람, 있으나 마나 한 사람, 있어서는 안 될 백해무익한 사람…… 등등 여러 성향의 인간들이 뒤엉켜 있다. 어디를 가나 좋은 일만 하는 착한 사람이 꼭 필요한 사람이라면 가는 곳마다 남을 해치는 악한 사람의 경우 있어서는 안 될 사람이다.

우리는 언제 어디에서라도 꼭 필요한 사람이 되어야 한다. 그런 점에서 이 책을 펼쳐든 당신이야말로 꼭 필요한 사람이다. 백해무익한 사람들이 음침한 곳에서 삿된 음모를 꾸미고 있는 지금 이 시간 『천수경』에서 배우는 성공비결에 귀를 기울이고 있기 때문이다. 관세음보살은 분명 당신을 큰 성공으로 이끌어줄 것이다.

036

고통을 떨치고 성공으로 달린다

본래 관세음보살은 끊임없이 정진하여 두 가지 법력을 성취하였다. 첫째는 부처님의 깨달음과 합하여 부처님처럼 똑같이 사랑하는 힘이고, 둘째는 모든 중생의 마음을 이해함으로써 중생을 불쌍히 여기는 자비심이다.

그 결과 관세음보살은 열네 가지의 두려움 없는 힘[十四無畏力]과 네 가지의 헤아릴 수 없는 공덕[四無量心]을 얻었다. 관세음보살은 이같은 힘과 공덕으로 모든 중생을 자비로이 보살펴준다. 참고로 관세음보살이 얻은 열네 가지의 두려움 없는 힘과 네 가지의 헤아릴 수 없는 공덕을 살펴보면 다음과 같다.

◆ 열네 가지의 두려움 없는 힘[十四無畏力]

• 중생을 고통에서 벗어나게 하는 힘.

• 불 속에 들어가도 타지 않는 힘.

• 물에 빠진 중생을 구하는 힘.

• 중생이 귀신의 피해를 입지 않게 하는 힘.

• 살해의 위협 앞에서 칼이 토막토막 부서지게 하는 힘.

• 야차나 나찰 등 악귀가 보지 못하게 하는 힘.

- 쇠고랑이나 오랏줄로 포박당하지 않는 힘.
- 도둑들이 들끓는 산길을 가더라도 겁탈당하지 않는 힘.
- 음욕을 이기는 힘.
- 어떤 경우에라도 성내지 않는 힘.
- 어리석음으로부터 벗어나는 힘.
- 지혜롭고 총명한 아들을 낳게 하는 힘.
- 예쁘고 아리따운 딸을 낳게 하는 힘.
- 관세음보살을 부를 때마다 복을 받게 하는 힘.

◆ 네 가지의 헤아릴 수 없는 공덕[四無量心]
- 중생을 자식처럼 사랑하는 마음[慈].
- 중생에게 연민을 느끼는 마음[悲].
- 중생을 기쁘게 하는 힘[喜].
- 중생으로 하여금 고통을 버리게 하는 힘[捨].

이렇듯 관세음보살의 힘과 공덕은 이루 말할 수 없다. 그래서 불자들은 불공을 드릴 때마다 수도 없이 관세음보살을 부른다. 이는 관세음보살에게 간청해 이 세상의 모든 고통을 떨치고 성공의 길로 달리기 위한 간절한 염원이다. 관세음보살은 이 책을 읽고 있는 당신에게 크나큰 원력을 베풀어줄 것으로 믿는다.

037
손은 클수록 좋고
눈은 낮을수록 좋다

✳

　한량없는 손과 눈으로 일체중생의 고통을 덜어주는 관세음보살. 그런 관세음보살에 비해 우리 인간은 각기 두 개의 손과 눈으로 모든 것을 해결하지 않으면 안 된다. 왼손과 오른손, 왼쪽 눈과 오른쪽 눈. 이 손과 눈을 어떻게 쓰느냐에 따라 성공 여부가 결정된다.

　우리는 우선 손과 눈을 적절히 잘 써야 한다. 예컨대 공부할 때 또는 일할 때 손과 눈을 한 곳으로 집중해야 한다. 그러면 반드시 성공하게 되어 있다. 그 반면, 손과 눈으로 도박이나 도둑질에 탐닉하면 그 인생은 실패할 수밖에 없다.

　한편, 우리는 흔히 '손이 크다' '손이 작다' 는 말을 쓴다. 무엇이든 넉넉하게 퍼주는, 그래서 인심이 후한 사람의 경우 '손이 크다' 고 말한다. 그 반면, 꾀죄죄하고 인색한 사람을 '손이 작다' 고 말한다. 이때 손은 클수록 좋다. 그래야 좋은 인재를 얻을 수 있고, 좋은 인재들을 많이 얻어야 불멸대성을 이뤄낼 수 있다.

　이와 함께 우리는 항용 '눈이 높다' '눈이 낮다' '눈을 낮춰라' 라는 말을 쓴다. 본래 되지 못한 인간은 눈만 높다. 그래서 배우자를 선택할 때에도 자기보다 월등히 뛰어난 사람만 찾는다. 취직을 할 때에도 자기 능력에서 훨씬 벗어난 직장을 찾는다.

자기는 별 볼일 없으면서 자기보다 월등한 사람이나 좋은 직장만 찾는다면 형평의 원칙에도 맞지 않는다. 자기 분수를 아는 사람은 성공하지만, 능력에 부치는 일을 하면 언젠가는 와르르 무너질 수밖에 없다. 슬기로운 사람이라면 겸손하게 눈높이를 낮출 줄 알아야 한다.

살림살이도 다를 바 없다. 수입은 뻔한데 괜히 눈만 높아가지고 좋은 옷과 좋은 음식과 좋은 주택을 가지려 한다면 그 살림은 거덜 날 수밖에 없다. 먹을 것 다 먹고 입을 것 다 입으면서 성공한 사람은 드물다. 그 대신 조금만 눈높이를 낮춰 밑을 내려다보면 나보다 어려운 사람들이 눈에 들어온다. 그들의 처지까지 잘 살필 수 있어야 성공한다.

회사 경영을 비롯한 조직 운영도 이와 같다. 급여와 복지후생 등 직원들에게 베푸는 손은 클수록 좋지만 능력에서 벗어난 과도한 투자는 삼가야 한다. 인생살이에서는 먹으려다 먹힐 수도 있다. 따라서 항상 눈높이를 잘 조절하는 것이 성공의 지름길이다.

그 대신 시야는 넓을수록 좋다. 본래 소갈머리 좁은 사람은 시야도 좁다. 그래서 숲을 보고서도 나무를 보지 못하거나 나무를 보고서도 숲을 보지 못한다. 딱한 일이다. 그런 사람은 자기만 챙길 뿐 타인을 배려할 줄 모르는지라 결코 성공할 수 없다.

아무튼 손과 눈의 중요성은 아무리 강조해도 지나침이 없다. 손과 눈을 어떤 곳으로 활용하느냐에 따라 성패가 좌우되기 때문이다. 이렇게 볼 때 손에 이 책을 들고, 눈으로 이 담론을 읽고 있는 당신은 반드시 성공할 것이다.

038
머리를 숙여라

✳

『천수경』의 '천수천안관자재보살광대원만무애대비심대다라니'
뒤에는 '계청(啓請)'이라는 어휘가 붙어 있다. 원칙적으로 말하자면
'계청'이란 두 글자는 경문이 아니고, 뒤에 펼쳐지는 일련의 게송을
한몫에 뭉뚱그려 아우르는 작은 중간제목에 해당된다. 따라서 굳이
형식논리로 따지자면 '계청'이라는 이 중간제목은 괄호 안에 묶어
독경 때 읽지 않는 것이 합리적이겠지만 관습적으로 '천수천안관자
재보살광대원만무애대비심대다라니'에 붙여서 함께 독송한다.

'계청'은 관세음보살에 대한 높은 찬탄과 발원, 그리고 죄업에 대
한 깊은 참회로 구성돼 있다. 문장이 유려하면서 장엄하다.

계수관음대비주(稽首觀音大悲呪)……. 이 게송에서 보듯 '계청'은
가장 먼저 관세음보살의 대비주, 즉 '신묘장구대다라니'에 경건한
마음으로 머리를 숙이고 들어간다. 참된 인간이라면 머리를 숙일 줄
알아야 한다. 머리를 숙일 줄 아는 겸손한 사람은 성공한다. 하지만
목에 뻣뻣이 힘주고 고개 숙일 줄 모르는 사람은 강력한 임자를 만
날 경우 혹독한 철퇴를 맞게 되어 있다.

겸손과 친절은 동전의 양면과 같다. 겸손한 사람은 친절하고, 친
절한 사람은 겸손하다. 그 반면 겸손하지 못한, 버르장머리 없는 개

망나니들의 경우 친절과는 거리가 멀다. 그들에게는 실패가 있을 뿐이다. 누구든지 성공하려면 낮은 자세로 남을 섬기는 사람이 되어야한다. 이 점에 대해서는 예수님께서도 분명히 말씀하셨다.

예수께서는 그들을 가까이 불러 놓고 "너희도 알다시피 세상에서는 통치자들이 백성을 강제로 지배하고 높은 사람들이 백성을 강제로 내리누른다. 그러나 너희는 그래서는 안 된다. 너희 사이에서 높은 사람이 되고자 하는 사람은 남을 섬기는 사람이 되어야 하고 으뜸이 되고자 하는 사람은 종이 되어야 한다. 사실은 사람의 아들도 섬김을 받으러 온 것이 아니라 섬기러 왔고 많은 사람을 위하여 목숨을 바쳐 몸값을 치르러 온 것이다." 하셨다.(마태 20,25-28)

모름지기 교양인이라면 겸양지덕(謙讓之德)부터 갖추어야 한다. 겸양지덕이란 '겸손한 태도로 남에게 양보하거나 사양하는 아름다운 마음씨나 행동'을 일컫는 말이다. 이 겸양지덕이 없으면 깡패 따위 건달 또는 모리배와 다를 바 없다.

현재 우리 주위에는 겸손하지 못한, 건방지기 짝이 없는 부류들이 너무 많다. 권력을 거머쥐었다고 거들먹거리는 정상배들, 어쩌다 재물을 좀 손에 쥐었다고 거드름을 피우는 졸부 따위가 그들이다. 그 따위 저질들은 성공할 수 없다. 그 반면, 이 책을 읽고 있는 당신은 참으로 현명하다. 겸손하고 친절한 사람이 성공한다는 이 어김없는 사실을 인정한다면 당신은 장차 큰 뜻을 이룰 것이다.

039

너도 살고 나도 살고 우리 모두가 더불어 잘살아야 한다

✳

관세음보살은 모든 중생을 골고루 보살펴준다. 특정계층이나 일부 집단만을 편애하지 않는다. 어느 누구를 무시하거나 배척하지도 않는다. 따라서 중생을 구제하는 그 모습이 무척 거룩하다.

원력홍심상호신(願力弘深相好身)……. 관세음보살의 원력이란 모든 중생의 고통을 덜어주고 그들의 소원을 다 들어주는 자비심이다. 하지만 우리 사회에는 쉽게 해결하지 못할 고질병이 있다. 지역 간, 계층 간, 세대 간…… 각양각색의 갈등구조가 그것이다. 편 가르기, 줄 세우기, 패거리 작당으로 끼리끼리 '해먹는' 작태가 보편화되어 있다. 심지어 '남의 불행이 곧 나의 행복'이라는 고약한 풍조까지 만연돼 있다.

일각에서 공정사회를 외치고 있다. 이는 곧 우리 사회가 공정하지 못하다는 결정적 반증이다. 만약 우리 사회가 공정하게 유지돼 나왔다면 구태여 공정사회 실현을 구호로 내세울 필요가 없다. 부의 세습, 빈곤의 세습은 더 이상 새로운 이야기가 아니다.

이를 뒷받침이라도 하듯 최근 한 언론사의 여론조사 결과 응답자의 73%가 우리 사회를 불공정한 사회라고 진단했다. 이와 함께 중소기업이 어렵고 힘든 것은 대기업 때문이라는 인식에 대해서도

73.5%가 동의했다(중앙일보 창간 45주년 여론조사, 2010년 9월 20일자 참조).

이제는 정말 달라져야 한다. 개천에서 용이 나고, 쥐구멍에도 볕들 날이 있어야 한다. 그래야 밑바닥 인생들도 뭔가 희망을 가질 수 있다. 하지만 우리나라는 부끄럽게도 경제협력개발기구(OECD) 회원국 가운데 자살률(인구 10만 명 당 자살자 수) 1위를 기록하고 있다.

자살의 원인 중에는 가정불화, 퇴치불능의 질병 등 여러 가지가 있지만 생활고를 견디다 못해 스스로 목숨을 끊는 경우가 적지 않다. 선량한 국민들이 자살로 내몰리는 이 딱한 현실이야말로 우리 사회가 얼마나 잘못된 사회인가를 극명하게 대변해 주고 있다. 이것이 이 시대 우리의 서글픈 자화상이다.

천비장엄보호지(千臂莊嚴普護持) 천안광명변관조(天眼光明遍觀照)……. 관세음보살은 이렇듯 천 개의 팔, 천 개의 눈으로 모든 중생을 보호하고 살펴준다. 천 개의 팔, 천 개의 눈이란 산술적인 수치가 아니라 한량없는 팔과 한량없는 눈을 의미한다. 특히 관조는 눈으로 보는 것이 아닌, 마음으로 보는 것을 뜻한다. 따라서 관세음보살의 팔과 눈은 온 누리에 미치지 않는 곳이 없다.

하지만 우리 사회에는 소외계층이 너무 많다. 빛이 강렬하면 어둠도 짙다. 고도성장의 그늘 아래 절대빈곤에서 허덕이는 가련한 사람들. 우리 모두는 그런 빈곤층도 적지 않다는 엄연한 현실을 직시해야 한다. 소위 잘나간다는 기득권 세력의 틈바구니에서 빼앗기고, 억눌리고, 짓밟히고, 뿌리까지 뽑힌 사람들은 없는지 잘 살펴 그들의 눈물을 닦아주지 않으면 안 된다.

남이야 죽건 말건 나만 잘살면 그만이라는 인식이 팽배한 사회는 좋은 사회가 아니다. 자살 등 극단적 선택을 감행할 수밖에 없는 빈곤층이 존재하는 한 국격은 향상될 수 없다. 너도 살고, 나도 살고,

우리 모두가 더불어 잘살아야 한다.

우리는 『천수경』 수련을 통해 관세음보살의 거룩한 마음과 그 지혜를 읽을 수 있다. 권력과 재물 등 가질 만큼 가진 자는 언제라도 기꺼이 약자를 돌볼 줄 알아야 한다. 단적으로 말하자면, 정치권과 재벌들은 크게 각성할 필요가 있다.

G20(주요 20개국) 정상회의 의장국이네 뭐네 해서 우리나라의 국력을 적극 홍보하는 것은 얼마든지 좋다. 하지만 음지에서 고통 받는, 생활고를 견디다 못해 스스로 목숨을 끊지 않으면 안 되는 벼랑 끝의 절박한 국민들부터 살피는 것이 급선무라 할 것이다.

040
이웃과 더불어 울고 웃는다

✳

『천수경』의 '천' 자조차 모르는, 오직 자기만 잘살면 그만이라고 확신하는 사람들에게는 개뿔이나 기대하고 자시고 할 것도 없다. 정치권이나 재벌들은 언제나 변함없이 호화판이다. 따라서 그들에게 국민들의 고통 따위가 안중에 있을 리 없다. 그들은 띵까띵까 한 시대를 즐기는 놀이꾼들일 뿐이다.

하지만 이 책을 펼쳐든 당신이야말로 그들과는 근본적으로 다르다. 당신은 착하고, 올바르고, 보다 더 인간답게 사는 성공비결을 모색하기 위해 이 책을 읽고 있다. 만일 정부의 끗발 좋은 사람들이나 정치권의 하릴없는 건달들이나 죽자 살자 돈만 밝히는 재벌들이라면 처음부터 이 책을 선택하지도 않았을 것이다.

권력이든 재물이든 별로 가진 것은 없을지라도 착하게 사는 사람들이 훨씬 낫다. 최소한 『천수경』에 몰입한, 그리하여 진리의 법을 깨달아 가는 우리는 정부의 배부른 사람들, 정치권의 건달들, 돈방석에 앉아서 돈만 세는 재벌들을 앞질러 이웃사랑을 실천하지 않으면 안 된다.

그 중에서도 불우한 이웃부터 내 살붙이처럼 적극 돌보아야 한다. 남들이야 딱한 이웃들을 헌신짝처럼 여긴다 해도 우리만큼은 그럴 수가 없다. 이웃 속에서, 이웃과 함께, 이웃과 더불어 울고 웃는 우리야말로 그 어떤 잘난 사람들보다 훨씬 더 행복하다.

알 만한 사람은 다 알고 있는 사실이지만 정치꾼들에게는 진실성이 없다. 선거 때 유권자들 앞에 머리를 조아리며 표를 구걸했던 그들의 경우 일단 당선만 되면 고개를 빳빳이 세우고 언제 그랬느냐는 듯이 교만해진다. 유권자들을 향해 절 하느라 앞으로 꺾어졌던 허리는 잘난 체 하느라 뒤로 꺾어진다.

재벌을 바라보는 서민대중의 시선도 곱지만은 않다. 정경유착, 비자금 조성 등 그들의 나쁜 전력이 있기 때문이다. 하지만 『천수경』을 수련한 사람은 그렇지 않다. 언제나 진실을 생명처럼 여기고 가식 없는 마음으로 따뜻한 자비심을 일으킨다.

진실어중선밀어(眞實語中宣密語)……. 사람은 진실해야 한다. 감언이설 등 거짓말로 잠깐 누군가를 속일 수는 있다. 하지만 거짓은 반드시 들통 나게 마련이다. 남의 눈을 속여 한때 권력과 재물과 명예를 손에 쥐었다 해도 그건 결코 성공일 수가 없다.

무위심내기비심(無爲心內起悲心)……. 가식 없는 마음, 언제나 진실한 마음으로 임할 때 성공이 보장된다. 주위를 돌아보면 무책임한 말, 달착지근한 감언이설이 난무하지만, 그러나 『천수경』으로 내공을 다진 우리는 언제 어디에서라도 진실하게 살아야 한다. 그러면 하늘도 감동하여 우리에게 큰 성공을 안겨줄 것이다.

041
뚜렷한 목표를 세워라

＊

어떤 공사장에서 여러 석공(石工)들이 정으로 돌을 쪼고 있었다. 그들이 돌을 쫄 때마다 풀썩풀썩 돌가루가 튀어 올랐다. 그 공사장을 지나가던 스님이 한 석공에게 물었다.

"지금 무슨 일을 하고 계십니까."

그러자 석공이 대답했다.

"보시다시피 돌을 쪼고 있습니다."

스님은 몇 발자국 더 가서 다른 석공에게 똑같이 물었다.

"지금 무슨 일을 하고 계십니까."

"품삯을 벌기 위해 이렇게 돌을 쪼고 있습니다."

스님은 몇 발자국 더 벗어나 다른 석공에게 똑같은 질문을 던졌다.

"지금 무슨 일을 하고 계십니까."

"우리는 지금 절을 짓고 있습니다."

석공들은 분명 똑같은 일을 하고 있었다. 하지만 똑같은 질문에도 그들의 답변은 각기 달랐다. 그들의 목표가 사람마다 달랐기 때문이었다. 한 사람은 그냥 돌을 쪼기 위해, 한 사람은 품삯을 벌기 위해, 또 한 사람은 절을 짓기 위해 그 힘든 일을 하고 있었다.

116

같은 일을 하더라도 이렇듯 생각과 목표가 다를 수 있다. 첫 번째 석공은 별 목적의식 없이 하루 종일 돌만 쪼아댈 것이고, 두 번째 석공은 품삯을 조금이라도 더 챙기면 그만이라는 생각으로 건성건성 돌을 쪼며 하루해가 저물기만 기다릴 것이다. 그 반면, 세 번째 석공은 자기가 쪼고 있는 돌의 용도를 잘 아는지라 그 용도에 맞게끔 정성들여 돌을 다듬을 것이다.

이에 따라 그들이 해낸 일의 결과도 각기 달라질 수밖에 없다. 우리가 어떤 일을 추진할 때에는 분명한 목표가 있어야 한다. 공부면 공부, 직장이면 직장, 사업이면 사업…… 등등 어떤 분야에서 무슨 일을 하든 자기가 지향하는 뚜렷한 목적의식이 필요하다. 만일 그런 목적의식이 없다면 중도에 그 일을 포기하거나 어영부영 샛길로 빠져나갈 수가 있다.

속령만족제희구(速令滿足諸希求)……. 그렇다. 우리는 누구를 막론하고 그 무엇인가를 희구하면서 살아간다. 학생은 좋은 성적을, 고시생은 합격을, 열애 중인 사람은 애정을, 병약한 사람은 건강을, 권력이 필요한 사람은 권력을, 재물이 필요한 사람은 재물을, 명예가 필요한 사람은 명예를 희구한다.

하지만 죄 많은 사람은 성공할 수 없다. 잠시 성공한 것처럼 보인다 할지라도 전생에 죄업이 많으면 언젠가는 반드시 곤두박질치게 마련이다. 그뿐 아니라 그 죄업으로 말미암아 두고두고 지탄의 대상이 될 수밖에 없다.

영사멸제제죄업(永使滅除諸罪業)……. 관세음보살은 일체의 모든 죄업을 소멸해 주신다. 따라서 당신은 『천수경』 수련을 통해 이제까지의 모든 죄업을 씻고 깨끗한 마음으로 성공을 향해 질주할 수 있다.

042
착하게 살면 이끌어주는
사람을 만난다

＊

그리스의 호머가 기원전 8세기경에 지은 대서사시 『오디세이』는 불후의 명작이다. 이 작품에는 주인공 오디세우스가 트로이 원정에 나서면서 친구 멘토에게 집안일과 외아들 텔레마코스의 교육을 부탁하는 대목이 나온다.

그로부터 10여 년, 즉 오디세우스가 전쟁에서 승리하고 돌아올 때까지 멘토는 왕자인 텔레마코스의 친구, 선생, 상담자, 때로는 아버지가 되어 그를 극진히 보살펴주었다. 그 후 멘토라는 그의 이름은 지혜와 신뢰로 한 사람의 인생을 이끌어주는 지도자를 상징하는 낱말이 되었다.

우리 사회에서도 종종 멘토라는 말을 쓴다. 그러니까 멘토는 경험 없는 사람에게 오랜 기간에 걸쳐 조언과 도움을 베풀고 이끌어주는 친구·선배·상담역·은인·스승 등을 아우르는 말이다.

G사장은 본래 경북의 두메산골에서 공업고등학교를 다니다가 자퇴하고 집을 나온 가출소년이었다. 그는 말만 들었던 서울 외곽의 수도권으로 올라와 도금공장 종업원으로 취업했다. 하지만 도금공장은 만만한 곳이 아니었다.

본래 도금은 3D 업종으로 알려져 있다. 특히 도금을 하려면 크롬·염산 등 독한 화공약품을 사용하는 터라 여간 힘든 것이 아니었다. 그 역시 항상 그런 화공약품에서 발생하는 유독가스에 시달려야만 했다.

일이 힘들면 힘들수록 고향으로 돌아가고 싶은 마음이 굴뚝같았다. 하지만 그는 고향을 떠날 때의 각오, 성공하지 못하면 두 번 다시 고향 땅을 밟지 않으리라는 그 비장한 각오를 다잡으며 도금기술 습득에 주력했다. 이와 함께 그는 순전히 독학으로 화학분석기능사 2급 자격증을 따냈고, 그 여세를 몰아 급기야 특수도금기능사 자격증과 전기도금기능사 자격증까지 취득했다.

그 무렵, 그의 직급도 말단 생산직 사원에서 생산담당 이사가 되어 있었다. G이사가 여기까지 오는 동안 그를 유심히 지켜보는 눈길이 있었다. 바로 그 회사의 H회장이었다. H회장은 별도의 계열회사를 설립하면서 왕년의 가출소년인 G이사를 일약 사장으로 발탁했다. 그때 G사장의 나이 스물여덟이었다. 그러니까 H회장의 자본과 G사장의 기술이 결합하여 또 다른 회사를 탄생시킨 것이었다.

그 후 H회장은 G사장으로 하여금 새로 설립한 계열회사의 지분을 확보하도록 적극 밀어주었다. 그 결과 G사장은 야금야금 계열회사의 주식을 사들여 마침내 그 회사의 명실상부한 사주(社主)가 되었다. 말하자면 G사장은 H회장이라는 훌륭한 멘토를 만나 급기야 큰 성공을 일궈낸 셈이다.

하지만 G사장은 여기에 만족하지 않고 꾸준히 기술을 개발했다. 특히 그는 도금의 개념을 완전히 바꾸어 놓았다. 본래 도금이라면 너나 할 것 없이 금속이나 비금속의 겉에 금이나 은 따위의 물질을 얇게 '입히는' 것으로 인식했지만, G사장은 이 같은 도금의 개념을 '표면공학'으로 끌어올렸다. 이와 함께 그는 대표적 공해유발산업으로 알려져 있던 도금산업을 친환경산업으로 전환시키는 데 성공했다.

그 무렵 G사장의 고향 주민들은 그의 성공 소식을 전해 듣고 있었다. 일찍이 맨손으로 고향을 떠났던 가출소년이 의지가지없는 객지에 나가 종업원 수십 명을 거느린 사장으로 변신했다니 참으로 놀라운 일이었다.

그때 G사장은 비로소 고향 땅을 밟았다. 고향을 떠난 지 어언 10여 년, 문자 그대로 금의환향(錦衣還鄕)이었다. 그는 부모님께 큰절을 올린 뒤 고향 노인들을 위해 조촐한 경로잔치를 벌였다. 땀과 눈물의 승리였다.

그러나 G사장은 결코 거만하지 않다. 그는 자신의 성공을 멘토의 몫으로 돌린다. 만일 그렇게 잘 이끌어준 H회장이 없었다면 자기가 어떻게 오늘 이 자리에 설 수 있었겠느냐면서 겸손해 한다.

천룡중성동자호(天龍衆聖同慈護) 백천삼매돈훈수(百千三昧頓薰修)······. 마음을 곱게 쓰는 사람은, 그리고 열심히 노력하는 사람은 이처럼 훌륭한 멘토를 만날 수 있다. 해결하기 어려운 심각한 문제에 봉착했을 때 어디에서 나타났는지 그걸 깔끔하게 풀어주는 따뜻한 손길이 있다. 일이 꼬이고 뒤틀릴 때면 누군가가 결정적인 도움을 준다. 그런 멘토가 이끌어주면 성공은 훨씬 앞당겨지게 마련이다.

120

043
건강한 몸에
건강한 정신이 깃든다

✳

　과거 '체력은 국력'이라고 외치던 시절이 있었다. 헐벗고 굶주리던, 그래서 허약한 사람들이 넘쳐나던 시대에는 제법 설득력 있는 구호였다. 하지만 이제는 쌀이 남아돌아 걱정인 시대에 살고 있다. 그리하여 영양실조로 인한 허약체질을 걱정하던 시대는 옛말이 되었고, 이제는 도리어 영양과잉으로 인한 비만을 걱정하는 시대가 되었다.

　심지어 살 빼는 약품까지 나와 시중에서 날개 돋친 듯 팔려나가고 있다. 그런가 하면 비만을 전문적으로 치료해주는 클리닉도 성업 중이다. 무리하게 살 빼다가 부작용을 일으켜 목숨을 잃었다는 언론보도도 자주 접할 수 있다. 그만큼 비만이 많은 사람들을 괴롭히고 있다는 얘기다. 왕년에는 권투·레슬링·역도·태권도 등 체급경기에 나서는 선수들만 체중감량을 하느라 애를 먹었지만 이제는 거의 모든 사람들이 체중과의 전쟁을 벌이는 것이다.

　사실 성인병은 오래 전부터 우리 사회의 새로운 고민거리로 떠올랐다. 과도한 비만은 성인병의 원인으로 지목돼 왔고, 너도 나도 조깅이다 뭐다 해서 건강관리에 각고의 노력을 아끼지 않고 있다. 헬스클럽과 골프장은 만원이다. 주말마다 산을 오르는 사람도 많다.

웬만한 동네면 조기축구회 또는 마라톤 동호회가 결성돼 있다. 어디를 가든 자전거 타는 사람들을 만날 수 있다.

그밖에도 남녀노소 모두가 자기 취향에 맞는 방법으로 건강관리에 힘쓰고 있다. 아주 좋은 일이다. 재산을 잃으면 조금 잃는 것이요, 명예를 잃으면 더 많이 잃는 것이요, 건강을 잃으면 모든 것을 잃게 된다. 그러므로 건강의 중요성은 아무리 강조해도 지나침이 없다.

수지신시광명당(受持身是光明幢) 수지심시신통장(受持心是神通藏)……. 본래 육신과 정신은 별개가 아니라 상호 밀접하게 맞물려 있다. 육신이 건강해야 정신이 건강하고, 정신이 건강해야 육신이 건강한 법이다. 달리 말하자면 병약한 육신에 건강한 정신이 깃들 수 없고, 정신이 흔들리면 육신도 서서히 허물어지게 되어 있다.

그 반면, 육신이 건강하면 정신적으로 자신감이 넘치는지라 매사가 잘 풀린다. 또, 정신이 강인하면 웬만한 잔병 따위가 우리 몸에 발을 붙일 수 없다. 우리가 성공하기 위해서는 가장 우선적으로 몸과 마음이 모두 건강해야 하는 것이다.

그럼에도 불구하고 이 시대에 진정으로 우려하지 않을 수 없는 것은 육신의 비만과 역비례 하여 정신은 점점 더 빈곤해지고 있다는 사실이다. 육신이 풍만하면 정신도 풍요로워야 할 텐데 현실은 그렇지 못하다. 풍요 속의 빈곤이라고나 할까, 육신의 비만은 도를 넘었지만 정신세계는 메마를 대로 메말라가고 있다.

문제는 육신과 정신의 균형이다. 그 균형이 잘 이루어질 때 우리는 진정한 성공을 구현할 수 있다. 『천수경』을 열심히 수련하면 몸이 건강해지고 마음이 편안해진다. 『천수경』의 가르침에 몰입할 경우 음식물 섭취를 절제할 수 있는 능력이 생기고, 더 나아가 번거롭기 짝이 없는 온갖 세상잡사를 떨쳐버릴 수 있기 때문이다.

044
개똥밭에 굴러도 이승이 낫다

✳

이 사바세계에는 온갖 고통과 번뇌로 넘쳐난다. 살다 보면 사람의 힘으로 도저히 해결할 수 없는 힘든 일이 너무 많다. 그래서 더러는 죽음이라는 것을 생각할 때가 있다. 차라리 죽어버리면 모든 걸 깨끗이 잊을 수 있으니까. 아니나 다를까, 앞에서도 잠깐 언급했지만 우리나라의 자살률은 경제협력개발기구(OECD) 회원국 가운데 1위를 기록하고 있다. 더욱 심각한 것은 이 같은 자살이 해마다 급증하고 있다는 사실이다.

2010년 통계청이 발표한 '2009년 사망원인 통계 결과'에 따르면 2009년 한 해 동안 1만 5천4백13명이 스스로 목숨을 끊었다. 그러니까 하루 평균 42.2명, 34분에 한 명꼴로 동시대를 살아가는 우리 이웃들이 이 세상을 버렸다.

자살률, 즉 인구 10만 명 당 자살자 수는 31명으로, 2008년의 26명보다 19.3% 증가했다. 이 같은 수치는 자살 관련 통계를 작성한 이후 최고치를 기록한 것으로, 10년 전인 1999년과 비교한다면 무려 107.5%나 증가했다. 슬프고 안타까운 일이다.

경제협력개발기구 회원국의 평균 자살률이 11.2명인 점을 감안한다면 우리나라의 자살률은 충격 그 자체라고 말할 수 있다. 오죽하면 이 근래 '자살 공화국'이란 말까지 나왔다. 특히 80대 이상의 노인 자살은 20대의 자살보다 5배 이상 높은 것으로 나타나 심각성을 더해주고 있다.

지금 이 시간에도 병고에 시달리는, 그래서 죽지 못해 간신히 목숨만 지탱하고 있는 독거노인은 한둘이 아니다. 어느 누구도 돌봐주지 않는, 음지에서 신음하는 극빈층과 독거노인들. 우리나라 국민의 고령화가 가속화되고 있는 현실에 비추어 노인들의 자살은 더욱 급증할 것으로 예상된다.

자살은 극단적인 선택이다. 그러므로 이렇듯 자살이 만연하는 사회는 복지사회와 거리가 멀다. 바꾸어 말하자면 자살하지 않고 살 수 있는 사회가 복지사회이다. 그렇건만 정부와 정치권은 경제대국이다 뭐다 해서 탱탱 배부른 소리만 하고 있다. 따라서 정부와 정치권이 아무리 서민경제와 복지와 '친서민'을 외쳐도 정작 서민들의 피부에는 와 닿지 않는다.

하기야 정부와 정치권에는 기대할 것이 없다. 그들은 학벌 좋고 돈 많은, 그래서 밑바닥 인생의 고달픈 삶과는 거리가 먼 배부른 사람들이기 때문이다. 그렇다면 학벌 없고, 돈 없고, 조직 없는 사람들도 정부와 정치권에 들어가 그 나름의 영향력을 행사할 수 있어야 하는데 그건 언감생심 꿈도 꿀 수 없는 일이다.

세척진로원제해(洗滌塵勞願濟海) 초증보리방편문(超證菩提方便門)…….『천수경』수련으로 진리를 깨달은 사람은 쉽게 희망의 끈을 놓지 않는다. 자살 같은 어휘는 아예 우리의 사전에서 지워버리자. 그 대신 내일 지구의 종말이 온다 해도 오늘 한 그루의 사과나무를 심자. 개똥밭에 굴러도 저승보다는 이승이 낫다. 어떤 어려움 속에서도 희망을 갖고 꾸준히 정진하면 반드시 성공할 수 있다.

045
시작이 곧 성공이다

✳

첫술에 배부를 수는 없다. 밥이든 죽이든 한 숟갈 두 숟갈 먹는 동안 서서히 배가 불러온다. 모든 일이 다 그렇다. 처음에는 아주 별볼일 없었지만 끊임없이 노력할 때 그 공력이 쌓인다. 천 리 길도 한 걸음부터라 했다. 첫 번째 한 걸음을 떼어놓지 않으면 천 리 길을 갈수 없다. 그러나 첫 번째 걸음부터 한 걸음 한 걸음 발자국을 떼어놓다 보면 천 리 길은 물론 그보다 더 먼 만 리 길도 갈 수가 있다.

우보천리(牛步千里)란 '소걸음으로 천 리 간다'는 뜻이다. 황소걸음은 뚜벅뚜벅 느리기만 하다. 하지만 그 느린 걸음으로도 천 리를 갈수 있다. 촐랑촐랑 초싹대다가 초장에 나가떨어지는 것보다는 황소걸음으로 목적지에 도달하는 것이 훨씬 값지다고 말할 수 있다.

금품을 축적하는 것도 예외가 아니다. 티끌 모아 태산을 만든다. 1원이 없으면 십 원, 백 원, 천 원, 만 원…… 1억 원이 될 수 없다. 그하찮게 여기는 1원이 모자라면 9원, 99원, 9백99원, 9천9백99원…… 9천9백99만 9천9백99원이 될 수는 있어도 꽉 찬 목돈이 될 수가 없다.

지식과 기술도 이와 같다. 열심히 책을 읽고 다양한 경험을 쌓다보면 내공이 쌓인다. 하지만 자신의 실력 향상 여부는 구체적으로

125

가늠할 길이 없다. 실력이란 손으로 만질 수도 없고, 자로 잴 수도 없고, 저울로 달아볼 수도 없기 때문이다.

그러나 전혀 걱정할 필요가 없다. 콩나물시루에 물을 주면 물이 시루 밑으로 새게 되어 있다. 하지만 그 사이 콩나물은 자란다. 하룻밤 자고 나거나 몇 시간 외출했다 돌아오면 콩나물이 우쭐우쭐 자라난 것을 확인할 수 있다.

나무가 자라는 것은 육안으로 감지할 수 없다. 하지만 한 해 두 해가 지나면 나무가 몇 해 전보다 영 몰라보게 자라 있음을 확인할 수 있다. 사람 사는 일이 전부 그렇다. 당장 눈으로 볼 수는 없지만 언젠가는 자기가 제법 발전해 있음을 확인할 수 있다.

아금칭송서귀의(我今稱誦誓歸依) 소원종심실원만(所願從心悉圓滿)…….
우리는 대비주를 칭송하며 맹세하고 귀의하여 소원이 마음먹은 대로 원만히 이루어지게 해달라고 기원하였다. 따라서 관세음보살은 우리의 성공을 천수천안으로 보살펴줄 것이다.

모든 일이 다 그렇듯 성공이 하루아침에 이루어지는 것은 아니다. 시작이 반이다. 시작 없는 성공은 있을 수 없다. 뒤집어서 말하자면 시작이 있어야 성공이 있다. 일단 결심을 세우고 시작한 일이라면 황소걸음으로 뚜벅뚜벅 그 길을 가야 한다.

지칠 줄 모르는 전진, 넘어지면 일어나서 또 다시 전진…… 그렇게 목표를 향해 전진하고 또 전진하면 모든 소원이 원만하게 이루어져서 꽉 찬 성공을 거둘 수 있다. 이렇듯 기초부터 잘 다진 공든 탑은 무너지지 않는다.

046
머뭇거릴 겨를이 없다

『천수경』 '계청'은 관세음보살에 대한 간절한 열 가지 발원으로 넘어간다. 이 같은 발원은 먼저 관세음보살에게 귀의할 것을 맹세한 뒤 간절한 소원을 올리는 형식으로 짜여 있다.

나무대비관세음(南無大悲觀世音) 원아속지일체법(願我速知一切法)
－ 자비하신 관세음보살님께 귀의하오니, 원하옵건대 제가 속히 이 세
  상의 모든 법을 깨닫게 해주시옵소서.
나무대비관세음(南無大悲觀世音) 원아조득지혜안(願我早得智慧眼)
－ 자비하신 관세음보살님께 귀의하오니, 원하옵건대 제가 일찍 지혜
  안을 얻게 해주시옵소서.
나무대비관세음(南無大悲觀世音) 원아속도일체중(願我速度一切衆)
－ 자비하신 관세음보살님께 귀의하오니, 원하옵건대 제가 속히 이 세
  상의 모든 중생을 제도할 있게 해주시옵소서.
나무대비관세음(南無大悲觀世音) 원아조득선방편(願我早得善方便)
－ 자비하신 관세음보살님께 귀의하오니, 원하옵건대 제가 일찍 좋은
  방편을 얻게 해주시옵소서.
나무대비관세음(南無大悲觀世音) 원아속승반야선(願我速乘般若船)

– 자비하신 관세음보살님께 귀의하오니, 원하옵건대 제가 속히 지혜
의 배에 오르게 해주시옵소서.

나무대비관세음(南無大悲觀世音) 원아조득월고해(願我早得越苦海)

– 자비하신 관세음보살님께 귀의하오니, 원하옵건대 제가 일찍 고통
의 바다에서 벗어나게 해주시옵서.

나무대비관세음(南無大悲觀世音) 원아속득계정도(願我速得戒定道)

– 자비하신 관세음보살님께 귀의하오니, 원하옵건대 제가 속히 계(戒)
와 정(定)의 길을 얻게 해주시옵소서.

나무대비관세음(南無大悲觀世音) 원아조등원적산(願我早登圓寂山)

– 자비하신 관세음보살님께 귀의하오니, 원하옵건대 제가 일찍 원적
산(圓寂山)에 오르게 해주시옵소서.

나무대비관세음(南無大悲觀世音) 원아속회무위사(願我速會無爲舍)

– 자비하신 관세음보살님께 귀의하오니, 원하옵건대 제가 속히 무위
사(無爲舍)에 들게 해주시옵소서.

나무대비관세음(南無大悲觀世音) 원아조동법성신(願我早同法性身)

– 자비하신 관세음보살님께 귀의하오니, 원하옵건대 제가 일찍 법과
한 몸을 이루게 해주시옵소서.

열 가지 발원에서 '원아(願我)……' 다음에 '속(速)'과 '조(早)'가 번
갈아 교차되는 것을 주목할 필요가 있다. '속(速)'은 '빠르다' '신속
하다' '빨리' '속히' 등으로 번역할 수 있다. 그런가 하면 '조(早)'는
'새벽' '이르다' '일찍' '서두르다' 등의 뜻을 가지고 있다. 사실 이
짧은 인생길에서 머뭇거리고 더듬거릴 여유가 없다.

원님 행차한 뒤에 나팔을 불어본들 의미가 없다. 버스 지나간 뒤
에 손을 들어봤자 소용이 없다. 철들자 노망난다는 말도 있다. 한눈

을 팔며 더듬거리다가 진리를 깨닫지 못하면 그런 낭패를 볼 수밖에 없다. 인생의 성패는 이 진리를 얼마나 속히 깨닫느냐에 달려 있다. 한 시라도 빨리, 하루라도 먼저, 한 달이라도 일찍 진리를 깨닫는 사람이 성공한다.

047
번득이는 지혜안으로
세상을 본다

✳

실정법의 경우 시대적 상황과 맞물려 적용범위가 한정돼 있다. 가령 국내법의 경우 우리나라의 현재 실정에 맞게끔 운용되고 있다. 따라서 이런 법은 과거나 미래, 또는 세계 어느 곳에나 그대로 적용할 수 있는 것이 아니다.

하지만 진리의 법은 근본적으로 다르다. 이 법은 예나 지금이나 미래나 영원히 변치 않는다. 따라서 인간이라면 동·서양 어느 나라에 살더라도 이 법의 테두리를 벗어날 수 없다. 이렇듯 시공을 초월하는 법이 바로 진리의 법이다.

원아속지일체법(願我速知一切法)……. 모든 법을 속히 깨닫게 해달라는 발원이다. 인생은 유한하다. 따라서 성공을 꿈꾸는 사람이라면 속히 영구불변의 이 진리부터 깨달아야 한다. 그래야 인간적으로 성숙해지고, 그 연장선상에서 대성을 이룩할 수 있다. 그 반면, 아무리 실정법에 밝은 사람일지라도 이 진리의 법을 모르면 캄캄한 암흑의 한복판을 헤맬 수밖에 없다.

실정법을 공부한, 그리고 실정법의 현장에 종사하는 판사네 검사네 변호사네 하는 법률가들 중에도 오만무례한 사람들이 적지 않다. 이는 곧 진리의 법을 모른다는 반증이다. 그들이 실정법을 잘 알아

세칭 법률가로 행세할지는 모르지만, 그러나 인간이 만든 실정법보다 훨씬 더 높은 진리의 법이 있다는 것을 알아야 한다.

제 아무리 벼슬이 높고 재물을 많이 거머쥐었다 한들 그 진리를 깨닫지 못하면 사람답게 살 수가 없다. 따라서 우리는 인생이 무엇인가를, 어떻게 살아야 하는가를 끊임없이 성찰하지 않으면 안 된다. 겉보기에는 그럴 듯한 사람들. 하지만 인생에 대해 제대로 성찰하지 못한 사람은 아무리 외양이 번듯해도 그저 속이 텅 빈 '깡통'에 지나지 않을 뿐이다.

원아조득지혜안(願我早得智慧眼)……. 일찍 지혜안을 얻게 해달라는 발원이다. 지혜안이란 지혜에 눈이 달렸다는 뜻이 아니라 '온갖 사물과 현상을 비추어 보는 지혜를 비유적으로 이르는 말'이다. 달리 말하자면 세상을 보는 안목이라고 말할 수 있다. 이 지혜안을 일찍 얻어야 성공할 수 있다.

지혜 없는 사람에게는 아무리 진리를 가르쳐 주어도 소용이 없다. 눈이 있으나 보지 못하고, 귀가 있으나 듣지 못하고, 코가 있으나 냄새를 맡지 못해 진리를 깨닫지 못하기 때문이다. 그런 사람들에게는 세상을 보는 안목이 있을 수 없다. 따라서 그런 사람들은 손대는 일마다 참담한 실패를 자초하게 마련이다.

시력이 좋다고 안목까지 좋은 것도 아니다. 어떤 사람의 경우 시력은 아주 좋지만 세상을 잘못 보아 낭패를 겪는다. 그런가 하면 시력은 나쁘지만 세상을 보는 안목이 탁월한 경우도 있다. 그러니까 시력의 좋고 나쁨과는 관계없이 번득이는 지혜가 있어야 세상을 제대로 볼 수 있다. 두말할 나위도 없이 세상을 높이, 깊게, 널리, 멀리, 골고루, 정확하게 똑바로 보면 '명품 성공'이 보인다.

048
인간중심의 가치관 정립이
시급하다

✳

　진리의 법을 아는 사람이라면 일체중생을 제도할 수 있어야 한다. 깨우친 사람이 무지몽매한 사람을 수수방관한다면 그것 또한 죄악이다. 많이 알면 알수록 더욱 몸을 낮추어 자기보다 못한 사람을 위해 헌신하지 않으면 안 된다.

　권력과 재물, 그리고 명예를 많이 가진 사람도 다를 바 없다. 그들도 이웃을 위해 기꺼이 선행을 베풀어야 한다. 그래야 사람 노릇을 할 수 있다. 하지만 덜 떨어진 꽁생원들은 남이야 죽건 말건 자기 몫 챙기기에 혈안이 되어 있다.

　이렇듯 세상이 험악해지다 보니 심지어 부부간, 형제간에도 제 몫을 더 챙기려고 '너 죽고 나 살기' 식의 송사까지 벌이는 경우가 허다한 실정이다. 딱한 노릇이다. 그건 중생 제도와는 정면으로 배치되는 행위가 아닐 수 없다.

　이와 함께 우리 사회에서는 악랄한 범죄들이 꼬리를 물고 일어난다. 범죄수법도 예전과는 달리 날이 갈수록 점점 더 흉포해지고 있다. 어린이 유괴, 성폭력 등은 말할 나위도 없거니와 살인·방화 등 인면수심(人面獸心)의 엽기적인 사건들이 끊이지 않는다. 오죽하면 이 근래에는 부모를 살해한, 극악무도하기 짝이 없는 세기말적 범죄까지 발생했다.

원아속도일체중(願我速度一切衆)……. 모든 중생을 속히 제도케 해달라는 발원이다. 사실 이제는 세상이 달라져야 한다. 서로가 서로를 도와야 한다. 권력이든 재물이든 가진 사람들이 못 가져서 서러운 사람들에게 더 많은 관심을 기울여야 한다. 특히 정치권은 감동의 정치를 펼쳐야 한다. 그러면 사회 곳곳에 인간적인 감동이 강물처럼 넘쳐흐르게 되어 있다. 범죄를 궁리하는 사람들의 내면까지 움직일 수 있는 감동의 정치가 널리 확산될 때 우리 사회도 훨씬 밝아질 것이다.

그런데 이게 웬일일까, 교육과학기술부는 2010년 9월 아동 성폭력 등 학교 안팎의 범죄를 차단하고자 전국 초등학교 1천 곳에 청원경찰 등 경비인력을 배치하고 학교건물 출입을 통제하는 자동개폐문 설치에 들어갔다. 이와 관련, 교육과학기술부는 재개발지역, 다세대가구 밀집지역, 유해환경 우범지역 등에 있는 전국 1천 개 초등학교를 '학생안전강화학교'로 정했다고 밝혔다.

정부의 이 같은 조치는 어린이를 대상으로 한 범죄가 얼마나 극심한지를 웅변으로 입증해주고 있다. 바꾸어 말하자면 어린 자녀들을 마음 놓고 학교에 보낼 수 없다는 뜻이다. 우리 사회가 어쩌다 이 지경에 이르렀을까. 단적으로 말하자면 가치관 전도와 그로 인한 인간성 상실을 꼽지 않을 수 없다.

사실 우리 사회에서는 오래 전부터 인간성 상실에 대한 우려의 목소리가 나왔다. 하지만 정부와 정치권은 이에 대한 유효적절한 대책을 마련하지 않았다. 도리어 정부는 실용과 효율을 최고의 가치로 내세우며 무한경쟁을 부추겼다. 그 결과 우리 사회의 인간성 상실은 위험수위를 훌쩍 넘어섰다.

학교가 입시 위주의 '시험기술자' 양성기관으로 전락한 것은 매우 불행한 일이다. 학교는 졸업장을 받기 위해 마지못해 가고, 진짜 입시공부는 학원에서 한다는 말이 오래 전에 나왔다. 참으로 곤란한 상황이 아닐 수 없다.

원아조득선방편(願我早得善方便)……. 일찍 선방편을 얻게 해달라는 발원이다. 만시지탄(晚時之歎)이 없지 않지만, 이제라도 모든 학교는 본연의 사명을 되살려 인간성 회복은 물론 인간중심의 가치관 정립과 전인교육에 역점을 두어야 한다. 그것이 바로 방편, 즉 '중생을 구제하기 위하여 쓰는 묘한 수단과 방법'이다.

특히 『천수경』을 수련 중인 우리는 언제나 선방편, 즉 '좋은 방편' '착한 방편' '최선의 방편' '뛰어난 방편'을 생각해야 한다. 이렇듯 '뛰어난 방편'을 속히 습득하면 '명품 성공'은 더욱 가속화될 것이다.

049
저기, 행복의 등대불이 보인다

✳

　원아속승반야선(願我速乘般若船)……. 속히 반야선에 오르기를 열망하는 발원이다. 반야선이란 지혜의 배, 즉 '부처가 그 지혜로써 범부(凡夫)를 돕는 일로서, 물에 빠진 사람을 배로 구하는 일에 비유하여 이르는 말'이다. 세속의 중생은 업장을 소멸해야 반야선에 오를 수 있다. 달리 말하자면 반야선에 오를 경우 그때부터 업장을 떨치게 된다. 따라서 불자들은 속히 이 지혜의 배에 오를 수 있도록 해달라고 관세음보살에게 발원한다.

　거미가 집을 지을 때에는 꽁무니에서 자연스럽게 거미줄을 뽑아낸다. 거미에게는 따로 설계도가 있을 리 없다. 그런데도 거미는 사냥에 적합한, 그러면서도 예술적으로 뛰어난 집을 짓는다. 그래서 언제부턴가 거미에게 '건축가' 또는 '예술가'라는 칭호가 붙었다.

　누에는 넉 잠을 자고 난 뒤 고치를 짓는다. 이때 누에가 입에서 뽑아내는 실[絲]은 고치를 다 지을 때까지 줄줄이 이어진다. 누가 가르쳐 주지 않았는데도 누에는 그 스스로 연신 실을 뽑아내 탄탄한 집을 짓는다. 작은 몸에서 어쩌면 그렇게 길고 긴 실이 줄기차게 뽑아져 나오는지 그저 신기할 따름이다.

　자동차가 처음 출발할 때에는 둔중하게 움직인다. 그러나 2단에

135

서 3단으로, 3단에서 4단으로 점차 속력을 높이면 타력(惰力)이 붙어 아주 살갑게 달려 나간다. 그때부터는 가속페달을 살짝살짝 조금씩만 밟아주어도 잘 달린다.

우주선의 경우 대기권을 벗어나면 지구의 중력을 떨치고 그때부터 자력으로 궤도를 돈다. 우리도 어느 단계에 도달하면 다른 사람이 도저히 흉내 낼 수 없는 놀라운 기량을 발휘할 수 있다. 예컨대 예술가들은 타고난 소질에다 후천적인 노력을 통해 높은 경지에 이르러 감동적인 작품을 창조해 낸다.

권력과 재물과 명예도 어느 단계까지 올라서면 그때부터는 순풍에 돛을 달고 쭉쭉 신장된다. 어느 누구라도 노력하면 못할 것이 없다. 지혜의 배에 올라서야 업장을 떨칠 수 있는 것처럼 우리도 그 단계에 이를 때까지 꾸준히 노력하면 반드시 성공할 수 있다.

원아조득월고해(願我早得越苦海)……. 일찍 고해를 벗어나게 해달라는 발원이다. 이 사바세계가 고해, 즉 고통의 바다라는 것은 앞에서도 충분히 언급했다. 어떻게 보면 산다는 것 자체가 고통의 연속이다. 하지만 고통도 고통 나름이다. 성공한 사람의 고통과 실패한 사람의 고통은 다를 수밖에 없다. 성공한 사람에게는 행복이 보장되지만, 실패한 사람에게는 불행이 뒤따를 뿐이다. 따라서 우리는 기필코 성공해야 한다.

만약 당대에 만족할 만한 꿈을 이루지 못한다면 우리의 아들딸만이라도 행복하게 잘살 수 있도록 기틀을 마련해 주어야 한다. 우리가 힘들면 힘들수록 그 힘든 삶을 대물림할 수는 없기 때문이다.

『천수경』 수련으로 반야선에 오른 당신은 이미 고통의 바다를 벗어나 성공의 바다로 들어섰다. 조금만 더 힘을 내자. 저기, 행복의 등대불이 보이지 않는가.

136

050
산이 높으면 골이 깊다

✽

　원아속득계정도(願我速得戒定道)……. 속히 계정도를 체득케 해달라는 발원이다. 불교에서는 공부와 수행 중 가장 중요한 덕목으로 삼학(三學)을 꼽는다. 삼학이란 '계(戒)·정(定)·혜(慧)'를 말한다. 계는 '수행을 위하여 개인이 지켜야 할 덕목'이고, 정은 '마음이 흔들리지 않는 고요함에 드는 경지'를 뜻하며, 혜는 '지혜의 열림'을 의미한다.

　계에는 출가자와 재가불자가 지켜야 할 계로 구분되어 있다. 그 중에서 출가자가 지켜야 할 계의 가짓수는 비구의 경우 250계, 비구니의 경우 348계에 이른다. 이 계를 잘 지켜야 정의 세계에 들 수 있고, 정이 이루어지면 가장 높은 단계인 혜의 경지에 오를 수 있다.

　출가 입산한 스님들은 계를 잘 지키기 위해 혼신의 노력을 기울인다. 속세의 우리도 최소한의 계를 지키지 않으면 안 된다. 예컨대 윤리, 도덕, 기초질서, 약속 등은 어느 누구라도 반드시 지켜야 할 불문율이라고 말할 수 있다.

　만약 누군가가 도박·간음·도둑질·거짓말 등을 일삼는다면 그는 결코 성공할 수 없다. 그런 사람에게는 실패와 좌절이 있을 뿐이다. 주색잡기 등 방탕한 생활에 탐닉해도 그 결과는 같다. 성공을 위해 매진하는 사람이라면 과음·과식·과소비 등 절제해야 할 일이 너무 많다.

예로부터 놀 것 다 놀고, 먹을 것 다 먹고, 잠잘 것 다 자고, 입을 것 다 입고, 쓸 것 다 쓰고, 펑펑 낭비하면서 성공한 사람은 없다. 게으름을 피워도 안 된다. 예나 지금이나 자기관리에 철저한, 어떤 유혹도 뿌리친 사람이 성공하게 마련이다.

성불은 삼학의 완성이라고 말할 수 있다. 이렇게 볼 때, 성공은 절제의 결과라 해도 과언이 아니다. 먹고, 마시고, 놀고, 꾀병 부리고, 이것저것 핑계 대고……. 그래가지고는 학업이든 직장생활이든 사업이든 어떤 분야에서도 성공과 멀어질 수밖에 없다. 우리에게는 한눈 팔 겨를이 없고, 오직 목표를 향한 정진이 있을 뿐이다.

원아조등원적산(願我早登圓寂山)……. 일찍 열반에 들기를 갈망하는 발원이다. 원적산은 '가장 고요해진 자리', 즉 열반(涅槃, 수행에 의해 진리를 체득하여 미혹과 집착을 끊고 일체의 속박에서 해탈한 최고의 경지)에 이르는 것을 말한다. 우리 같은 속인의 입장에서 본다면 어느 누구도 부인할 수 없는 최고의 성공이라고 말할 수 있다.

산이 높으면 골이 깊고, 골이 깊으면 산이 높다. 그래서 높은 산을 오르기란 이만저만 어려운 것이 아니다. 하지만 오르고 또 오르면 언젠가는 반드시 정상에 오를 수 있다. 모든 일이 다 그렇다. 자기가 가고 있는 분야에서 도전하고 또 도전하면 언젠가는 반드시 최고의 승리를 쟁취할 수 있다. 당신은 바로 그 승리의 주인공이다.

고진감래(苦盡甘來)란 '쓴 것이 다하면 단 것이 온다는 뜻으로, 고생 끝에 즐거움이 옴을 이르는 말'이다. 달착지근한 유혹을 뿌리칠 때에는 힘들었지만, 그러나 정상에 섰을 때의 그 꿀맛 같은 성취감은 당신만이 알게 될 것이다.

051
바다는 썩지 않는다

　불교의 사상 중에는 유위법(有爲法)과 무위법(無爲法)이 있다. 유위법의 유위는 '인연에 따라 발생·형성되는 모든 현상, 즉 어떤 원인이 조건과의 결합을 통하여 현실로 나타나는 여러 현상'을 말한다. 불교에서는 이를 인간사회·인간생활의 실제 모습이라고 본다. 생(生)·주(住)·이(異)·멸(滅), 즉 생겨서 소멸되는 모든 것이 모두 유위법에 해당된다.

　무위법은 이 같은 유의법의 상대적인 개념이다. 무위법의 무위는 '인연을 따라 이루어진 것이 아니며 생멸(生滅)의 변화를 떠나 상주불변하는 존재'를 가리킨다. 그러니까 무위법이야말로 영원무궁토록 변치 않는 참된 법, 즉 만고불변의 참된 진리인 것이다.

　원아속회무위사(願我速會無爲舍)⋯⋯. 속히 무위사에 이르도록 해달라는 발원이다. 무위사는 '무위의 집'이다. 불교에서는 무엇을 했더라도 그것을 했다는 사실 자체를 무(無)로 돌린다. 예컨대 누군가에게 보시를 했다 하더라도 보시했다는 생각을 가지고 있으면 그건 보시가 아니다. 보시를 하고서도 보시했다는 그 자체를 완벽하게 잊어야 참다운 보시라고 믿는 것이다.

　그렇다. 우리 사회에는 선행 축에도 들지 못할 선행 아닌 엉터리 선행을 하고서도 생색내기 좋아하는 사람들이 너무 많다. 이것도 내가 했고, 그것도 내가 했고, 저것도 내가 했고, 내가 아니면 다른 사람은 할 수 없다고 우겨대는 사람들…….

공치사하기 좋아하는 사람 치고 소인배 아닌 사람이 없다. 본래 공은 닦은 데로 가고, 죄는 지은 데로 간다. 생색내지 않는 사람, 자기가 한 일을 잊는 사람, 즉 무위의 경지에 오른 사람은 가만히 있어도 관세음보살이 그 공덕을 인정해 줌으로써 저절로 성공한다.

원아조동법성신(願我早同法性身)……. 일찍 법과 한 몸을 이루게 해달라는 발원이다. 법성은 '우주만물의 본체'이고, 법성신은 '내 몸 자체가 법의 성품을 완성하는 것'을 의미한다. 달리 말하자면 '내 몸 그대로 법을 이루겠다'는 뜻이다.

사실 우리 주위에 보면 마음씨 착한, 저 사람이야말로 생불이 아닐까 싶을 정도로 존경할 만한 인물들이 참 많다. 설령 불자가 아니라 해도 구김살 없는, 언제나 인자하고 자비로운 그런 인물들을 대할라치면 여간 편안한 것이 아니다.

보이지 않는 곳에서 묵묵히 일하며 이웃을 위해 헌신하는, 그리하여 인간미 물씬 묻어나는 좋은 사람들. 그들은 이 혼탁한 시대의 빛과 소금이다. 그들의 튼실한 정신건강이 바로 우리 사회를 떠받치는 주춧돌이자 기둥이며 버팀목이다. 따라서 그들이야말로 가장 성공한 사람이라고 말할 수 있다.

본래 바다가 세세만년 썩지 않는 까닭은 바닷물 속에 약 3%의 염분이 들어 있기 때문이다. 세상이 갈수록 혼탁해져도 소금 같은 그런 출중한 인물들이 있음으로 해서 우리 사회가 유지된다. 갈수록 인정이 각박해지는 오늘날 인물다운 인물들이 더욱 간절하게 그리워지는 것은 필자만의 생각이 아닐 것이다.

052
죄 짓지 않는 사람은 없다

✳

『천수경』은 열 가지 간절한 발원에 이어 여섯 가지 서원으로 넘어 간다. 이 서원은 '아약향(我若向)……'으로 시작한다. '아약향……' 은 '내가 만약 향하면……' 또는 '내가 만약 향한다면……' 이나 '내 가 만약 향할 경우……'로 번역할 수 있다. '아(我)'는 '나'라는 뜻이 고, 이를 낮춤말로 표현하면 '저'가 된다. 즉, '내가……'의 낮춤말 은 '제가……'가 된다.

아약향도산(我若向刀山) 도산자최절(刀山自摧折)

– 제가 만약 칼산에 가면 칼산이 저절로 꺾어지고

아약향화탕(我若向火湯) 화탕자소멸(火湯自消滅)

– 제가 만약 화탕에 떨어지면 화탕이 없어져버리고

아약향지옥(我若向地獄) 지옥자고갈(地獄自枯渴)

– 제가 만약 지옥에 가면 지옥이 저절로 고갈되고

아약향아귀(我若向餓鬼) 아귀자포만(餓鬼自飽滿)

– 제가 만약 아귀계에 가면 아귀는 저절로 배불러지며

아약향수라(我若向修羅) 악심자조복(惡心自調伏)

– 제가 만약 수라계에 가면 악한 마음이 스스로 꺾어지며

아약향축생(我若向畜生) 자득대지혜(自得大智慧)

- 제가 만약 축생계에 가면 저절로 지혜 얻기를 비옵니다.

이 세상에 죄 짓지 않고 사는 사람은 없다. 물론 실정법만 놓고 따지진다면 법을 어기지 않고 선량하게 사는 사람들이 더 많다. 법적으로 처벌 받을 일이 없었던, 즉 전과자 아닌 사람들이 전부 여기에 해당된다. 그런가 하면 버젓이 실정법을 위반했으면서도 요리조리 미꾸라지처럼 교묘하게 법망을 피해 처벌을 모면했거나 모면 중인 사람들도 한둘이 아니다. 사실 어떻게 보면 실정법을 어긴 죄로 응분의 처벌을 받은 사람은 그만한 죗값을 치렀다고 말할 수 있다. 하지만 실정법을 위반했으면서도 죗값을 치르기는커녕 도리어 언제 죄를 지었느냐는 듯 쥐새끼처럼 용케 쥐덫을 빠져나가 도리어 허술하기 짝이 없는 법을 햏금햏금 비웃는 사람들도 수두룩하다.

도덕불감증이나 양심불량의 차원을 훨씬 뛰어넘어 양심마비에 빠진 사람들. 그들의 사전에는 양심이고 뭐고 그런 어휘들이 존재하지 않는다. 그래서 실정법상의 범죄가 꼬리를 물고 이어지는 것은 물론 범죄수법도 갈수록 지능화·흉포화되고 있다. 그러나 실정법을 위반한 사람이든 아니든, 심지어 그들을 단죄하는 사람까지도 진리의 법 앞에서는 모두가 죄인이다. 아무리 양심적으로 산다 해도 인간으로 태어난 이상 우리는 죽었다 깨어나도 죄 짓지 않을 방도가 없다.

생각과 말과 행위로 짓는 죄. 부질없는 생각, 불쑥 튀어나온 말 한마디, 사려 깊지 못한 행위 등은 우리 일상적으로 짓는 죄라고 말할 수 있다. 고의든 아니든 아차 하는 사이에 짓는 죄. 따라서 이 서원은 그런 죄업으로 지옥에 떨어질 경우 그 지옥 자체가 저절로 소멸되게 해 달라고 관세음보살에게 간절히 서원하는 것이다.

053
민초들이 더 위대하다

✳

　정부와 정치권을 비롯한 기득권층에 대한 불신의 연원을 조목조목 따져 올라가면 그 뿌리가 아주 깊다. 가뭄에 콩 나듯 광개토대왕이나 세종대왕처럼 역사적으로 크게 성공한 군왕이 없었던 것은 아니지만 권좌에 올라 떵떵거리던 사람들 중에는 실패한 사람이 너무 많았다.

　까마득한 고대는 잠시 접어두고, 조선시대만 하더라도 임진왜란 때 위기대응 능력이 없었던 왕(宣祖)은 도성을 사수하겠다고 선포한 뒤 백성들이 잠든 야밤에 궁궐을 몰래 빠져나와 멀리 의주로 몽진했다. 뭇 백성들이 왜적과 맞서 필사적으로 싸우던, 오죽하면 산중에서 수행하던 스님들까지 승병을 일으켜 피를 흘리던 국난 중에 왕과 조정 신료들은 이렇듯 도성을 버리고 피난길에 올라 압록강 근처까지 가서 명나라에 망명할 궁리나 하였다.

　그런 국가존망의 난세에 혜성처럼 나타난 불멸의 영웅이 있었다. 이순신(李舜臣) 장군이었다. 임진왜란과 정유재란을 거치는 동안 이순신 장군과 그 휘하의 유명무명 수군들은 남해에서 왜적을 보는 족족 격파하며 연전연승 승승장구했다. 이는 세계 역사상 유례가 없는 23전 23승 전승의 대기록으로 남게 되었다.

하지만 왕과 조정 대신들은 몽진에서 돌아온 뒤에도 음험한 정치 놀음에 날 저무는 줄 몰랐다. 나라의 운명이 백척간두에 놓여 있던 그때 어리석게도 적장의 계략에 감쪽같이 속아 넘어간 그들은 일구월심 왜적 섬멸에 주력하던 삼도수군통제사 이순신 장군의 관직을 삭탈하고 도성으로 압송한 뒤 모진 국문 끝에 하옥하는 등 무지막지한 짓을 자행하였다.

이 과정에서 장군의 모친께서 돌아가셨고, 셋째아들 면(勉)이 향리인 충청도 아산에서 전사하였다. 통한의 백의종군. 하지만 장군은 쓰다달다 군말을 하지 않았고, 오직 왜적 소탕에만 전념하였다. 이순신 장군은 원균(元均) 장군의 참혹한 전사 이후 다시 삼도수군통제사로 제수되었지만 비통하게도 선조 31년(1598년) 11월 19일 최후의 노량해전에서 적의 유탄을 맞고 전사했다. 그때 장군의 춘추 54세였다.

그로부터 6년 뒤인 1604년 조정은 장군을 선무공신 1등으로 녹훈하고, 덕풍부원군으로 추봉하는 한편 좌의정을 추증하였다. 역적으로 몰아세워 관직삭탈과 국문과 하옥에다 백의종군을 강요했던 때는 언제고 이런 존숭을 올리는 것은 또 언제인가. 장군 살아생전 가혹행위를 했던 극악무도한 그 당사자가 뒤늦게 이렇게 존숭을 올린다고 해서 자신의 죄과마저 지워지는 것은 아니다.

인조(仁祖) 21년(1643년) 조정은 장군에게 '충무(忠武)'라는 시호를 내렸고, 숙종(肅宗) 32년(1706년) 장군의 고향인 충청도 아산에 현충사를 건립했다. 정조(正祖) 17년(1793년)에는 벼슬을 더 높여 영의정을 추증하였다. 하지만 그런다고 해서 왕과 조정 대신들이 저지른 죄업과 무능까지 탕감될 수는 없다.

아무튼 임진왜란 때에는 이순신 장군의 눈부신 활약으로 왜적을 물리칠 수 있었다. 하지만 병자호란 때에는 참으로 입에 담기 어려울 처참한 비극이 벌어졌다. 병자호란은 명나라와 청나라의 틈바구니에서 오락가락하던 외교 실패가 불러들인 재앙이었다. 그때 청나라 군대가 쳐들어오자 왕(仁祖)은 신료들을 이끌고 남한산성으로 들어가 항전하다가 결국 성문을 열고 나와 삼전도(三田渡)에서 그동안 오랑캐로 경멸해 왔던 청나라의 홍타이지(皇太極, 太宗)에게 항복했다. 너무나 비참한, 뼈저린 치욕의 역사가 아닐 수 없다.

구중궁궐에서 누릴 것 다 누리면서 백성들의 고혈을 빨았던 왕과 정승 판서 등 지배계층의 해악은 이루 말할 수가 없었다. 그러면서도 정작 나라가 풍전등화 같은 존망의 기로에 섰을 때에는 속수무책이었다. 그들은 국체를 보전하지 못한 데다 백성들의 생명과 재산을 지켜주지 않았다. 그들은 제 한 목숨 건지기 위해 달아나기 바빴고, 오히려 그들로부터 업신여김을 받던 민초들이 나라를 구했다. 그래서 이름 없는 민초들이 그 어떤 고관대작보다 더 위대하다.

『천수경』에 심취한 사람은 비겁하지 않다. 우리는 국난 속에 울부짖는 백성들을 내팽개치고 몽진하는, 위기대응 능력도 없고 적과 싸울 의지조차 없는 왕이 아니라 신명을 다 바쳐 나라를 구하는 제2, 제3의 이순신 장군이 되어야 한다. 역사가 당당한 사람의 몫이라는 사실을 인정한다면 『천수경』 수련으로 내공을 쌓아가는 당신이야말로 역사 속에 길이 빛날 '불멸 대성'을 이룩할 수 있다.

054
역사는 언제나
정당한 사람의 몫이다

✳

　근대에 들어와 세계 열강이 앞 다투어 국권침탈의 마수를 뻗쳐올 때에도 지배계층은 적절히 대응하지 못했다. 특히 조정 대신들은 일본과 청나라와 러시아의 세력다툼 사이에서 갈팡질팡했다. 그 중에는 일신의 영달만을 계산하며 간에 붙었다 쓸개에 붙었다 하는 무리들까지 있었다.

　그 반면, 재야의 강직한 선비들과 정의에 불타는 민초들은 자주적 근대화 노력 속에 피땀 어린 구국계몽운동을 펼쳤다. 이 과정에서 1894년 들불처럼 일어난 동학농민혁명이 좌절되었다. 그 이듬해 일본 제국주의 장교와 사무라이들이 궁궐을 짓밟고 왕비까지 시해하는 을미사변(乙未事變)이 발생하자 유림이며 농민 등 신분과 계층을 망라한 의병이 일어나 전국 각지에서 거국적인 항일투쟁을 전개하였다.

　의병들은 일제를 물리치기 위해 피 흘려 싸웠다. 하지만 조정 대신들은 스스로 일제의 주구(走狗)가 되었다. 특히 1905년 을사늑약(乙巳勒約) 당시 총 9명의 대신 가운데 참정대신 한규설(韓圭卨)은 임금께 고하러 가다가 졸도까지 하였으나 외부대신 박제순(朴齊純), 내부대신 이지용(李址鎔), 군부대신 이근택(李根澤), 학부대신 이완용(李

完用), 농상부대신 권중현(權重顯)은 일제가 저희들 입맛대로 만들어 내놓은 문서에 최종 찬성하고 서명하였다.

그들 을사오적(乙巳五賊)은 나라 팔아먹은 대가로 일제가 던져준 높은 작위와 뭉칫돈을 챙겼다. 이로써 그들은 움직일 수 없는 매국노가 되었고, 그 이름을 만고역적의 명단에 올렸다. 그들은 바로 한 시대를 주름잡았던 당대 최고의 지배계층이었다. 그런 간도 쓸개도 없는 작자들이 권력의 한복판에 앉아 이리 왈 저리 왈 국정을 농단했다는 것이 역사의 비극이었다.

1909년 10월 26일 안중근(安重根) 의사께서 이토 히로부미(伊藤博文)를 일격에 응징 처단하고 동양평화를 외쳤건만 그 이듬해 일제는 강제로 대한제국을 집어삼켰다. 그때에도 국록을 먹던 조정의 벼슬아치들은 일제의 하수인으로 돌아섰다. 국권수호의 선봉에 서야 할 그들이 가장 먼저 나라와 겨레를 배신했다.

그때 분연히 일어난 세력이 있었다. 역시 민초들이었다. 그들은 일제강점기 치열한 항일투쟁을 전개했다. 만주에서의 독립군 전쟁, 3·1운동, 해외 임시정부의 활약 등은 그 대표적 사례라 말할 수 있다. 이 같은 항일전쟁의 주역은 감투 쓰고 떵떵거리며 호의호식하던 고위층이나 갑부들이 아닌, 도리어 오랜 세월 권력층으로부터 핍박받고 소외되어 천민 취급을 받던 이름 없는 민초들이었다.

일제의 식민통치는 가혹했다. 그들의 궁극적 목표는 한민족 말살이었다. 따라서 그들의 모든 정책은 한민족을 없애버린다는 기본방침과 직결돼 있었다. 성(姓)을 일본식으로 바꾸고, 한글을 없애고, 그렇게 해서 우리말까지 없애버리면, 그리하여 그들의 목표대로 내선일체(內鮮一體)가 이루어지면 우리 모두 종국에는 '쪽바리'가 될 수밖에 없었다.

그때 우리 선조들은 일제를 타도하고 국권을 회복하기 위해 끊임없이 투쟁했다. 그런데 웬걸, 일제에 빌붙었던 일부 친일도당은 도리어 일본인보다 한술 더 떠서 동포들을 억압했다. 그것도 모자라 독립군을 향해 총부리를 겨눈 자들까지 있었다.

다행히 1945년 8월 15일 일제가 패망함으로써 우리는 국권을 되찾았다. 하지만 해방 후 일제의 주구와 그 후손들이 다시 권력을 독점했다. 그 반면, 독립운동가와 그 후손들은 거렁뱅이가 되어 유리걸식하지 않으면 안 되었다. 주구의 아들딸들은 일제치하에서 호의호식하며 정규교육을 받을 수 있었지만, 그러나 일제에게 정면으로 대항했던 독립운동가 자손들의 경우 황량한 만주 벌판에서 헐벗고 굶주리며 일제의 추격을 따돌리느라 제대로 정규교육을 받을 수 없었기 때문이었다.

그러나 역사마저 그들을 외면한 것은 아니다. 세월이 흐를수록 민초의 역사가 더욱 빛난다. 역사에 빛나는 성공이 진짜 성공이다. 한때 권력을, 재물을, 명예를 좀 가졌다고 해서 떵떵거린다 한들 그건 한갓 뜬구름에 지나지 않을 뿐이다. 역사는 언제나 정당한 사람의 몫이다. 따라서 『천수경』으로 내공을 다진 우리는 어떤 경우에라도 정정당당하게 살아야 한다.

055
당신이 역사의 주역이다

✳

 1948년 8월 15일 대한민국 정부가 수립되었다. 이때 정부는 일제에 빌붙었던 친일 역적들을 요직에 중용했지만, 그러나 학력이 별 볼일 없었던 독립운동가와 그 후손들은 발붙이고 끼어들 틈이 없었다. 이로써 국가를 배신했던 역적들이 권력의 심장부에 들어앉아 또 다시 득세하는 해괴한 현상이 벌어졌다.

 제 세상 만난 역적들은 기득권을 지켜내기 위해 독립운동가와 그 후손들을 철저히 억압하고 배척하였다. 만일 독립운동가와 그 후손들이 영향력을 행사할 경우 자기들에게 어떤 불이익이 돌아올지 모르기 때문이었다.

 특히 이승만 정부는 '반공'과 '북진통일'을 국가적 과제로 내세웠다. 따라서 일제의 앞잡이들이 독립운동가와 양심세력을 짓밟기가 식은 죽 먹기보다 더 쉬웠다. 어느 누구라도 '빨갱이'로 몰아붙이기만 하면 그대로 매장되게 마련이었다. 권력을 가진, 칼자루를 쥔 강자가 아무런 끗발도 없는 약자를 짓밟는 데는 거칠 것이 없었다.

 이런 역사가 점철되면서 민족정기는 희석되었고, 그 대신 이념대립이 점점 격화되는 가운데 겨레의 분열도 가속화되었다. 남과 북의 분열도 통탄할 일인데, 우리 대한민국 안에서도 좌익과 우익이라는 또 다른 분열을 가져왔다.

1950년 6월 25일 한국전쟁이 발발했을 때 이승만 대통령은 방송 담화를 통해 '서울을 사수하겠다'고 공언해 놓고 야심한 밤에 슬그머니 서울을 빠져 나갔다. 그때 국군은 북한 공산군의 남하를 저지하기 위한 지연작전의 일환으로 한강 인도교를 폭파했다.

그 바람에 서울시민들의 피난길이 끊겼고, 선량한 국민들의 인명 피해 또한 클 수밖에 없었다. 정부가 이미 서울을 빠져 나간 뒤에도 '서울을 사수하겠다'는 대통령의 육성방송은 계속되었다. 생방송이 아닌 녹음방송이었다. 이쯤 되고 보면 대통령의 담화도 '양치기 소년'의 거짓말과 다를 바 없다.

한편, 정부와 정치권은 국가의 운명이 경각에 달린 그때 피난수도 부산에서 이른바 정치파동 등 숱한 추태와 부작용을 연출했다. 하지만 이름 없는 민초들은 총알받이가 되어 필사적으로 적과 맞섰다. 학생들도 잠시 학업을 접어둔 채 총칼을 들었다. 학도병이었다. 이렇듯 역사적으로 굵직굵직한 누란의 국난 앞에서 모든 것 다 버린 채 목숨 걸고 벌떼처럼 일어난 민초들. 그들은 정부와 정치권의 고위층이 아닌, 단물이나 쪽쪽 빨아먹던 부자들이 아닌, 별로 가진 것 없고 끗발도 없는 가난한 민초들이었다. 따라서 그런 민초들이야말로 역사의 주역이었다.

하지만 정전협정 후에도 정부와 정치권은 장기집권·부정선거 등으로 국민들의 불신을 자초했다. 불행하게도 4·19혁명은 미완의 혁명으로 남게 되었고, 그 후에 등장한 정통성 없는 군사정권의 독재와 인권탄압은 국민들의 가슴에 너무 깊은 상처를 남기면서 스스로 국격을 크게 훼손했다.

056

당신은 대통령보다 더 훌륭하다

✳

과거 군사정권은 국가안보를 그들의 권력장악에 이용하는가 하면 터무니없는 지역감정까지 부추겼다. 이 과정에서 겨레의 분열은 점점 더 심각한 상황으로 치달았다. 이 같은 분열은 다분히 정부와 정치권에 의해 조장 또는 조작된 것이지 민초들 스스로가 반목한 것은 아니다.

특히 저 암울했던 시절, 권력을 주거니 받거니 했던 두 대통령은 청와대에 들어앉아 검은 돈을 고성능 진공청소기로 쭉쭉 빨아들이기에 몰두했다. 그리하여 그들은 천문학적인 비자금을 조성했다. 비자금이란 세금추적이 불가능하도록 특별히 관리하는 부정한 돈을 의미한다. 정당하지 못한 추악한 돈이다.

그들 전직 대통령 두 사람은 재임기간 중 재벌들로부터 어마어마한 뭉칫돈을 받아 챙겼다. 역시 '돈 먹는 데는 걸신'이었다. 하늘이 낸다는 최고통치권자. 집권의 정당성 여부는 별개로 하더라도 일단 대통령의 자리에 앉았다면 광개토대왕이나 세종대왕에 필적할 만한 업적으로 역사를 길이 빛낼 절호의 기회를 차지한 셈이었다.

하지만 그들은 청와대에 들어앉아 뭉칫돈 챙기느라 정신이 없었다. 그들은 무사하지 못했다. 정권이 교체된 이후 검찰은 그들을 잡아들여 법정에 세웠다. 물론 그들에게 빌붙어 떡고물을 얻어먹은 추종세력들도 쇠고랑을 차고 재판을 받았다.

검찰 수사와 재판과정에서 밝혀진 그들의 부정축재는 상상을 초월했다. 한 사람의 비자금은 1조 원에 육박했고, 또 다른 한 사람은 수천억 원에 달했다. 국민들의 분노와 원성이 하늘을 찌를 듯했다. 수사에서 밝혀진 비자금은 빙산의 일각이고, 검찰이 미처 찾아내지 못한 더 많은 돈이 은닉돼 있을 것이라는 추측까지 난무했다.

1997년 4월 대법원은 한 사람에게 무기징역과 추징금 2,205억 원, 또 다른 한 사람에게 징역 17년과 추징금 2,628억 원을 최종 판결했다. 사법당국이 그들의 은닉재산을 찾아내 그 일부를 강제로 환수했지만, 아직도 그들이 내야 할 추징금은 거의 미납 상태로 남아 있다. 국민과 역사 앞에 씻을 수 없는 죄를 지은 그들이 반성은커녕 '배 째라' '날 잡아 잡수' 하는 식으로 버티고 있기 때문이다.

특히 한 사람은 전 재산이 29만 1천 원밖에 없어 추징금을 낼 수 없다고 개가 웃을 억지를 부렸다. 이는 코미디도 희대의 코미디, 기네스북에 오르고도 남을 기절초풍할 금세기 최고의 국제적 난센스 코미디가 아니고 무엇인가. 그 자체로서 한때 대통령까지 지낸 그는 고작 29만 1천 원짜리 인생으로 곤두박질쳤다.

한편, 그의 부인은 자신이 관리해 오던 비자금 130억 원이 들통나자 '친정살이 하면서 어렵게 모은 알토란 같은 내 돈'이라고 입을 놀려 국민들은 또 한 번 크게 웃었다. 부창부수(夫唱婦隨)라고 할까, 그 밥에 그 나물이라고나 할까, 아무튼 그들 부부는 그 남편에 그 아내로 그렇게 살아왔다.

그런데 전 재산이라야 29만 1천 원밖에 없다고 뻗대던 사람이 2010년 10월 돌연 3백만 원을 자진 납부했다. 이는 법적 시효를 뒤로 미뤄 강제집행을 모면하기 위한 꼼수인 것으로 알려졌다. 그렇다면 그의 난센스 코미디 연작은 2탄, 3탄…… 몇 탄까지 이어질지 그 끝을 알 수가 없다.

대통령을 지냈다 해도 그 사람은 인생에서 성공하지 못했다. 두고두고 비판을 받을 것이기 때문이다. 지금도 일부 권력층과 재벌들은 소위 원정출산이며 이중국적 취득이며 해외로의 재산 빼돌리기며 아무튼 속이 훤히 들여다보이는 짓을 일삼고 있다.

그들은 자기 아이들을 군대에 보내지 않을 궁리, 또 여차하면 해외로 달아날 궁리에 골몰하고 있으니 이 얼마나 추악한 작태인가. 그들의 행태는 충분히 환멸을 느끼고도 남을 수준이다. 그렇다고 우리가 국민통합과 민족대단결을 포기할 수는 없다. 우리는 어떤 경우에라도 불의를 뿌리치고 빛나는 민족정기를 바로 세워야 한다.

그러므로 불의에 물들지 않은 당신은 전직 대통령이나 권력층, 그리고 그 어떤 재벌보다 훨씬 더 떳떳하다. 비록 오늘 하루가 힘들고 고단하더라도 참고 견디자. 그러다가 만일 국가가 어떤 위기를 맞게 된다면 두 주먹 불끈 쥐고 선봉에 나서자. 역사는 극소수 권력층이나 재벌이 아닌, 바로 당신의 몫이기 때문이다. 당신은 대통령을 지낸 그 어떤 사람들보다 훨씬 훌륭하게 성공할 것이다.

057
다짐하고 또 다짐하라

　『천수경』은 여섯 가지 서원에 이어 다시금 관세음보살에게 귀의
한다는 다짐으로 넘어간다. 경전에서는 관세음보살의 이름을 마흔
두 가지로 표현하고 있다. 우리 중생들도 상대방이 누구냐에 따라
각기 호칭이 달라진다. 예컨대 어떤 사람의 경우 손자들로부터는 할
아버지, 자녀들로부터는 아버지, 아우들로부터는 형, 누이들로부터
는 오빠, 제자들로부터는 선생님…… 등등 여러 가지 호칭을 갖는
다. 관세음보살의 여러 호칭도 이런 이치와 같다고 보면 된다.

　　나무관세음보살마하살(南無觀世音菩薩摩訶薩)
　　－ 관세음보살님께 귀의합니다.
　　나무대세지보살마하살(南無大勢至菩薩摩訶薩)
　　－ 대세지보살님께 귀의합니다.
　　나무천수보살마하살(南無千手菩薩摩訶薩)
　　－ 천수보살님께 귀의합니다.
　　나무여의륜보살마하살(南無如意輪菩薩摩訶薩)
　　－ 여의륜보살님께 귀의합니다.
　　나무대륜보살마하살(南無大輪菩薩摩訶薩)

－ 대륜보살님께 귀의합니다.

나무관자재보살마하살(南無觀自在菩薩摩訶薩)

－ 관자재보살님께 귀의합니다.

나무정취보살마하살(南無正趣菩薩摩訶薩)

－ 정취보살님께 귀의합니다.

나무만월보살마하살(南無滿月菩薩摩訶薩)

－ 만월보살님께 귀의합니다.

나무수월보살마하살(南無水月菩薩摩訶薩)

－ 수월보살님께 귀의합니다.

나무군다리보살마하살(南無軍茶利菩薩摩訶薩)

－ 군다리보살님께 귀의합니다.

나무십일면보살마하살(南無十一面菩薩摩訶薩)

－ 십일면보살님께 귀의합니다.

나무제대보살마하살(南無諸大菩薩摩訶薩)

－ 모든 보살님께 귀의합니다.

「나무본사아미타불(南無本師阿彌陀佛)」

－ 본래 스승이신 아미타부처님께 귀의합니다.

본래 '보살' 의 의미는 해석하기에 따라 광범위하다. 보살이란 산스크리트어 '보디사트바' 의 음역인 보리살타(菩提薩陀)의 줄임말로서 '부처가 전생에서 수행하던 시절 또는 수기를 받은 이후의 몸' 을 뜻하기도 하지만 '위로 보리를 구하고 아래로 중생을 제도하는 대승불교의 이상적 수행자상' 을 일컫기도 한다.

마하살은 유독 보살 뒤에만 붙는 존칭이다. 사실은 보살이라는 말 자체에 큰 존칭의 의미가 담겨 있지만 그 많은 보살들 중에서도 특별하고 수승한 보살에게 마하살이라는 존칭을 올렸다. 따라서 보살 마하살은 대보살(大菩薩), 즉 보살 중에서도 특별히 뛰어난 보살이라고 이해하면 된다.

다만 열두 번째에 나오는 '나무제대보살'은 보살의 명칭이 아니다. '제(諸)'는 '모두' '다' '일체'라는 뜻이고, '대(大)'는 '크다' '위대하다' '성스럽다'는 뜻이다. 그러므로 지금까지 호칭한 보살을 한꺼번에 종합적으로 뭉뚱그려 아우르는 총칭이다.

열세 번째의 '나무본사아미타불'은 본사, 즉 본래의 스승이신 부처님께 귀의한다는 뜻이다. 아미타불은 본래 관세음보살의 스승이다. 따라서 최종적으로 아미타불에게 귀의한다고 다짐한다. 독경 때에는 이 게송을 세 번 반복해 읽는다.

이렇듯 『천수경』은 관세음보살과 부처님을 향해 귀의할 것을 다짐하고 또 다짐한다. 우리도 '나는 할 수 있다' '하면 된다' '언젠가는 반드시 성공하고야 말리라'는 각오와 자신감을 계속 다짐하고 또 다짐하면 반드시 성공할 수 있다.

058
해도 너무 한다

✳

국무총리와 장관을 비롯하여 정부 고위직 내정자 인사청문회를 볼 때마다 우리 같은 민초들은 참으로 절망하지 않을 수 없다. 청와대 인사 담당 부서에서 한 번 걸렀다고 하는데도 일단 청문회에 나왔다 하면 뭐가 그렇게도 줄줄이 불거져 나오는지 말을 못할 지경이다.

털어서 먼지 안 나는 사람 없다는 주장에는 일부 동의하지만, 그럼에도 불구하고 지금까지 청문회에 나온 면면들의 경우 성한 사람이 거의 없었다. 간혹 한두 사람 정도 저만한 사람이면 괜찮겠구나 하는 인상을 주긴 했다.

그러나 그들의 대부분은, 골라도 어떻게 그런 사람들만 골랐는지 참 한심한 사람들 일색이었다. 특히 망신만 톡톡히 당하고 낙마한 사람들은 '비리의 온상' '비리의 백화점' '비리의 백과사전' '비리의 종합세트' '비리의 쓰레기통' '벗기면 벗길수록 계속 불거져 나오는 양파껍질 같은 비리' …… 등등 숱한 유행어를 낳게 했다. 사실 그들은 위장전입과 병역기피와 부동산투기와 탈세의혹 등 각종 의혹에 휩싸여 있었다. 그래서 야당 원내대표는 위장전입, 병역기피, 부동산투기, 탈세를 그들의 4대 필수과목이라고 꼬집었다. 여기에 논문표절, 자녀 병역의혹에다 뭣뭣을 합치면 그들의 처신은 도저히 이해할 수가 없었다. 심지어 금세 들통 날 거짓말을 늘어놓다가 덜미를 잡힌 사람까지 있었다.

개중에는 자녀를 좋은 학교에 보내기 위해 특정지역으로 위장전입한 사실이 들통 나자 맹모삼천지교(孟母三遷之敎)의 심정을 끌어다붙이는 얼토당토않은 사람까지 있었다. 어허, 이게 뭐 하는 수작질인가. 맹자의 모친이 맹자를 가르치기 위해 세 번씩 이사한 일은 있지만 치사하게 위장전입한 사실이 있었던가.

그런데도 그 사람은 자기 아내를 감히 맹자의 모친에다 견주며 가당치도 않은 허튼수작을 벌였다. 그건 그 사람의 소양과 의식수준을 의심케 해주는 결정적 단서였다. 그래서 '마누라에게는 충신'이라는 지적이 설득력을 얻는다. 겨우 그 정도 수준밖에 안 되는 얼치기를 데려다가 요직에 앉히려 했다니 그런 얼치기를 간택한 쪽의 안목 또한 수상하기는 마찬가지라고 하겠다.

그들은 도덕불감증이나 양심불량의 차원을 훨씬 뛰어넘어 가위 양심마비 수준에 이르렀다. 하기야 너도 나도 눈에 보이는 이익만 밝히는 세상이다 보니 세상 전체가 눈에 보이지 않는 양심 따위와는 담을 쌓은 지 오래 되었다. 어떻게 보면 청문회에서 밝혀지는 온갖 비리야말로 우리 사회의 '표본조사' 또는 '출구조사'의 한 형태라고 말할 수 있을 것이다.

그렇다고 우리까지 그들처럼 비양심적으로 살 수는 없다. 그들은 그들이고 우리는 우리 아닌가. 그들이야 멍석을 말아서 피리를 불든 말든 우리는 우리대로 깨끗이 살자. 오늘 당장 굶어죽는다 해도 치사한 짓은 하지 말자. 그런 점에서 이 책을 손에 든 당신은 고위공직자들보다 훨씬 더 깨끗하고 자랑스럽다.

059
윗물이 맑아야 아랫물이 맑다

✳

국회 인사청문회에 나온 면면들이 시정잡배들이라면 이런 자리에서 입에 올릴 가치조차 없다. 하지만 그들은 다르다. 그들은 청문회를 통과할 경우 정부의 요직에 앉게 될 사람들 아닌가. 더욱이 그들이야말로 대부분 일정기간 공직에 앉아 국민 혈세로 마련된 국록을 받아먹던 사람들이다. 예컨대 어느 부처 장관 내정자의 경우 차관으로 있던 인물이었다. 또, 어떤 청장 후보자는 그 기관의 차장 출신이었다.

이렇듯 그들은 여러 국가기관에서 잔뼈가 굵었거나 상당기간 단물을 빨아먹은 사람들이었다. 다만 그 이전까지의 직책은 청문회 대상이 아니었을 뿐이다. 그런 사람들이 국민의 혈세를 냉큼냉큼 받아 챙기면서 국가시책에 이리 왈 저리 왈 영향력을 행사하는 가운데 사리사욕을 채우고 있었다니 자못 분개하지 않을 수 없다.

만약 그들이 힘없는 민초들이었다면 실정법으로 단죄돼 '별'을 달아도 몇 개씩 달지 않았을까. 하지만 그들은 약삭빠른 쥐새끼가 쥐덫 피하듯 요리조리 교묘하게 법망을 피해 아침저녁으로 밥 먹듯 그런 불법과 비리를 끊임없이 자행했다.

그리고 우리를 더욱 화나게 하는 것은 그들이 너무 뻔뻔하다는 사실이다. 그런 온갖 흙탕물을 뒤집어쓰고서도 뭔가 한 자리 해보겠다고 나선 그 뻔뻔함. 그것도 모자라 날카로운 추궁이 이루어지면 거짓말로 어물쩍 넘기려고 잔머리를 굴리는가 하면 '송구합니다' '죄송합니다' '잘 모릅니다' '기억이 안 납니다' 따위의 땜질 처방으로 위기를 모면하려 했다.

자기가 한 일에 대해서도 잘 모르고 기억이 안 난다면 그건 최소한 건망증 또는 알츠하이머병 초기 증상이라고 말할 수 있다. 그런 건망증 환자가 어떻게 중책을 맡겠다고 그 자리에 나섰단 말인가. 만약 건망증이나 알츠하이머병 초기 증상이 아니라고 한다면 그렇게 둘러대는 자체가 치사하기 짝이 없는 거짓말인 것이다.

그렇다면 청문회 질의자로 나선 국회의원들은 또 어떤 사람들일까. 만약 공직 후보자와 국회의원이 자리를 맞바꿔 앉는다면 어떻게 될까. 공직 후보자 자리에 국회의원이 앉고, 국회의원 자리에 공직 후보자가 앉아 국회의원을 상대로 낱낱이 검증한다면 어떤 현상이 벌어질까. 하여간 재미있다고 말하기에는 너무 썩은 세상이다.

상탁하부정(上濁下不淨)이란 '윗물이 탁하면 아랫물도 맑지 않다'는 뜻이다. 달리 말하자면 윗물이 맑아야 아랫물도 맑다. 윗자리에 썩은 사람이 앉아 있으면 아랫자리도 덩달아 썩게 돼 있다. 고위공직자에게 고품위 도덕성이 요구되는 것은 바로 그 때문이다.

아무튼 청문회에서 낙마한 사람들은 더 큰 감투 한 번 써보려다가 도리어 자기 무덤을 팠다. 설령 어물어물 청문회를 통과해 요직에 앉았다 한들 그들은 지금까지 까발려진 비리와 의혹만으로도 이미 돌이킬 수 없는 치명상을 입었다.

그들이야말로 성공과는 거리가 멀다. 세월이 가도 그들은 두고두고 비판과 비난을 면치 못할 것이다. 이렇게 볼 때 힘없는, 그래서 권력형 비리에 오염되지 않은 민초들이 훨씬 더 떳떳하고 행복하다.

160

060
'성공 0순위'를 차지하라

직업에는 귀천이 없다. 어느 직업이든 다 소중하고 신성하기 때문이다. 그럼에도 불구하고 현실을 들여다보면 직종별 선호도가 뚜렷하게 갈린다. 많은 사람들이 앞 다투어 선호하는 직업이 있는가 하면 내심 기피하는 직업도 적지 않다.

예컨대 환경미화원·경비원·선원·가사도우미 등은 어느 누구라도 썩 내켜하지 않는 직종이다. 제조업·광업·건축업 등의 현장 근무 직종 또한 별 인기가 없다. 특히 힘들고(Difficult), 더럽고(Dirty), 위험한(Dangerous) 3D 업종은 더 말할 나위가 없다.

그 반면, 우리 사회에서는 언제부턴가 판사·검사·의사·변호사 등 이른바 '사' 자로 끝나는 직업군을 선호하는 경향이 있다. 이들 직업의 '사' 자를 한자로 쓰면 동일하지 않지만 공교롭게도 우리말로 읽으면 똑같이 '사' 자로 발음된다.

물론 이들 직업은 여러 측면에서 선망의 대상이 될 수 있다. 이 직종은 모두가 기피하는 이른바 3D 업종도 아닐 뿐더러 사회적으로 괜찮은 대우를 받을 수 있는 데다 수익성도 그만큼 보장되어 경제적으로 안정된 생활을 누릴 수 있기 때문이다.

그래서 이들 '사' 자 돌림의 직업군 종사자들은 혼기를 앞둔 젊은 여성들 사이에 인기가 높다. 말하자면 신랑감으로 손색이 없다고 보는 것이다. 결혼정보회사 관계자들에 의하면, 딸 가진 부모들 역시 그런 직업에 종사하는 청년을 일단 '0순위 사윗감'으로 꼽는다고 한다.

오죽하면 그런 직업의 사윗감에게 아파트 열쇠, 자동차 열쇠, 사무실 열쇠 등 열쇠 3개는 기본이고 골프장 회원권, 헬스클럽 회원권에다 소위 지참금에 이르기까지 온갖 '뇌물'을 바친다는 소문도 있다. 지참금이란 신부가 결혼과 동시에 신랑 집에 가지고 가는 현금과 재물을 말한다. 그런 지참금의 규모가 적게는 수억 원에서 많게는 수십억 원 대에 이른다고 한다.

참으로 기막힌 일이 아닐 수 없다. 신랑감을 고를 때 그가 어떤 일에 종사하는가를 참고하는 것은 당연한 일이지만, 그럼에도 불구하고 특정 직업군에 종사하는 상대라고 해서 아파트 열쇠다 뭐다 그런 뇌물까지 바친다는 것은 납득할 수 없다. 이는 우리 사회가 인간중심의 인본주의보다 '돈이면 다'라는 배금주의에 풍덩 빠져 있음을 입증해 주는 단적인 사례라 하겠다.

물론 '사'자 돌림의 직업군을 깎아내릴 생각은 추호도 없다. 오히려 열심히 노력하여 좋은 직업군으로 진입한 그들에게 박수를 보내주고 싶다. 하지만 그들도 인간이라는 점에서는 어느 누구도 부인할수 없다. 그러므로 그들 '사'자 돌림 직업군 종사자가 인격적으로 전부 훌륭한 것도 아니며, 그들과의 결혼이 반드시 성공과 행복으로 직결되는 것은 더더욱 아니다. 그들의 삶에도 삶과 죽음, 고뇌와 빈민, 성공과 실패가 교차하게 마련이다.

직업에서의 '사'자 돌림은 잠시 접어두고, 무슨 일에 종사하든 우리가 진짜로 알아두어야 할 '사'자 돌림이 있다. '인사' '감사' '봉

162

사'가 그것이다. 이들 인사·감사·봉사 역시 '사' 자를 한자로 쓰면 동일하지 않지만 우리 글로 쓰면 똑같이 '사' 자로 표현된다.

인사·감사·봉사를 모르면, 아니 이 세 가지를 실천하지 못하면 인간 노릇을 제대로 할 수 없다. 이 세 가지 '사' 자 돌림은 인간사회에서 가장 중요한 덕목이다. 이는 성공의 전제조건이다. 아무리 사회적 지위가 높고 재물이 많다 한들 인사와 감사와 봉사를 외면할 경우 인간 이하의 하등동물 정도로 전락할 수밖에 없다.

그 반면, 비록 사회에서 별로 알아주지 않는 별 볼일 없는 직종에 종사한다 할지라도 인사·감사·봉사에 충실하면 '성공 0순위'에 오를 수 있다. 그 미덕과 공로를 하늘이 알고, 땅이 알고, 관세음보살이 알기 때문이다.

『천수경』을 열심히 수련하다 보면 누구에게라도 친절히 인사하는 낮은 자세, 매사에 감사할 줄 아는 착한 마음, 어떤 일에라도 봉사하고 싶은 갸륵한 정신이 저절로 우러난다. 따라서 이 책을 손에 든 당신은 벌써 '사' 자 돌림의 고귀한 가치를 알아 성공의 한복판에 섰다.

061
인사로 시작해서 인사로 끝난다

지난해 3월 초등학교에 들어간 손녀 수빈이가 잠자리에서 일어나자마자 할아버지에게 머리를 조아리며 인사한다.

"할아버지, 안녕히 주무셨어요?"

"그래. 우리 수빈이도 잘 잤니?"

"네."

"우리 수빈이 오늘 하루 즐겁게 잘 지내야 한다. 학교에 다녀올 때에는 꼭 차 조심 하고……."

"네. 할아버지한테도 좋은 일 많으셔야 해요."

"그럼. 우리 수빈이는 착하기도 하지."

할아버지는 수빈이의 머리를 쓰다듬어 준다. 이윽고 수빈이는 할머니에게 다가가 할아버지에게 그랬던 것처럼 똑같이 인사한다. 할머니 역시 할아버지처럼 따뜻한 말과 손길로 수빈이를 격려해 준다. 수빈이는 조금 전 할아버지 할머니에게 인사했던 것처럼 아빠 엄마에게도 똑같이 인사한다.

잠시 후 이번에는 어린이집에 다니는 손자 민준이가 눈을 부스스 뜨고 일어나 할아버지와 할머니에게 차례로 인사한다. 물론 할아버지와 할머니는 사랑 가득한 손길로 민준이의 머리를 쓰다듬어 준다.

민준이도 수빈이가 그랬던 것처럼 아빠 엄마에게 똑같이 인사한다.

하루가 시작되는 아침, 할아버지와 할머니는 그 귀염둥이 수빈이와 민준이의 아침인사를 받으며 가슴 뿌듯함을 느낀다. 두 아이의 아빠 엄마도 아침부터 즐겁다. 복덩어리 수빈이와 민준이 역시 어른들의 사랑과 정성을 받으며 건강하게 자란다. 그래서 집안에는 행복이 넘쳐난다.

초등학교 저학년 학생과 어린이집에 다니는 어린이도 이렇게 인사를 잘한다. 그럼에도 불구하고 우리 사회에는 인사할 줄 모르는 사람이 너무 많다. 특히 단체로 며칠 동안 여행을 하다 보면 우리 사회의 인사가 얼마나 부족하고 인색한지 잘 알 수 있다.

하룻밤 자고 나서 그 이튿날 아침 숙소의 로비나 식당 같은 곳에서 서로 마주 대할 때 인사할 줄 모르는 사람들. 간밤에 잘 잤느냐는 인사 한마디 없이 소가 닭 본 듯 닭이 소 본 듯 스쳐 지나가는 사람들. 소위 고등교육을 받고 사회적으로 행세 깨나 한다는 사람들 중에도 그처럼 몰상식한 사람들이 적지 않다.

그런 사람은 양반의 후예가 아니다. 인사할 줄 모른다는 것은, 상놈 집에서 태어났기 때문에 가정교육을 제대로 받지 못했다는 결정적 증거가 아니고 무엇일까. 그들은 자기부터 인사하는 법을 배우지 못한 터라 자기 자녀들에게도 올바른 가정교육을 시켰을 리 없다. 물어보나 마나 그들은 마르고 닳도록 상놈의 유전자를 대물림하게 마련이다. 그런 사람은 성공할 수 없다.

인사하는 데 힘이 드나 돈이 드나. 인사하다 허리 부러진 사람 없고, 인사하다 재산 탕진한 사람 없다. 그런데도 우리 사회에는 인사할 줄 모르는 머저리들이 너무 많다. 더욱 밉살스러운 것은 평소 안부전화 한 통 없다가 자기에게 아쉬울 때만 연락을 취하는, 얌통머리 없는 얌생이 같은 작자들도 수두룩하다는 사실이다. 그렇게 해봤자 상대방의 반감만 불러일으킴으로써 되는 일이 없다.

밤이 이슥해진 시간, 귀염둥이 수빈이와 민준이는 일부러 시키지 않아도 자발적으로 어른들에게 인사한다.

"할아버지, 할머니, 안녕히 주무세요."

"오, 그래. 우리 수빈이와 민준이도 잘 자거라. 좋은 꿈을 꾸고……. 알았지?"

"네."

수빈이와 민준이는 저희들 방으로 가서 잠자리에 든다. 이렇듯 인사는 아침에 눈 뜨고 일어날 때 시작해서 잠자리에 들 때 마감한다. 집에서 잘 배운, 즉 가정교육을 잘 받은 사람은 사회에 나가서도 반듯한 처신으로 높은 평판을 얻는다.

인사는 하루를 시작할 때와 마감할 때, 만날 때와 헤어질 때, 나가고 들어올 때[出必告反必面] 꼭 갖추어야 할 예의라고 말할 수 있다. 이와 함께 인사는 직장 주차장이나 현관, 엘리베이터, 복도, 사무실, 회의실, 화장실은 물론이고 오다가다 길에서 누군가와 마주쳤을 때…… 등등 온종일 이어진다.

따라서 모든 일은 인사로 시작해서 인사로 끝난다. 인사 잘하는 사람이 성공한 사례는 많아도 인사할 줄 모르는 사람이 성공했다는 말은 들어본 적이 없다. 누구보다도 인사 잘하는 당신은 반드시 성공할 것으로 확신한다. 인사를 잘해야 국격도 올라간다.

062
감사할 줄 아는
착한 마음을 가져라

✳

이 세상에는 고맙지 않은 것이 없다. 모든 것이 다 고마울 따름이다. 두 발을 딛고 선 땅, 푸른 하늘, 아름다운 산과 들, 맑은 공기와 물…… 등등 우리가 감사하게 생각해야 할 대상은 한두 가지가 아니다.

사람들도 모두 고맙다. 나를 낳아 입히고 먹이고 재우고 키우고 학교에 보내주신 부모님, 가르쳐 주신 선생님, 가족들 부양하느라 밤낮 없이 뛰는 남편, 밥 짓고 빨래하고 아이들 키워내는 착한 아내, 무럭무럭 건강하게 잘 자라주는 귀여운 아이들, 몸이 아플 때 치료해준 의료진, 정답게 살아가는 이웃들, 친구들, 부모님 돌아가셨을 때 조문 와주신 분들, 아들딸 혼사 때 축하해 주신 분들…….

그 중에서도 한참 배고플 때 라면이나 국수나 자장면 사준 사람은 오래도록 잊을 수가 없다. 지갑에 돈 좀 있고, 다소 배부를 때 좋은 음식 사준 사람은 금방 잊어져도 사정이 절박할 때 도와준 사람은 오래 기억된다. 이를테면 절박함의 분량만큼 고마움의 부피도 크게 마련이다. 그게 인지상정이다.

그런가 하면 설령 나하고 직접적인 인연은 없다 해도 이 세상에는 고마운 사람들이 너무 많다. 어디에선가 일용할 양식을 생산해 주는 농민들, 속살 가릴 수 있는 옷가지를 만들어주는 공장 근로자들, 비를 피하고 햇빛 가려 들어앉을 수 있도록 집을 지어준 사람들, 불철주야 나라를 지키는 군인들, 우편물을 배달해 주는 집배원들, 안전하게 차를 태워준 대중교통의 운전기사들…… 등등 하여간 나 이외의 모든 사람은 내가 감사해야 할 '익명의 고마움'이다. 그들이 없으면 어느 누구라도 자기 혼자서는 살아갈 수가 없다.

모름지기 사람이라면 범사에 감사할 줄 알아야 한다. 감사할 줄 아는 사람은 착한 사람이다. 따라서 세상에 대해 감사할 줄 아는 사람은 은혜를 갚을 줄 알지만, 감사할 줄 모르는 사람은 은혜에 보답하기는커녕 그 은혜를 원수로 갚는 경우가 적지 않다. 뒤로 돌아가서 뒤통수치는 경우가 여기에 해당된다.

그런 경우를 두고 흔히 화장실 갈 때 마음과 화장실에서 일을 마친 뒤의 마음이 다르다고 한다. 그래서는 안 된다. 화장실에 갈 때의 그 마음은 화장실에서 일을 마친 다음까지 이어져야 한다. 아니, 화장실에서 무사히 일을 마친 다음에는 더 감사할 줄 알아야 한다.

항용 정치꾼들은 앞뒤가 다르다. 선거 때에는 표를 구걸하느라 낮은 자세로 굽실굽실하지만, 일단 당선되고 나면 언제 그랬냐는 듯 그 허리가 뒤로 휘어진다. 그런 사람은 감사의 '감' 자도 모르는, 두 번 다시 상대하기 어려운 야바위꾼에 지나지 않는다. 감사할 줄 모르는 사람은 언제든지 배은망덕할 수 있다.

하지만 매사에 진정으로 감사할 줄 아는 사람은 그 은혜를 갚기 위해 어떤 일에서나 혼신의 힘을 다 기울이게 마련이다. 그런 사람은 배신을 모른다. 내가 누군가에게 감사하는 마음을 가지면 상대방도 나에게 감사하는 마음을 보내준다.

필자의 내면에는 지금 감사하는 마음이 넘쳐난다. 특히 이 책을 읽고 있는 당신에게 계속 감사하고 있다. 그래서 밤새도록 글을 깎고, 다듬고, 매만지면서 조금이라도 더 보탬이 되는 메시지를 담아내고자 안간힘을 쓰고 있다. 그뿐 아니라 이 책을 쓰기 시작한 그 순간부터 줄곧 당신의 성공을 빌고 있다.

사실 허접한 부적을 몸에 지니거나 집에 써 붙인 사람들도 많다. 이 같은 현실에 비추어 『천수경』의 성공비결을 수련하고 있는 당신은 얼마나 행복한가. 더욱이 이 책에는 이런저런 부적과는 비교할 수도 없는 『천수경』 전문이 수록돼 있다. 따라서 이 책을 지닌 당신의 성공은 떼놓은 당상이나 다름없다. 수리 수리 마하수리 수수리 사바하…….

063
봉사정신이 아름답다

✳

R시인은 어쩌면 봉사를 위해 태어난 사람인지도 모르겠다. 본래 서울 출신인 그는 사업을 위해 일찍이 충남 천안에 정착했다. 그는 수십 년 전부터 교통체계 관련 사업에 종사해오면서 청년회의소 (JC), 라이온스클럽 멤버로 활동해왔다.

이와 함께 그는 시작(詩作)에도 심혈을 기울여 잇따라 수준 높은 야무진 작품을 쏟아내고 있다. 사업 하랴, 시 쓰랴, 그 바쁜 일상 속에서도 그는 금쪽같은 시간을 할애하여 동에 번쩍 서에 번쩍 봉사에 나선다. 그의 봉사정신이 아름답다.

그는 20여 년 전 침술(鍼術)을 배웠고, 세계보건기구(WHO)가 인증하는 침구사 자격을 획득했다. 이에 따라 그는 비정부기구(NGO)인 세계침구사연합회 인증 자격증과 대한침구사협회 인증 자격증을 보유하고 있다. 그러니까 시중 곳곳에 떠도는 '돌팔이'들과는 차원이 다른 것이다.

R시인은 시도 잘 쓰지만 침을 아주 잘 놓는다. 그의 침술은 '신기(神技)'의 경지를 보여준다. 그의 침을 맞아본 사람은 놀라운 '신침(神針)'이라고 입을 모은다. 특히 그가 환자의 경혈(經穴)을 정확히 짚어 침을 꽂으면 환자의 신경계통에 찌릿찌릿한 전기가 발생하면서

강력한 자극을 일으킨다. 말하자면 막힌 신경, 막힌 혈관을 일침으로 확 뚫어주는 셈이다. 이로써 환자의 질환이 가뿐히 치료된다.

그는 이렇듯 신기한 침술을 발휘, 지난 세월 신경통·관절염 등으로 고생하는 노인들을 숱하게 치료해 주었다. 하지만 그는 언젠가 뜻하지 않은, 즉 경찰에서 오라 가라 하는 수모를 당한 적도 있었다. 현행 의료법상 침구사를 의사로 인정하지 않기 때문이다.

R시인이 돈 없어 고생하는 환자들을 지극정성으로 보살펴줄 때 불법의료행위라고 고자질하여 경찰에 '찔러 바친' 얼굴 없는 사람들. 물론 R시인은 환자들로부터 '침값' 도 받지 않았다. 그는 누가 뭐래도 잘나가는 사업가이면서 명망 있는 시인이다. '침값' 을 받다가 살림에 보탤 만큼 곤궁한 사람도 아니다. 또, 그의 신기한 백발백중 침술을 돈으로 계산할 수도 없다. 더욱이 그는 본격적으로 한의원을 개업할 사람이 아니다. 하지만 누군가가 혹여 자기 '밥그릇' 이 줄어들까봐 고의적으로 경찰에 신고해 이래저래 골탕을 먹었던 것이다.

그럴 때마다 R시인은 경찰에 출두하여 일일이 침구사 자격증을 보여주고 확인을 거친 다음 돌아서야 했다. 입맛이 쓰고 성가신 일이었다. 현재 중국 등 여러 나라에서 침구치료를 적극 장려하고 있다. 미국에서도 최근 육·해·공군에 침술전문 한방 군의관을 공식적으로 배치했다. 하지만 우리나라에서는 법으로 정해진 의사, 한약을 전문적으로 짓는 한의사 등 기득권 세력의 반발과 저항에 막혀 침구사의 의료행위가 양성화되지 못한 실정이다.

R시인은 그동안 병원에서 고치지 못한 수많은 고질병을 침술로 고쳐주었다. 특히 가난한 여러 문인들에게 침술 시혜를 베풀어 기적 같은 완치를 이루어냈다. 따라서 그의 침술은 인술이다. 그렇게 열

심히 봉사하는 사람에게 상을 주어 보답하지는 못할망정 고의적으로 골탕을 먹이는 우리 사회의 잘못된 편견이 사뭇 야박하게 느껴질 따름이다.

아무튼 R시인은 병고에 시달리는 환자들을 위해 헌신적으로 봉사함으로써 널리 칭송을 받고 있다. 그의 가족은 건강하고 손대는 일마다 안 풀리는 것이 없다. 정성 가득한 봉사를 통해 그만큼 복을 받기 때문이다. 사업은 하루가 다르게 번창하고 그가 써내는 시 또한 날이 갈수록 더욱 빛난다. 그의 성공이 어디까지 갈 것인지 현재로서는 헤아릴 길이 없다.

064
이론보다 실천이 더 중요하다

✳

『천수경』은 육대서원을 거쳐 관세음보살에 대한 귀의를 다짐한 다음 마침내 '신묘장구대다라니(神妙章句大陀羅尼)'에 이른다. 이 신묘장구대다라니야말로 『천수경』의 핵심이자 심장부로서 관세음보살의 신묘한 원력과 공덕이 모두 여기에 응축돼 있다.

신묘장구대다라니(神妙章句大陀羅尼)

– 신통하고 오묘한 긴 글귀의 큰 다라니

나모라 다나다라 야야

– 삼보님께 귀의하옵니다.

나막알약 바로기제 새바라야 모지 사다바야 마하 사다바야 마하가로 니가야

– 성스러운 관자재보살마하살 대비존님께 귀의하옵니다.

옴 살바 바예수 달라나 가라야 다사명

– 옴, 모든 어려움에서 지켜주시고 구제해 주시는 거룩하신 관자재보 살님께 귀의하옵니다.

나막까리 다바 이맘 알야 바로기제 사바라 다바

– 의지하고 찬탄하옵니다. 저는 이제 마음을 되새기어 관자재보살님

173

을 찬탄하옵니다.

니라간타 나막하리나야 마발다 이사미

– 청경존(青頸尊)이신 관자재보살님께 참된 마음의 찬가를 올리옵니다.

살발타 사다남 수반 아예염 살바 보다남 바바말아 미수다감 다냐타

– 일체의 이익을 성취하시고 훌륭하시며 누구도 이길 수 없는 관자재
보살님이시여, 중생의 삶을 청정하게 하겠사옵니다.

옴 아로게 아로가 마지로가 지가란제 혜혜하례

– 옴, 관찰하시는 분이시여, 광명의 지혜로 세간을 뛰어넘으신 성자
이시여, 저희를 피안의 세계로 인도하옵소서.

마하모지 사바다 사마라 사마라 하리나야

– 위대한 보살님이시여, 길이 기억해 주시옵소서. 기억해 주시옵소서.

구로구로 갈마

– 속히 악업을 그치게 하옵소서.

사다야 사다야 도로도로 미연제 마하 미연제 다라다라

– 성취자이시여, 성취자이시여, 항상 거두어 기억해 주시옵소서.

다린 나례 새바라 자라자라

– 도와주시기를 마음대로 하시는 분이시여, 속히 도와주시옵소서.

마라 미마라 아마라 몰제 예혜혜

– 일체의 번뇌로부터 벗어난 청정한 분이시여, 어서 오시옵소서.

로계 새바라 라아 미사미 나사야

– 세상을 마음대로 관찰하시는 분이시여, 탐욕의 독을 소멸케 해주시
옵소서.

나베 사미사미 나사야

– 성냄의 독을 소멸케 해주시옵소서.

모하자라 마사미 나사야

- 어리석음의 독을 소멸케 해주시옵소서.

호로호로 마라호로 하례

- 두렵고 두려운 번뇌를 가져가옵소서.

바나마 나바 사라사라 시리시리 소로소로 못쟈못쟈 모다야 모다야

- 연꽃처럼 거룩하신 성자이시여, 감로법의 지혜 광명을 흐르게 하옵
  소서. 감로법의 덕을 흐르게 하옵소서. 깨달음으로 깨달음을 깨닫
  게 하옵소서.

매다리야 니라간타 가마사 날사남 바라하라나야 마낙 사바하

- 자비하신 청경존이시여, 탐욕을 떨치게 하옵소서.

싯다야 사바하

- 성취하신 관세음보살님을 위하여.

마하싯다야 사바하

- 위대한 성취를 이루신 관세음보살님을 위하여.

싯다유예 새바라야 사바하

- 요가자재(瑜伽自在)를 성취하신 관세음보살님을 위하여.

니라간타야 사바하

- 청경관음인 관세음보살님을 위하여.

바라하 목카싱하 목카야 사바하

- 돼지의 얼굴, 사자의 얼굴을 가지신 관세음보살님을 위하여.

바나마 하따야 사바하

- 연꽃을 손에 쥐신 관세음보살님을 위하여.

자가라 욕다야 사바하

- 큰 수레바퀴를 가지신 관세음보살님을 위하여.

상카 섭나녜 모다나야 사바하

- 소라 나팔소리로 깨어난 관세음보살님을 위하여.

마하라 구타다라야 사바하

– 위대한 금강 젓가락을 가지신 관세음보살님을 위하여.

바마사간타 이사시체다 가릿나 이나야 사바하

– 왼쪽 어깨를 굳게 지키는 검은 색의 승리자이신 관세음보살님을 위하여.

먀가라잘마 이바사나야 사바하

– 호랑이가죽 옷을 입으신 관세음보살님을 위하여.

나모라 다나다라 야야 나막알야 바로기제 새바라야 사바하

– 삼보님께 귀의하여 공경하옵니다. 성스러운 관세음보살님께 귀의
  하옵니다.

앞에서 설명한 바와 같이 불경을 다른 언어로 옮길 때 다라니만큼
은 의역하지 않고 음역만 했다. 다라니는 다른 언어로 의역할 경우
그 뜻을 전부 담아낼 수가 없을 뿐만 아니라, 그 뜻도 뜻이지만 다라
니의 '소리'에 일정한 에너지를 가진 특유의 파장이 있어 그걸 완벽
하게 옮겨낼 수 없기 때문이었다.

따라서 '신묘장구대다라니'의 경우 거기에 담긴 의미를 새기는
것도 중요하지만 그보다는 소리 나는 대로 계속 외우는 것이 훨씬
이롭다. 독경할 때에는 맨 끝의 '나모라 다나다라 야야 나막알야 바
로기제 새바라야 사바하'를 세 번 반복해 읽는다.

우리가 지향하는 성공비결의 핵심도 이론보다는 실천에 있다. 성
공에서 뒤떨어진 사람들이 이론을 몰라서 그렇게 된 것은 아니다.
그들도 성공비결을 알 만큼 안다. 다만 제대로 실천을 못했기 때문
에 뒤로 처지게 된 것이다.

065
주인의식을 가져라

✳

가정이나 조직이나 국가나 주인의식이 있어야 한다. 내가 바로 이 가정, 이 조직, 이 국가의 주인이라는 의식이 펄펄하게 살아 있을 때 발전을 기약할 수 있다. 만일 그런 주인의식이 없다면 가정이며 조직이며 국가를 책임질 사람이 어디 있겠는가.

가정의 주인은 바로 나 자신이다. 따라서 자나 깨나 가족들을 잘 보살피고 만약 우리 가정이 잘못될 경우 무한책임을 져야 한다. 나는 또 조직의 주인이기도 하다. 따라서 회사가 잘 되고 안 되고는 전적으로 내 책임이다. 내가 열심히 일하면 회사가 팡팡 돌아가지만, 만약 내가 잠시 한눈을 팔거나 '농땡이'를 치면 회사가 위험해질 수도 있다.

더 나아가 나는 이 나라의 주인이다. 나 한 사람이 어떻게 하느냐에 따라 나라가 달라진다. 내가 열심히 일하면 나라가 발전하고, 그렇지 않으면 나라에 보탬이 안 된다. 만약 나라가 위기에 처한다면 내가 맨 앞장에 서서 이 한 몸 기꺼이 초개처럼 던지리라. 우리는 최소한 그런 자세로 살아야 한다.

1909년 10월 26일 일제침략의 원흉 침략의 원흉 이토 히로부미를 우리 겨레의 이름으로 도륙 처단한 대한국인(大韓國人) 안중근 의사가 뤼순(旅順) 옥중에서 쓰신 여러 휘호 중에 '國家安危勞心焦思(국가 안위노심초사)' 라는 유묵이 있다. 이는 '국가의 안위를 걱정하고 애 태운다' 는 뜻이다. 그때 그는 피 끓는 청년이었다.

지금 우리나라 청년들은 대부분 당차고 똑똑하다. 그들에게는 청 년실업, 과중한 책무 등 개인적·사회적으로 현실적인 고민이 많다. 그럼에도 불구하고 우리 청년들은 어떤 상황에서도 기죽지 않고 뭔 가를 이뤄내고야 말겠다는 열정에 넘쳐난다.

그들에게는 불의를 용인하지 않는 정의로움이 있다. 사회의 부조 리에 대해 예리한 비판과 함께 훌륭한 대안도 제시할 줄 안다. 그래 서 나라의 미래가 밝다. 하지만 그들의 의식수준과 국가관이 어느 정도인가에 대해서는 좀 더 냉정히 생각해볼 필요가 있다.

물론 안중근 의사 같은 불세출의 영웅에게 보통사람의 의식수준 을 견준다는 것이 무리인 줄 알지만, 그럼에도 불구하고 청년의 기 상과 결기가 얼마나 중요한가에 대해서는 재론의 여지가 없다. 청년 의 의식이 시퍼런 서슬처럼 형형하게 살아 있을 때 겨레가 발전하고 나라가 부강해진다.

그렇건만 우리 주위에는 유감스럽게도 개인이기주의에 빠진, 그 리하여 대아(大我)보다 소아(小我)에 집착하는 청년들이 너무 많다. 그들은 나라에 대한 주인의식을 가져야 한다. 장년과 노년들 또한 예외일 수는 없다. 우리는 과연 나라를 위해 무엇을 했고, 후손들 앞 에 얼마나 떳떳할 수 있는지 자신에게 묻고 또 물어야 한다.

아무튼 남녀노소 불문하고 국가에 대한 주인의식이 투철한 사람 이라면 최소한 길거리나 놀이터에 담배꽁초 하나, 휴지 한 조각 함 부로 버릴 수가 없다. 자기 집 안마당이나 대문 앞을 어찌 그렇게 어 지럽힐 수 있을 것인가. 만약 자기 집 안마당이나 대문 앞에 그런 쓰레기가 나뒹군다면 얼른 치울 것이다.

애국이 따로 없다. 나라에 대한 주인의식이야말로 애국애족의 출발점이다. 내가 이 나라의 주인이라고 생각하면 양심을 저버리는 일, 나라의 위상에 손상을 초래하는 일 따위는 상상할 수도 없다. 홍보대사가 따로 있나, 내면의 밑바탕에 나라사랑 하는 마음이 있으면 어느 누구라도 훌륭한 홍보대사가 된다.

하지만 해외에 나가서 홍보대사는커녕 수준미달의 엉뚱한 짓으로 '국제망신'을 자초하는 사람들이 적지 않은 현실이고 보면 우리가 가야 할 길은 아직도 멀기만 하다. 그래서 국격 향상이니 뭐니 하는 구호가 사뭇 공허하게 느껴지는 것이다.

안중근 의사는 1910년 3월 26일 이역 땅 뤼순에서 순국했다. 향년 31세. 2010년 3월 26일은 안 의사 순국 100년이 되는 날이었다. 그 어른의 생애는 짧았다. 순국 당시 청년 안중근은 권력도 재산도 명예도 가진 것이 없었지만, 그러나 그 어른은 만고청사에 길이 빛날 불멸의 영웅으로 세계사에 우뚝 섰다. 아, 안중근…….

066
열두 가지 재주를 가져야 성공한다

✻

　열두 가지 재주를 가진 사람에게 저녁거리 없다는 말이 있다. 이는 여러 가지 다양한 재주를 비꼬는 말로서 열두 가지 재주가 한 가지 전문성보다 못하다는 뜻으로 해석할 수 있다. 그런가 하면 이 말 속에는 열두 가지 재주를 믿고 생계를 돌보지 않는다는 의미가 함축돼 있다. 달리 말하자면 열두 가지 재주를 갖게 되면 사실 전문성을 살리기 어렵다는 뜻이기도 하다. 하기야 열두 가지 재주를 계발하려면 한 가지 재주를 집중적으로 발전시키는 것보다 시간과 정열이 분산될 수도 있다.

　그 반면, 어느 계통이든 한 분야를 깊이 천착하면 그 분야에서 최고의 전문가가 될 수 있다. 예컨대 외국의 어느 생물학자 중에는 「모기 뒷다리에 붙은 미생물에 관한 연구」로 박사학위를 받은 사람이 있다. 모기 자체가 별 볼일 없는 작은 곤충에 지나지 않지만 그 뒷다리에 붙어 있는 미생물을 연구하려면 얼마나 미세한 부분까지 파고들었는지 물어볼 필요도 없다.

　그 생물학자의 경우 모기는 물론 모기 관련 미생물에 관한 한 독보적인 전문가라고 말할 수 있다. 하지만 '모기 박사'라고 해서 다른 분야의 지식까지 박사수준에 해당되느냐 하는 것은 별개의 문제가 아닐 수 없다. 즉, 그가 '모기 박사'일지는 몰라도 정치·경제·사회·문화 등 다른 분야까지 잘 아느냐 하면 반드시 그런 것은 아니다. 도리어 그 반대인 경우가 훨씬 더 많다.

대개 전문가들의 경우 자기 전공분야 이외의 다른 분야에는 별 관심을 두지 않는다. 역설적으로 말하자면 다른 분야에는 관심을 두지 않고 오로지 전공분야만 끊임없이 파고들었기 때문에 그 분야의 전문가가 되었다고 진단할 수 있다. 문제는 여기에 있다. 대부분의 전문가들은 자기 전공분야에만 정통할 뿐 다른 분야에는 까막눈이나 다름없다. 그만큼 학문과 인생과 세상을 보는 시야의 스펙트럼이 좁기 때문이다.

백치천재(白痴天才)란 '백치이면서도 어떤 한 가지 일에는 뛰어난 재주를 가진 사람'을 말한다. 실지로 우리 사회에는 백치이면서도 한 가지 일에 천재적 재능을 보여주는 사람들이 있다. 본래 백치와 천재는 극과 극의 개념이지만, 어떤 측면에서는 일맥상통하는 경향이 있다. 아닌 게 아니라 한 가지 뛰어난 재주로 말미암아 다른 분야에서는 후천적 백치가 되어버린 사람들이 적지 않다.

우리는 분명 전문성 시대에 살고 있다. 하지만 한 가지 분야의 전문가라고 해서 나머지 열한 가지를 포기할 수는 없다. 다양한 열두 가지 재주를 가져야 성공할 수 있다. 특히 어떤 전문가라 해도 인간에 대한 성찰이 없으면 백치천재로 전락할 수밖에 없다. 그러므로 이 책을 손에 든 당신이야말로 '모기 박사'보다 훨씬 더 위대한 팔방미인이 되어 크게 성공할 수 있다.

067
세계로 쭉쭉 뻗어나가라

『천수경』은 '신묘장구대다라니' 다음에 '사방찬(四方讚)'으로 이어진다. 이 '사방찬'은 사방을 정화하고 찬탄하는 게송이다. 이 게송을 수지함으로써 사방이 모두 청정해진다. 독경할 때 제목은 읽지 않고 본문만 읽는다.

사방찬(四方讚)
- 사방을 찬탄하옵니다
일쇄동방결도량(一灑東方潔道場)
- 첫 번째 물을 뿌리면 동방도량이 청결해지고
이쇄남방득청량(二灑南方得淸凉)
- 두 번째 물을 뿌리면 남방세계가 청량해지고
삼쇄서방구정토(三灑西方俱淨土)
- 세 번째 물을 뿌리면 서방세계가 정토 이루고
사쇄북방영안강(四灑北方永安康)
- 네 번째 물을 뿌리면 북방세계가 영원히 편안해집니다.

우리 주위에 보면 자기관리에 철저하지 못한 사람들이 있다. 낱낱 그런 사람들일수록 신변이 복잡하다. 가령 연애를 해도 동서남북 곳곳의 이 상대 저 상대와 사귄다. 금융거래를 하더라도 이 은행 저 은행에 수십 개의 계좌를 개설해 놓고 수시로 돈을 넣었다 뺐다 한다.

특별한 사유 없이 직장을 자주 옮기는 사람도 흔하다. 물론 당사자 입장에서는 특별한 사유가 있겠지만 객관적으로 볼 때 이해하기 어려운 경우도 없지 않다. 특히 직장을 자주 옮기는 사람들의 경우 사실은 매양 그 사람이 그 사람이다.

그런가 하면 한 곳에 안주하지 못하고 자주 이사를 다니는 사람들도 있다. 물론 사업문제나 직장문제 등으로 불가피한 경우가 있을 수 있다. 월세나 전세 등 세입자들은 보증금 인상 같은 임대차 조건의 변화 때문에 어쩔 수 없이 이사해야 하는 상황이 생긴다.

하지만 자가(自家)를 소유하고 있으면서도 뻔질나게 이사하는 사람들. 그 중에는 소위 시세차익을 노리는 투기꾼도 있지만 그렇지 않은 사람들도 적지 않다. 그런 사람들일수록 이것저것 벌여 놓기만 하고 뒷마무리를 못하는 경향이 있다.

그것은 별로 바람직한 일이 아니다. 신변이 복잡하면, 그리하여 엉뚱한 곳에 시간과 정력을 낭비하다 보면 정작 본연의 목표에 소홀해지기 쉽다. 누구를 막론하고 신변이 복잡하면 머리가 뒤숭숭해지게 마련이다. 그 반면, 신변이 깔끔하면 다른 일에 신경 쓰지 않고 성공목표를 향해 매진할 수 있다.

신변이 깔끔한 사람은 다른 사람들에게 좋은 인상과 믿음을 준다. 그 반면, 신변이 복잡한 사람은 손대는 일마다 어수선해서 주위 사람들을 어지럽게 한다. 특히 그런 사람은 자기 신변문제에 많은 시간과 정열을 소모하기 때문에 진취성이 떨어진다.

지금은 소소한 신변문제로 시간을 낭비할 때가 아니다. 도리어 자기 이외의 사방으로 눈길을 돌려야 한다. 특히 이 글로벌 시대에는 세계로 쭉쭉 뻗어나가야 한다. 그렇지 않고서는 우물 안 개구리 신세를 면할 길 없다. 세계를 보면 우리의 현주소가 보이고, 현주소가 보이면 미래를 설계할 수 있다. 세계로, 미래로…….『천수경』수련을 통해 원대한 이상과 긴 안목을 확보한 당신은 세계무대에 우뚝 서게 될 것이다.

068
그 아버지에 그 아들이 있다

✻

　1950년 한국전쟁이 발발했다. 이때 미국 육군 월턴 워커 중장은 초대 미8군사령관으로 부임해 낙동강전선 전투를 지휘하는 한편 더글러스 맥아더 유엔군사령관과 함께 인천상륙작전을 성공으로 이끌어 혁혁한 전공을 세웠다.

　그리하여 그는 6·25전쟁 초기 영웅으로 칭송됐다. 하지만 그해 12월 23일 그는 불행하게도 서울 북방 도봉지구 전선에서 작전을 지휘하던 중 불의의 사고로 사망했다. 지프 전복 사고였다. 대장으로 추서된 그의 유해는 미국 알링턴 국립묘지에 안장되었다.

　월턴 워커 장군이 미8군을 지휘할 때 그의 외아들 샘 워커는 한국전쟁에 투입된 미 제24사단의 일선 중대장으로 낯선 땅 한국에 와서 숱한 전투를 치렀다. 그 아버지에 그 아들이었다. 그해 12월 25일 맥아더 사령관의 특명을 받아 부친의 유해를 모시고 본국으로 돌아간 그는 얼마 동안 미 육군성에 근무하였고, 훗날 베트남 전쟁을 거치며 1977년 미국 역사상 최연소 대장으로 진급했다. 아버지에 이어 아들까지 대장에 오른 사례는 아주 희귀한 일로서 미국 역사상 두 차례밖에 없는 것으로 알려졌다.

　월턴 워커 장군과 리지웨이 장군에 이어 미8군 사령관으로 부임

185

한 제임스 밴플리트 장군의 외아들 지미 밴플리트 2세도 공군중위로 한국전쟁에 자원 참전하였다. 그는 1952년 4월 2일 B-26 중형 폭격기를 몰고 평양 인근의 순천 지역을 폭격하기 위해 출격했다가 돌연 실종되었다.

즉시 수색작전이 시작되었고, 미 제5공군 사령관이었던 에베레스트 장군은 직접 밴플리트 사령관에게 사고와 수색작전 상황을 보고하였다. 그때 밴플리트는 묵묵히 보고를 듣고 있다가 담담하게 지시했다.

"밴플리트 2세 중위에 대한 수색작업을 즉시 중단하시오. 적지에서의 수색작전은 너무 위험하고 무모합니다."

말하자면 자국 군대의 또 다른 희생을 막기 위한 조치였다. 밴플리트 사령관은 그렇게 외아들을 잃었고, 이 세상에 둘도 없는 사랑하는 외아들의 시신조차 찾지 못했다.

그런가 하면 미국의 전쟁영웅 아이젠하워 장군의 아들 존 아이젠하워도 1952년 육군소령 진급과 동시에 한국전 참전명령을 받았다. 그 직후 아이젠하워 장군은 공화당 대통령 후보로 선출되어 사실상 백악관 입성을 눈앞에 두고 있었다. 그때 아이젠하워 후보가 존에게 말했다.

"네가 전사하면 우리 가족의 비극으로 남게 되지만 포로가 될 경우 나는 군 최고통수권자로서의 기능을 잃어 대통령직을 수행할 수 없게 된다. 만약 네가 포로로 붙잡히면 자결토록 하라."

존은 본래 아이젠하워 후보의 둘째아들이었다. 하지만 장남 다우드가 어려서 병사한 터라 존은 사실상 외아들이었다. 그런 아들 존이 한국의 전선으로 떠나 한창 전투를 하고 있을 무렵 아이젠하워 후보는 대통령에 당선되었다. 그들 부자는 크게 성공했다.

069
강대국은 왜 강대국인가

✳

1952년 12월 미국 아이젠하워 대통령 당선자는 한국으로 날아와 전선을 시찰했다. 이때 아이젠하워 당선자가 밴플리트 미8군사령관에게 뜬금없이 물었다.

"장군, 내 아들 존은 어디 있습니까."

"존 소령은 미 제3사단 대대장으로 현재 중부전선 최전방에서 근무하고 있습니다."

"사령관, 내 아들을 후방으로 빼주시겠습니까."

지난 4월 외아들을 잃은 밴플리트 사령관의 입장에서는 아이젠하워 당선자의 그런 요청이 내심 껄끄러울 수도 있었다. 아이젠하워 당선자 또한 그걸 모를 리 없었다. 제2차 세계대전 당시 숱한 전선을 누볐던 5성 장군 출신의 아이젠하워 당선자가 조용히 입을 열었다.

"장군, 내 아들이 전사한다면 나는 가문의 영예로 받아들이겠습니다. 그런데 포로가 된다면 적들은 대통령의 아들을 놓고 미국과 흥정하려 들 것입니다. 이 때문에 만일 우리 국민들이 국가의 자존심 문제라 생각하여 '대통령의 아들을 구하라'고 외친다면 차후 작전에 애를 먹을 것입니다. 그래서 나는 단지 대통령 아들이라는 이유 때문에 차후 작전에 심대한 차질이 생기지 않도록 최소한의 예방조치만 요청하는 것입니다."

역시 고도로 계산된 전쟁영웅의 전략적 발상이었다. 말하자면 아들 한 사람의 안전을 위해서라기보다는 어쩌면 발생할지도 모를 미국의 불행한 사태를 미연에 차단하기 위한 대승적 차원에서 공개적으로 그렇게 요청한 것이었다.

"각하, 즉시 조치하겠습니다."

밴플리트 사령관은 즉시 존 소령을 후방의 정보처로 발령 조치했다. 무사히 한국 근무를 마치고 미국으로 돌아간 존은 훗날 육군준장으로 전역한 뒤 주(駐) 벨기에 대사까지 역임하였다.

그런가 하면 미 해병항공사단장 해리스 장군도 한국전쟁에서 귀한 아들을 잃었다. 해리스 장군의 아들 해리스 2세는 해병 대대장으로 대원들을 지휘하며 북한 땅 깊숙이 진격했다가 미 해병대가 결정적 타격을 입었던 장진호 전투에서 희생됐다.

맥아더 장군, 리지웨이 장군에 이어 1952년 5월 제3대 유엔군 사령관으로 부임한 마크 클라크 대장의 아들 마크 빌 클라크 육군대위도 한국전쟁에 참전, 강원도 금화지구 전투에서 중대장으로 활약하던 중 부상을 입고 전역했다. 그는 결국 그 후유증으로 사망했다. 한국전쟁에 참전했던 미군 장성의 아들들은 모두 142명, 이 가운데 35명이 전사했다.

강대국은 왜 강대국인가. 사회적 신분이 높으면 높을수록 도덕적 의무를 다하기 때문에 강대국이다. 그런 나라에서는 국가의 기강이 바로 서고, 국민의 불만 따위는 끼어들 틈새가 없다. 그래서 모든 국민이 하나로 뭉쳐 놀라운 힘을 발휘하는 것이다.

070
도덕성을 체득하라

✳

한편, 한국전쟁 당시 중국 마오쩌둥(毛澤東) 주석은 장남 마오안잉 (毛岸英)을 북한에 보내 인민지원군으로 참전케 했다. 모스크바 유학 생 출신으로 러시아어를 전공한 마오안잉은 인민지원군 총사령관 펑더화이(彭德懷)의 통역을 담당하다가 1950년 11월 25일 미군의 맹 폭으로 전사했다. 당시 28세였던 그는 아리따운 여인 유송림(劉松林) 과 결혼한 지 1년도 채 되지 않아 남의 나라에 와서 이 같은 참변을 당했다.

중국의 최고 실력자 마오쩌둥은 아들의 전사 소식을 듣고 잠시 눈 시울을 붉히면서 '전쟁에는 희생이 따르는 법'이라고 말했다. 그때 마오안잉의 아내 유송림은 남편의 시신만이라도 중국으로 모셔올 것을 시아버지 마오쩌둥에게 간곡히 건의하였다. 하지만 마오쩌둥 은 대의를 위해 며느리의 간절한 소원을 받아들이지 않았다.

중국은 해외 파병 중인 군인이 전사하면 현지에 묻는 전통을 지켜 왔다. 마오쩌둥은 중국의 이 같은 전통을 깰 수 없고 숱한 다른 전사 자들과의 형평에도 맞지 않는다는 이유로 그녀의 간청을 묵살했다. 그 대신 마오쩌둥은 인민지원군 총사령부에 특별한 지시를 내렸다.

"다른 중국군의 시신도 가져오지 못하는데 내가 주석이라고 해서

내 아들만 특별히 대우할 수 없다. 현지에 안장하되 특별한 장례를 치르지 말라."

그러자 당시 북한의 김일성 수상도 마오쩌둥에게 맞장구를 쳤다.

"마오안잉은 조선 인민의 해방사업을 위해 싸우다 죽었으니 조선의 아들입니다. 따라서 우리 조선에 묘지를 마련하겠습니다."

그렇게 해서 마오안잉의 유해는 평안남도 회창군에 묻혔다. 그곳은 전쟁 당시 그가 근무했던 중국군 인민지원군 총사령부가 주둔하던 곳이다. 북한은 마오안잉을 비롯하여 134명의 중국군 전사자가 묻힌 그곳을 중국 인민지원군 열사 묘역으로 조성했다.

이 묘역은 현재 평양 시내 한복판에 있는 조중우의탑(朝中友誼塔), 형제산 구역에 있는 중국 인민지원군 열사 묘역과 함께 북·중 혈맹관계의 상징으로 자리매김 했다. 따라서 중국 정부의 고위 실력자가 북한을 방문할 때에는 이곳에 들러 헌화하고 참배하는 것이 관례로 되어 있다.

중국과 북한의 관계가 견고한 것은 결코 우연한 일이 아니다. 중국은 이 근래 일본을 제치고 세계의 경제강국으로 등장하면서 놀라운 저력을 발휘하고 있다. 그 밑변에 중국을 떠받치는 그들 특유의 자긍심이 있다. 특히 공자(孔子)·맹자(孟子) 등 숱한 선현들의 가르침을 이어받은 인문학의 뿌리는 그들의 번영과 성공을 이끄는 최대의 원동력이다.

그런 점에서 『천수경』 수련은 더욱 소중한 의미를 갖는다. 『천수경』 수련을 통해 인간답게 올바로 사는 길이 무엇인가를 깨닫는다면 당신은 높은 도덕성을 체득할 수 있고, 따라서 세계 어디에 나가더라도 가장 인간적으로 대우 받는 높은 경지에 올라 큰 성공을 차지할 수 있다.

071
신뢰는 우연히 생겨나지 않는다

＊

미국은 한국전쟁, 베트남 전쟁 등 해외에서 실종된 미군 유해를 찾아 자국으로 모셔다가 국립묘지에 꼬박꼬박 안장하고 있다. 특히 미국은 껄끄럽기 짝이 없는 북한 지역에서 발굴된 유해까지 판문점을 통해 인수해 자국으로 모셔간다. 미군이 한국전쟁에서 실종된 것은 벌써 반세기가 훨씬 지난 일이다. 그런데도 그들은 자국 군인들을 끝까지 국가가 책임지고 있다.

그것도 모자라 미국은 『람보』『라이언 일병 구하기』 등 특별한 영화를 만들어 미국과 미국인의 긍지를 높여왔다. 설령 그런 영화가 아닌, 단순한 코미디와 오락영화와 만화영화와 텔레비전 드라마라 해도 반드시 정면으로든 배경으로든 몇 차례씩 성조기를 카메라 앵글에 담는다.

누가 일부러 시키지 않아도 제작진들 스스로 알아서 그렇게 한다. 이는 다분히 의도적인, 그러니까 고도로 계산된 화면구성이라고 말할 수 있다. 미국에서 제작한 작품이라는 암시를 통해 묵시적으로 미국의 자긍심, 미국인의 애국심을 일깨우기 위해 그렇게 한다. 그런 점에서 역시 미국은 미국이다.

여기에서 친미다 반미다 그런 진부한 문제를 논의하자는 것이 아니다. 정부가 국민 한 사람 한 사람을 끝까지 책임지는 나라, 그래서 국민이 정부를 신뢰하는 나라가 미국이라는 사실만은 부인할 수 없다. 정부가 국민 보호에 솔선수범하는 노력, 그것이 세계의 경찰 역할을 자임하는 미국의 국격이고 국력이다.

한편, 영국 왕실의 엘리자베스 2세 여왕은 제2차 세계대전 당시 공주의 몸으로 직접 군용트럭을 운전하면서 전선을 누볐다. 그녀의 부군인 필립공 역시 해군장교로 제2차 세계대전에 참전했다. 그런가 하면 여왕의 세 아들, 즉 찰스·앤드류·에드워드 모두 군 복무를 마쳤다. 특히 앤드류 왕자는 아르헨티나와의 포클랜드 전쟁에 헬기 조종사로 참전했다.

현재 왕실 계승 서열 3위인 윌리엄 왕자는 육군에 이어 공군, 해군 지휘관을 모두 거쳤다. 그의 아우 해리 왕자는 아프가니스탄 최전선에서 공군으로 복무했다. 그는 본래 이라크로 파병될 예정이었다고 한다. 두 지역 모두 전쟁터라는 점에서 국내 복무와는 큰 차이가 있다. 특권층 중의 특권층이라 할 왕실의 로열패밀리부터 솔선수범하는 이런 전통이 영국의 국격이고 저력이다.

국격은 저절로 향상되는 것이 아니다. 정부와 정치권에 대한 신뢰도 우연히 생겨나지 않는다. 먼저 그 분야에 몸담고 있는 사람들부터 솔선수범해야 한다. 하지만 우리나라 정치권에는 석연치 않은 이유로 군대에 다녀오지 않은 사람들이 너무 많다. 오죽하면 다른 자리도 아닌, 국가안보를 책임져야 할 중요한 보직에도 군대를 경험하지 못한 사람들이 앉아 있으니 어처구니없는 일이다.

그 자제들 또한 병역의혹으로부터 자유로울 사람은 많지 않다. 물론 현행법상 징집대상에서 제외되는 경우가 전혀 없는 것은 아니다. 예컨대 질병·극빈 등 여러 가지 사유가 있을 수 있다. 그럼에도 불구하고 권력층, 부유층 등 이른바 상류층 자제들의 병역의혹이 말끔히 해소되어 신뢰가 쌓이기에는 더 많은 시간이 필요할 것 같다.

그들은 정말 정신을 차려야 한다. 지금은 당장 등 따습고 배부를 지 모르지만 손바닥으로 하늘 가리는 눈속임은 오래 가지 않는다. 본래 비열한 사람은 성공할 수 없다. 그 반면, 헌걸차고 시원시원한 사람은 대성한다. 군자는 대로행(大路行)이다. 우리는 어떤 경우에라 도 음침한 골목길을 버리고 사통오달로 훤히 트인 큰길을 가야 한 다. 그러면 거기 '불멸 대성'이 당신을 기다리고 있을 것이다.

072
아름다운 국토가 우리의 도량이다

『천수경』은 '사방찬'을 거쳐 '도량찬(道場讚)'으로 이어진다. 이 '도량찬'은 문자 그대로 도량을 찬탄하는 게송이다. 도량이란 수행의 현장이다. 그만큼 신성한 곳이다. 따라서 도량에 대한 찬탄은 아무리 강조해도 지나침이 없다. 독경할 때 제목은 읽지 않고 본문만 읽는다.

　도량찬(道場讚)

　－ 도량을 찬탄하옵니다

　도량청정무하예(道場淸淨無瑕穢)

　－ 도량이 청정하여 더러움이 없고

　삼보천룡강차지(三寶天龍降此地)

　－ 삼보가 항상 이곳에 강림하시고

　아금지송묘진언(我今持誦妙眞言)

　－ 저는 지금 오묘한 진언을 외우니

　원사자비밀가호(願賜慈悲密加護)

　－ 원하옵건대 은밀한 자비와 가호를 베푸시옵소서.

도량은 곧 스님들이 수행하는 절이다. 그런데 이 근래 전국의 유명사찰은 대부분 관광지가 되어 있다. 특히 역사와 전통을 자랑하는 대찰(大刹)일수록 관광객의 발길이 끊이지 않는다.

그런데 관광객의 상당수가 초보적인 예절조차 지키지 않는다. 불자가 아니라 해도 사찰을 방문할 때는 반드시 예절을 지켜야 한다. 로마에 가면 로마의 법칙에 따라야 하는 것처럼 사찰에서는 사찰의 예절을 지키는 것이 교양인의 덕목이다.

고궁·종묘·성당·교회·향교·사당·사우(祠宇)·서원(書院) 등을 방문할 때에도 반듯한 예의를 갖추지 않으면 안 된다. 먼저 정숙해야 한다. 통상 사찰의 대웅전이나 향교·사당·사우·서원을 출입할 때에는 우입좌출(右入左出, 오른쪽으로 들어가서 왼쪽으로 나옴), 동입서출(東入西出, 동쪽으로 들어가서 서쪽으로 나옴)하는 것이 원칙이다.

성현들의 위패가 배향된 향교나 서원에 갔을 때 신도(神道)인 중앙통로를 왕래해서는 안 된다. 성당에 입당할 때에도 감실과 직결된 중앙통로는 통행하지 않는다. 그건 상식 중의 상식이다. 특히 사찰의 대웅전이나 사당을 출입할 때에는 왼손을 오른손 위에 놓고 두 손을 마주 잡아 공경의 뜻과 예의를 갖추어야 한다. 이를 공수(拱手)라 한다.

전각(殿閣)의 층계를 오르내릴 때에도 홀쩍홀쩍 함부로 뛰어다니는 것이 아니다. 원칙적으로는 한 층계씩 오를 때마다 발을 가지런히 모아 합보(合步)해야 한다. 우리의 본래 의상인 한복이 양복으로 변한 것처럼 시대가 달라져 그런 전통예절까지는 다 지키지 못한다 해도 최소한의 예의는 지킬 줄 알아야 한다. 그래야 양반이다.

그럼에도 불구하고 우리 사회의 관광객들 중에는 때와 장소를 가리지 않고 대목장 보러 나온 장꾼들처럼 마구 떠들고 깔깔대는 사람들이 너무 많다. 특히 일부 관광객들의 경우 고궁이든 절이든 향교든 사당이든 엄숙하고 성스러운 곳에서도 고성방가(高聲放歌)는 물론이려니와 쓰레기까지 투기하는, 그래서 정말 쓰레기 같은 짓을 하고 있으니 이만저만 실망스런 것이 아니다.

스님들이 불법을 수행하는 도량. 그렇다면 우리의 도량은 어디인가. 학생에게는 학교가 도량이고, 직장인에게는 직장이 도량이다. 군인에게는 부대가 도량이고, 사업하는 사람에게는 사업체가 곧 도량이다. 더 나아가 우리 국민 모두에게는 삶의 터전인 이 아름다운 국토가 곧 도량이다. 우리는 이 도량을 깨끗이 가꾸면서 열심히, 참으로 열심히 인격을 키워야 한다.

우리는 지금 선진국을 지향하고 있다. 그러나 국제교역량과 국민소득만 높아진다고 선진국이 되는 것은 아니다. 그보다 먼저 국민 한 사람 한 사람이 반듯한 예절과 행동양식을 보여줄 때 세계가 인정하는 선진국으로 도약할 수 있는 것이다.

073
사람을 사랑하는 사람에게 사람이 따라온다

✳

필자의 죽마고우 가운데 K장군이 있다. 그는 군인 중의 군인 참군인으로 널리 알려져 있다. 육군사관학교를 졸업하고 소위로 임관한 이후 진급심사 때마다 줄곧 선두를 달려 마침내 국군의 계급체계상 최고 계급인 대장에 올랐다. 그러니까 더 이상 올라갈 데가 없는 최고 꼭대기 4성 장군의 위치까지 승진한 것이다.

그는 어렸을 때부터 심성이 곱기도 했지만, 특별한 정치적 배경 없이 순전히 실력만으로 그 자리까지 승진했다. 그래서 그의 별 넷은 더욱 돋보인다. 그는 초급장교 시절부터 최고 지휘관에 이르기까지 사관학교 후배 장교들을 비롯한 수많은 부하들로부터 아낌없는 존경을 받아왔다.

그런 존경심을 자아내는 기본요소는 K장군의 쟁쟁한 실력이었다. 타의 추종을 불허하는 실력. 본연의 직무인 군사 전반에 대해서야 새삼 물어볼 필요도 없지만, 그는 문학·사학·철학 등 인문학 분야의 엄청난 독서량으로 웬만한 학자들을 찜 쪄 먹고도 남는다. 그는 학식이 풍부하고 글도 잘 쓴다. 그러니까 그는 문무를 겸비한 지장(智將)이다. 따라서 그 앞에 서면 어느 누구라도 왜소해지게 마련이다.

이와 함께 그에게는 남들이 도저히 흉내 낼 수 없는 청렴과 덕망이 있다. 그는 별을 넷씩이나 달았으면서도 오죽하면 아직까지 그 흔한 서민아파트 한 채 장만하지 못했다. 이런 청렴성이 때로는 선후배들이나 경쟁자들의 눈에 '무능'으로 비쳐지기도 했다. 하지만 거기에는 그럴 만한 사정이 있었다.

무엇보다도 중요한 것은 그 자신 체질적으로 그까짓 돈 따위에 연연하지 않는다는 사실이다. 어쩌다 군 비리 문제가 신문·방송 등 언론을 더럽히지만, K장군의 경우 돈이나 밝히는 그런 '똥별'들과는 차원이 다르다. 그는 언제나 돈으로부터 초연하게 살아왔다.

더욱이 그는 군복을 입고 있는 동안 줄곧 관사에서 살았고, 그럼으로 해서 꼭 집을 장만해야 할 필요를 느끼지 않았다. 계급이 높아지면 높아질수록 봉급 수령액도 많아졌지만, 거기에 비례해서 경조비다 회식비다 뭐다 해서 지출도 점점 커졌다. 특히 해외에서 공부하는 아들딸을 뒷바라지 하느라 돈 모을 겨를이 없었다.

그에게는 이런 청렴성과 함께 뛰어난 덕망이 있다. 자신에게는 엄격하지만 다른 사람들에게는 언제나 관대하다. 타고난 덕장(德將)으로 알려진 그에게는 사람들이 줄줄 따른다. 그리하여 그 휘하에서 근무하기를 희망하는 후배 장교들이 줄을 이었다.

특히 누구보다도 국가관이 투철한 그는 줄곧 인간중심의 지휘철학을 정직하게 실천해왔다. 인간이야말로 병기(兵器) 중의 최고 병기라는 확실한 철학. 예나 지금이나 전쟁의 주역은 항상 인간이다. 전쟁을 일으키는 것은 인간이고, 따라서 그런 인간을 제압하려면 그보다 훨씬 더 우수한 인재가 필요하다는 철학이 그것이다.

그렇다. 첨단무기를 개발하는 것도 인간이지만 그것을 다루는 주체 또한 인간이다. 이 엄연한 진리 앞에 이의를 제기하거나 토를 달 사람은 없다. 잘 훈련된 장병이 없으면 첨단무기를 줘도 무용지물에 지나지 않는다. 이런 맥락에서 K장군은 지금까지 상관이든 부하든 사람에 대한 신뢰와 사랑을 아끼지 않았고, 따라서 그에게 항상 덕장 중의 덕장이라는 칭송이 따라붙게 되었던 것이다.

얼마 전 K장군은 군 사령관 임기를 마치고 전역했다. 하지만 그는 영원한 군인, 참군인의 표상으로 남게 되었다. 아니나 다를까, 그는 예편 후 현역 시절보다 훨씬 더 바빠졌다. 찾아오는 사람, 만나자는 사람들이 줄을 잇는 터라 그 스케줄을 소화해 내기가 여간 힘든 것이 아니다. 현역 시절 얼마나 인심을 얻고 덕망을 쌓았으면 그럴까. 아무튼 K장군은 예편 이후 더 많은 사람들과 폭넓은 인간적 교분을 다지고 있다. 필자 또한 가까운 친구 중에 그런 인물이 있어 아주 자랑스럽고 행복하게 생각한다.

아무튼 그의 성공비결은 무엇보다도 고귀한, 인간을 가장 우선적으로 인식하는 인간중심의 사상과 철학이다. 그의 리더십은 바로 이런 인간중심의 기조에다 실력과 청렴성과 덕망이 맞물려 더욱 탄력을 받는다. 역시 사람을 사랑하는 사람에게 사람이 따라온다.

군인도 이렇건만 국민통합을 이루어 내야 할 정부와 정치권, 수많은 종업원을 거느린 재벌 경영자들의 인간중심 사상은 어느 정도인지 냉정히 짚어볼 필요가 있다. 그런 점에서 『천수경』 수련으로 내공을 쌓아가는 당신은 인간중심의 철학을 쌓아 꼭 성공할 것이다.

074
면장이 국회의원보다 높다

✳

　L면장은 충남의 한 지방자치단체에서 35년 간 지방공무원 생활을 하고 영예로운 녹조근정훈장을 받으며 정년퇴직했다. 그는 도(道)나 다른 지자체로 전보된 적이 없었고, 줄곧 한 군(郡)에서만 근무했다. 그는 군 본청에도 근무했지만 지방행정사무관으로 승진한 이후 15년 동안 관내 여섯 군데 면(面)을 돌아가면서 면장을 역임했다.

　그는 효자로도 이름이 높다. 그는 부인과 함께 부모님을 깍듯이 모셔 도지사와 대한노인회 회장으로부터 부부가 나란히 효자효부 표창을 받기도 했다. 그는 누가 뭐래도 모범공무원이었다. 특히 면장으로 근무할 때에는 성심성의껏 관내 주민들의 애로를 덜어주는 것은 물론 친인척 이상으로 격의 없이 소탈하게 지냈다.

　다른 면장들이 국민들의 혈세로 지급되는 봉급이나 타 먹으면서 소위 기관장입네 하고 거들먹거리는 현실에 비추어 L면장은 늘 겸손하게 주민들을 섬겼다. 사실 어느 면마다 면장이 있고, 전·현직까지 따지면 그 머릿수를 헤아릴 수 없지만 면장이라고 해서 다 같은 면장이 아니다. L면장이야말로 면장 중의 면장, 목민관(牧民官) 중의 목민관이었다.

　그는 시골 출신 총각 처녀들이 결혼할 때 거의 단골로 주례를 섰다. 120여 쌍의 부부가 그의 주례로 새 가정을 이루었다. 그는 자기가 주례를 서준 부부들까지 살붙이 가족처럼 챙긴다. 그리하여 그의 주례로 가정을 이룬 부부 가운데 아직까지 이혼한 사례가 단 한 건도 없다.

그가 현직에 있을 때 주민들을 위해 얼마나 열심히 헌신했는지 퇴직 후 더 존경을 받고 있다. 주위에서 군수로 출마하라는 권유가 빗발치는 것은 물론, 군민들이 대거 한 자리에 모이는 행사장에서 L면장만큼 대우 받는 인물이 없다.

그가 서울이나 대전 등 외지로 거동하게 되면 그곳에 사는 출향인사들이 앞 다투어 그를 영접한다. 그 자신은 어디를 가든 조용히 움직이지만, 출향인사들이 먼저 알고 이 사람 저 사람 L면장에게 전화를 걸어 식사면 식사, 술이면 술, 차면 차…… 뭔가를 대접하거나 차표 한 장이라도 사주려고 줄을 선다.

동창회나 향우회 같은 곳에서는 더 말할 나위가 없다. 그런 모임이 있을 때마다 동창들이나 향우들은 예외 없이 대뜸 L면장부터 찾는다. 그 고장 출신 유명인사 중에는 장관도 있고, 국회의원도 있고, 역대 군수들도 있고, 전·현직 면장은 헤아릴 수도 없이 많다. 물론 재벌 총수도 있다.

하지만 그런 끗발 좋은 사람들은 별로 인기가 없다. 특히 전직 장관이나 국회의원이나 군수나 재벌 총수가 나타나면 거기 모인 사람들은 닭이 소 본 듯, 소가 닭 본 듯 별 관심을 나타내지 않는다. 따라서 그 잘난 사람들은 물 위에 기름 뜨듯 빙빙 겉돌게 마련이다. 하지만 L면장이 모습을 드러냈다 하면 너도 나도 이만저만 반가워하는 것이 아니다.

장관은 국무위원이다. 국회의원은 헌법기관이다. 군수는 군의 수

201

령이다. 그들에 비한다면 면장이야말로 별 볼일 없는 미관말직(微官末職)에 지나지 않는다. 재벌 총수는 돈방석에 앉은 사람이다. 재산으로 따진다면 L면장의 경우 감히 재벌의 그림자도 밟을 수 없다.

하지만 L면장에 대한 인간적 예우는 차원이 다르다. 어느 누구라도 진심에서 우러나오는 존경을 보낸다. 따라서 그는 장관보다도, 국회의원보다도, 군수보다도, 재벌 총수보다도 더 성공했다. 더욱이 그의 성공은 당대에만 그치는 것이 아니다. 군내에 자자한 그 명성과 공덕이 누대까지 이른다고 볼 때 L면장의 성공은 그 어떤 고관대작이나 재벌 총수를 뺨치고도 남는다.

L면장의 가정은 다복하다. 그는 부인과의 사이에 4남매를 두었는데 그들 모두 최고학부를 나와 반듯한 모범시민으로 살아가고 있다. 왕대밭에 왕대 나고 시누대[海竹]밭에 시누대 나는 것은 불변의 진리가 아닐 수 없다. 충신은 충신 집안에서 나오고, 효자는 효자 집안에서 나온다.

L면장의 이 같은 성공은 바로 인생을 선험적으로 통찰한 인간적인 삶에서 나왔다. 그 자신 인간적으로 가장 모범적인 삶을 살아왔고, 그는 공무원으로 근무하는 동안 지역주민들을 위해 열성적으로 헌신했다. 그러니까 진정한 성공은 벼슬의 높고 낮음, 재산의 많고 적음으로 결정되는 것이 아니라 인간적인 삶으로 판가름 나는 것이다.

075
경영학 교수가 소설을 쓴다

대학에서 경영학을 가르치는 S교수. 그는 마당발로 이름이 높다. 대학에서 학생들을 가르치는 본연의 직무 이외에도 학회 활동은 물론이려니와 동창회를 비롯한 여러 친목단체와 사회단체에 깊이 관여하고 있다. 따라서 그가 쓰고 있는 이런저런 '사회적 감투' 또한 한두 가지가 아니다.

그 자신 가슴이 따뜻하고 원만한 인격자로서 주위의 지인들과 둥글둥글 잘 어울려 지낸다. 그만큼 사교성이랄까 사회성이 좋다고 말할 수 있지만, 다른 각도에서 보자면 인격적으로 훌륭한 그를 다른 사람들이 가만 두지 않는다고 하겠다. 이 사람 저 사람 그를 끌어내 책임 있는 감투를 씌워 중책을 맡기는 것이다.

경영학에 정통한 학자로서 권위 있는 논문을 줄기차게 써낸 그는 얼마 전 난데없이 한문 서적을 출간했다. 동료 교수들이나 다른 경영학자들의 눈에는 그의 이 같은 저술활동이 뜻밖의 외도로 비쳐질 수도 있었다. 하지만 그는 본래 한문에 조예가 깊고, 본인의 전공인 경영학에 한문을 접목시켜 이 같은 한문 서적을 집필했다. 아무리 경영학 관련 학위를 열 번 아니라 백 번 받았다 해도 한문을 모르면 불가능한 작업이었다.

이 책이 기대 이상의 호평을 받자 S교수는 그 여세를 몰아 고사성어(故事成語) 에세이집을 출간했다. 이 에세이집은 백 가지 고사성어를 화두로 제시하고, 그 고사성어에 얽힌 역사적 배경과 교훈을 친절히 설명하는 형식으로 구성돼 있다. 이 또한 한문에 대한 그의 깊은 조예가 일궈낸 또 하나의 결실인 것이다.

그것도 모자라 S교수는 권위 있는 문예지의 신인문학상에 당선하면서 시인으로 등단한 데 이어 소설까지 당선하는 영예를 차지했다. 이로써 그는 경영학 교수라는 본연의 신분 이외에도 시인이자 소설가라는 칭호를 얻으며 문단에도 뛰어들었다.

문학이란 다른 분야와는 달리 인생에 대한 깊은 성찰이 전제되는 예술 중의 예술이다. 만약 인생에 대한 성찰이 없다면 작품을 써낼 수 없다. 그는 학문이 전부라고 생각하지 않는다. 아니, 그 어떤 학문도 인간중심이어야 한다고 믿는다. 사실 그의 전공인 경영학도 인간을 위해 공부하는 것이지 인간이 경영학을 공부하기 위해 존재하는 것은 아니다. 특히 경영이야말로 인간중심이어야 한다. 다른 각도에서 살펴보자면 인간경영이 모든 경영의 시작이자 완성이다. 인간을 모르는, 인생에 대한 성찰이 없는 경영이라면 기능 내지 기술은 될 수 있을지 몰라도 궁극적인 성공에는 큰 의미가 없다. 우리나라 경영자들의 대부분이 인간중심보다는 이윤추구에 주안점을 두는지라 우리 사회가 이처럼 각박해지는 것이다.

그런 점에서 S교수는 크게 성공했다. 시를, 소설을, 한문을 잘 아는 그의 경우 다른 학자들과는 기본정서가 다르다. 그의 경영학은 당연히 인간중심에 초점이 맞춰져 있다. 따라서 뭇 제자들이 그를 존경하고, 그의 강의실에 학생들이 구름처럼 몰려드는 것도 결코 우연이 아니다.

076
용기 있는 사람이
뉘우칠 줄도 안다

✽

『천수경』은 '도량찬'에 이어 '참회게(懺悔偈)'로 넘어간다. '참회게'란 문자 그대로 참회의 게송이다. 독경할 때 제목은 읽지 않고 본문만 읽는다.

참회게(懺悔偈)

– 참회의 게송

아석소조제악업(我昔所造諸惡業)

– 제가 예부터 지은 일체의 악업은

개유무시탐진치(皆由無始貪瞋癡)

– 모두 탐·진·치에서 비롯된 것이며

종신구의지소생(從身口意之所生)

– 몸과 입과 뜻으로 지은 죄업을

일체아금개참회(一切我今皆懺悔)

– 제가 지금 모두 참회하옵니다.

불교에서는 깨달음에 장애가 되는 근본적인 세 가지 번뇌로 탐·진·치를 꼽는다. 수행자가 가장 떨쳐버리기 힘든 독소라는 의미에서 이를 삼독(三毒)이라 한다. 다른 표현으로는 삼혹(三惑)이라고도 한다. 불법을 수행하는 사람이 닦아야 할 세 가지 근본수행으로 계(戒)·정(定)·혜(慧)라는 삼학(三學)이 있는 반면, 그 상대적 개념으로 이 삼독이 있어 수행자의 깨달음을 가로막는 것이다.

탐은 탐욕(貪慾), 진은 진에(瞋恚), 치는 우치(愚癡)를 일컫는 말이다. 탐욕은 '색욕·재물 등을 탐내는 그칠 줄 모르는 욕심'을 말한다. 진에는 '자기 뜻이 어그러지는 것을 노여워함'이고, 우치는 '사상에 의혹되어 진리를 분별하지 못하는 어리석은 마음'을 의미한다.

사실 인간이라면 어느 누구라도 이 삼독으로부터 자유로울 사람이 없다. 그렇다면 참회하는 길밖에 달리 마땅한 대안이 없다. 참회를 하는 것과 하지 않는 것은 하늘과 땅 차이라고 말할 수 있다. 예컨대 술독에 빠져 왕창 대취했던 사람이 '아, 내가 취했었구나' 하고 인식한다면 사실상 술에서 깨어난 셈이다. 정신질환을 앓던 사람이 자신의 정신이 비정상이었다는 것을 깨닫는다면 일단 그 질환에서 벗어났다고 볼 수 있지 않을까.

이와 마찬가지로 참회하는 사람은 그 죄업에서 벗어날 수 있지만, 그러나 참회하지 않거나 못한 사람은 영원히 그 죄업에서 벗어날 수가 없다. 용기 있는 사람은 솔직하다. 그래서 자신의 죄업을 뉘우칠 줄도 안다. 하지만 비겁한 사람은 큰 죄를 짓고서도 그걸 감추기에만 전전긍긍하는 것이다.

뭔가를 숨기고 쉬쉬하는 사람은 속내가 검다. 그 반면, 솔직한 사람은 언행이 양명하다. 맑고, 밝고, 깨끗하고, 정직한 사람은 반드시 성공하게 마련이다.

077
자기가 자기를 모른다

✳

우리나라는 지난 세월 '먹고 사는' 일에만 혈안이 되어 있었다. 이에 따라 모든 국가적 과제는 경제성장으로 집중되었다. 그 결과 우리나라는 세계가 깜짝 놀랄 만한 고도성장을 이룩했다. 하지만 이 과정에서 인문학은 뒷전으로 밀려났고, 인간에 대한 성찰의 기회를 상실했다. 거센 산업화의 밀물 속에 도저히 돈으로 환산할 수 없는 윤리와 도덕이 무너졌고, 우리 민족 고유의 빛나는 전통과 미풍양속 등 많은 것을 잃었다.

무엇이든 빨리빨리, 싸게싸게 가시적 성과를 거두어야 했다. 사정이 이렇다 보니 경제 이외의 문제에 대해서는 생각할 겨를이 없었다. 따라서 죽으나 사나 '돈벌이'에만 급급하게 살아온 우리 국민들은 모르는 것이 많을 수밖에 없다. 그런 사람들에게 문학이 어떻고, 역사가 어떻고, 철학이 어떻고, 종교가 어떻다고 소리 높여 떠들어본들 씨도 먹힐 리 없다.

그 반면, 선진 일류국가일수록 모든 가치관이 인간중심으로 집중돼 있다. 따라서 그들의 교육수준이 높고, 특히 인문학 분야의 지식이 해박하다. 모든 교육이 인성교육·전인교육으로 초점이 맞춰져 있다.

하지만 우리나라는 국가의 정체성 확립에도 소홀했다. 국어·국사·국학·국악·한국화 등 국가의 정체성 관련 교육을 강화해도 모자 랄 판에 어떤 사람은 영어 몰입교육 따위를 외쳐댔다. 그건 망발 중의 망발이었다. 우리가 세계무대에 우뚝 서려면 우리 자신부터 알아야 한다. 하지만 우리는 국가와 민족의 정체성 교육에 뒤떨어져도 한참 뒤떨어져 있다.

국어교육이 부실하니 나랏말을 잘 모르고, 국사교육이 부실하니 나라의 역사를 잘 모르고, 국학교육이 부실하니 선현들의 학문을 잘 모르고, 국악교육이 부실하니 전통음악을 잘 모르고, 한국화교육이 부실하니 전통미술을 잘 모를 수밖에 없다. 그리하여 극단적으로는 한국인이 한국과 한국인을 잘 모르는, 즉 자기가 자기조차 모르는 어처구니없는 상황에 이르렀다.

자기가 누구인지도 모르는 사람이 세계무대에서 지식을 내세우면 무엇을 어떻게 내세울 것인가. 예컨대 선진국의 누군가가 한국과 한국인에 대해 질문해 왔을 때 똑 부러지게 정확히 답해줄 사람은 과연 몇이나 될까. 국민총생산량 얼마, 국가교역량 얼마, 경제성장률 얼마, 국민소득 얼마, 외환보유고 얼마, 주가지수 얼마, 환율 얼마, 무역수지 얼마…… 이렇게 온종일 경제 관련 숫자놀음만 계속하는 사이 우리는 언제부턴가 인간성 상실을 걱정하게 되었다.

결론적으로 말하자면 우리 모두는 인간답게 살아야 한다. 그것이 지식 축적의 출발점이며, 인생에 대한 성찰로 가는 지름길이다. 이제라도 우리는 지식 축적과 함께 인생을, 더 나아가 우주만물의 진리를 깨달아야 한다. 지식은 세월과 함께 뇌리에서 사라지지만 깨달음은 죽을 때까지 잊어버리지 않는다. 『천수경』을 수련하면 깨달음을 얻게 되고, 그 깨달음 위에서 정진한다면 어느 누구라도 반드시 참된 성공을 거둘 수 있다.

078
업장을 제거하라

✳

『천수경』은 '참회게' 다음에 '참제업장십이존불(懺除業障十二尊佛)'
로 연결된다. 이 '참제업장십이존불'에는 업장을 소멸해 주시는 부
처님 열두 분의 명호가 나온다. 참고로 열두 분 부처님의 명호와 그
안에 담긴 뜻을 살펴보면 다음과 같다.

참제업장십이존불(懺除業障十二尊佛)

– 참회하면 업장을 제거해 주시는 열두 분의 부처님

나무참제업장보승장불(南無懺除業障寶勝藏佛)

– 참회를 받아 업장을 제거해 주시는 보승장 부처님께 귀의합니다.

보광왕화염조불(寶光王火炎造佛)

– 무명을 불꽃으로 부처님.

일체향화자재력왕불(一切香火自在力王佛)

– 일체를 자재한 힘으로 향의 불꽃을 피워주시는 부처님.

백억항하사결정불(百億恒河沙決定佛)

– 백억 항하사처럼 많은 중생들을 업장에 따라 결정해 주시는 부처님.

진위덕불(振威德佛)

– 온갖 위덕을 떨치시는 부처님.

금강견강소복괴산불(金剛堅强消伏壞散佛)

– 금강의 칼로 모든 업장을 흩어주시는 부처님.

보광월전묘음존왕불(寶光月殿妙音尊王佛)

– 보배로운 빛, 달과 같은 집, 묘한 음성을 가진 존경스런 왕과 같은
부처님.

환희장마니보적불(歡喜藏摩尼寶積佛)

– 환희의 창고에 보배를 쌓아 놓으신 부처님.

무진향승왕불(無盡香勝王佛)

– 다함없는 향기가 수승한 왕과 같은 부처님.

사자월불(獅子月佛)

– 사자 같고 달 같은 부처님.

환희장엄주왕불(歡喜莊嚴珠王佛)

– 환희의 장엄과 보주를 가지신 왕과 같은 부처님.

제보당마니승광불(帝寶幢摩尼勝光佛)

– 제왕의 보배로운 깃발과 수승한 빛이 나는 마니주를 가지신 부처님.

독경할 때 중간제목에 해당하는 '참제업장십이존불'은 읽지 않는
다. 이 대목에 나오는 업장이란 '말과 동작과 마음으로 악업을 지어
옳은 길을 방해하는 장애'를 말한다. 우리가 온갖 번뇌에 사로잡혀
고해의 한복판을 헤매는 것도 바로 이 업장 때문이다. 이 업장을 해
소하는 길은 참회하는 길밖에 별 뾰족한 대안이 없다.

주변에 앞길을 가로막는 걸림돌이 있다면 언젠가는 그 돌부리에
걸려 넘어질 수 있다. 따라서 우리는 그 걸림돌을 하루 속히 제거해
야 한다. 그 걸림돌만 제거된다면 우리는 성공을 향해 전속력으로
질주할 수 있다.

079
시간을 낭비하지 말고 열심히 공부하라

✻

우리나라는 2009년 9월 G20(주요 20개국) 정상회의를 공식 유치했다. 이 회의는 그동안 우리나라에서 개최한 정상급 국제회의 가운데 최대 규모라는 점에서 세인의 주목을 끌기에 충분했다. 이렇게 중요한 회의를 유치했다는 것은 역사에 길이 남을 쾌거라 하겠다.

세계를 실질적으로 움직이는 강대국의 실세 정상들이 대거 참석하는 G20 정상회의. 당시 정부는 '100년 전 일본의 식민통치를 받았던 한국이 100년 만에 세계의 중심이 됐다'고 집중 홍보했다. 이와 함께 우리나라의 국격을 높일 절호의 기회라고 한껏 목청을 높였다.

그로부터 약 7개월 뒤인 2010년 4월, 기획재정부 Y장관은 미국 워싱턴에서 열리는 G20 재무장관회의 참석차 출국을 앞둔 시점에서 난데없이 '지식 빈곤'을 자탄했다. 이때 Y장관이 기자간담회에서 공개적으로 토해낸 자탄 내용은 대충 이러했다.

"지식의 빈곤을 절실하게 느낀다. 지식이 모자라서 가슴이 아프고 고통스럽다. 국제회의에 나갈 때마다 느끼는 일인데 아는 게 없다는 걸 통탄한다. 회의 때마다 '내 밑천이 드러나더라도 배워야겠다'는 생각을 한다. 정말로 지식 빈곤을 절감한다."

이와 함께 그는 젊은 기자들에게 의미심장한 인간적 당부도 잊지 않았다. 그 요지는 다음과 같았다.

"젊은 여러분께 선배로서 경험을 말하는데, 젊은 시절 시간을 낭비하지 말고 열심히 공부하라. 나중에 서러운 후회를 하지 말고 가능한 한 시간을 쪼개서 전문분야의 공부를 많이 하라. 우리 아시아인들이 세계의 진운(進運)에서 왜 뒤처졌겠는가. 지식이 부족해서, 그런 노력이 모자랐기 때문 아니겠는가. 정말로 열심히 해야 한다."

Y장관의 탄식은 가위 '폭탄 고백'이라 해도 과언이 아니었다. 그것은 일국의 경제수장으로 쉽게 실토할 수 있는 말이 아니었다. 자존심만을 생각한다면 차마 입 밖에 낼 수 없는 말이기도 했다. 그럼에도 불구하고 Y장관은 우리나라가 G20 정상회의를 유치하여 의장국이 된 이후 이처럼 놀라운 발언을 쏟아냈다.

그의 이 같은 발언은 결코 G20 정상회의를 앞두고 찬물을 끼얹거나 고춧가루를 뿌리기 위한 것이 아니었다. 그는 정부와 국민 모두가 샴페인을 터뜨릴 정도로 들떠 있던 상황에서 아주 진솔하게 자신의 진심을 드러내 보였을 뿐이다.

사실 우리나라는 세계사도 제대로 가르치지 않으면서 세계화를 외쳐왔다. 해외에서 오래 공부한, 그리고 국제회의에도 자주 참석하는 J교수는 '우리나라 외교관들의 문화·예술·역사·인권·환경 등에 관한 지식수준은 선진국 고교생 수준에도 미치지 못한다'고 지적했다. 이것이 우리의 슬픈 현실이다.

선진국은 인간중심의 인문학 교육과 이 분야의 육성에 주력한다. 하지만 현재 우리나라에서는 인문학이 큰 위기를 맞고 있다. 과거 60년대나 70년대만 하더라도 중·고등학교에서 학생들의 개근상 부상으로 책을 주는 사례가 많았다. 예컨대 1년 개근이면 통상 『김소

월 시집』 등 문학서적, 3년 개근이면 옥편이나 영한사전을 주었다. 하지만 지금은 시상할 때 이러한 책을 부상으로 주는 학교가 없다. 시대는 변했다. 이제는 그런 책을 주어도 거들떠볼 학생이 없다는 것이다.

선진국에 비한다면 우리 국민들의 독서량은 조족지혈(鳥足之血)이다. 사정이 이렇다 보니 전국 각지의 유명서점들이 속속 문을 닫는다. 그나마 근근이 명맥을 유지하고 있는 몇몇 서점에 가보면 문학·사학·철학 등 인문학 코너는 파리를 날리고 있다. 그 반면, 주식·펀드·부동산 등 소위 재테크 관련 서적과 토익·토플 등 이른바 실용서적 코너에서는 꽤 활기가 넘쳐난다.

인터넷 서점이 있다고 하지만 실용서적에 비해 인문학 서적 판매량은 미미하기 짝이 없다. 이런 판국에 위정자들은 뭐가 뭔지도 모르면서 국격 향상을 외치고 있으니 기막힌 일이 아닐 수 없다. Y장관의 말처럼 우리가 선진국을 따라잡기 위해서는 시간을 낭비하지 말고 열심히 공부하는 것이 급선무라 하겠다.

그러자면 역시 책을 많이 읽어야 한다. 특히 인문학 분야의 소양과 역량을 높이지 않으면 안 된다. 하지만 우리의 현실은 어떤가. 인문학 관련 서적은 『자동차 운전면허 예상문제집』보다도 더 푸대접을 받고 있다.

080
겸손한 사람이 감동을 준다

✳

Y장관은 일찍이 국내 최고 명문대학의 학부를 거쳐 대학원까지 나와 1971년 제10회 행정고시에 수석으로 합격했다. 외국의 명문대학에 유학까지 다녀온 그는 경제부처의 요직을 두루 거치면서 승승장구했다. 한때 정치적 상황과 맞물려 어려운 고비도 없지 않았지만, 그는 특유의 탁월한 역량으로 급기야 기획재정부 장관에 올라 여러 사람들로부터 존경을 받아왔다.

금융·세제·무역 등 경제 전반에 정통한 그는 누가 뭐래도 우리나라 경제를 이끄는 현직 선봉장이 아닌가. 더욱이 그는 경제부처 공무원들 사이에서 오래 전부터 '따거(大哥)'라는 별명을 얻은 인물이다. 이는 '큰형님'이라는 뜻으로 그에 대한 존경과 선망의 의미가 담겨 있다. 사실 행정고시를 통해 정부에 몸담은 사람이라면 어느 누구라도 행정사무관으로 출발하여 장관에까지 오른 그 '따거'를 선망의 대상으로 삼았을 것이다.

그런 '따거'가 '지식 빈곤'을 탄식하다니……. 그 사실이 언론을 통해 보도되었을 때 필자는 참으로 신선한 충격을 받았다. Y장관의 말에는 분명 뭐라 형언할 수 없는 '울림'이 있었고, 그 날 이후 그 분에 대한 신뢰가 점점 더 확대되었다.

214

말이야 바로 하지만, 그의 가식 없는 고백이랄까 실토는 우리나라 국격의 현주소를 말해주는 것이 아니고 무엇일까. 그것은 자성의 목소리인 동시에 이 시대를 향해 던지는 강력한 경종의 메시지였다. 우리나라 고위층 인사들 중에 그 분만큼 솔직하고 겸허한 인물은 과연 몇이나 될까. 다른 고위층 인사들이 개뿔이나 아는 것도 없으면서 괜히 목에 힘주고 거들먹거리는 현실에 비추어 Y장관의 실토에는 분명 진정성이 뭉텅뭉텅 묻어나고 있었다.

군계일학(群鷄一鶴)이라고나 할까, Y장관은 그 날 기자간담회 이후 단연 더 돋보였다. 그는 그 겸손한 진정성 하나만으로도 크게 성공했다. 그 반면, 가장 실력 있는 Y장관이 그렇게 고백하는 현실이고 보면 다른 엉터리 고위층에 대해서는 물어볼 필요도 없다.

사실 우리 사회의 고위층 중에는 시건방진, 그리하여 국민들을 우습게 아는 작자들이 너무 많다. 그들부터 겸손해지지 않는 한 우리가 가야 할 길은 너무 멀고, 국격 향상이니 뭐니 그런 구호 또한 공허한 잠꼬대로 머물 수밖에 없다. 만일 고위층 인사들이 Y장관만큼만 솔직해진다면 정부에 대한 국민의 불신도 일거에 해소될 것이다.

하지만 Y장관을 제외한 대부분의 정부 고위층은 『천수경』을 모른다. 만약 그들이 『천수경』의 '천' 자라도 안다면 그렇게 버릇없이 오만무례하게 놀아나지는 않을 것이다.

081
수시로 자신을 돌아보라

✳

『천수경』은 '참제업장십이존불'에 이어 '십악참회(十惡懺悔)'로 넘어간다. 앞에서 십이존불의 명호를 부른 것은 이 '십악참회'를 위해 십이존불에게 일종의 증명을 발원하는 전단계라고 말할 수 있다.

여기 '십악참회'란 악업 중에서도 가장 나쁜 열 가지 행위를 열거하면서 참회한다는 뜻이다. 그러니까 이는 앞의 '참회게'에서 행한 참회를 보다 구체적으로 세분하여 하나하나 참회하는 순서인 셈이다.

십악참회(十惡懺悔)
– 열 가지 악업에 대한 참회
살생중죄금일참회(殺生重罪今日懺悔)
– 살생으로 지은 무거운 죄업을 오늘 참회하옵니다.
투도중죄금일참회(偸盜重罪今日懺悔)
– 도둑질한 무거운 죄업을 오늘 참회하옵니다.
사음중죄금일참회(邪淫重罪今日懺悔)
– 사음한 중죄를 오늘 참회하옵니다.
망어중죄금일참회(妄語重罪今日懺悔)

- 거짓말한 중죄를 오늘 참회하옵니다.

기어중죄금일참회(綺語重罪今日懺悔)

- 속임으로 말한 중죄를 오늘 참회하옵니다.

양설중죄금일참회(兩舌重罪今日懺悔)

- 이간질한 중죄를 오늘 참회하옵니다.

악구중죄금일참회(惡口重罪今日懺悔)

- 악담한 무거운 죄업을 오늘 참회하옵니다.

탐애중죄금일참회(貪愛重罪今日懺悔)

- 탐욕의 무거운 죄업을 오늘 참회하옵니다.

진에중죄금일참회(瞋恚重罪今日懺悔)

- 성낸 무거운 죄업을 오늘 참회하옵니다.

치암중죄금일참회(癡暗重罪今日懺悔)

- 어리석은 무거운 죄업을 오늘 참회하옵니다.

백겁적집죄(百劫積集罪) 일념돈탕제(一念頓湯除)

- 백겁 동안 쌓인 죄업이 한 순간에 소탕되옵니다.

여화분고초(如火焚枯草) 멸진무유여(滅盡無有餘)

- 마른 풀이 불에 타듯이 흔적도 없이 소멸되옵니다.

죄무자성종심기(罪無自性從心起) 심약멸시죄역망(心若滅時罪亦亡)

- 죄업은 자성이 없고 마음 따라 일어나는 것, 마음이 없어지면 그때
  죄업도 역시 없어질 것이옵니다.

죄망심멸양구공(罪亡心滅兩俱空) 시즉명위진참회(是則名爲眞懺悔)

- 죄업이 없어지고 마음까지 사라져서 텅 비게 되면, 이것을 이름하여
  참회라 할 것이옵니다.

독경 때 '십악참회'라는 중간제목은 읽지 않는다. 전체적으로 가

217

슴 뭉클한 참회가 아닐 수 없다. 그렇다. 참회는 아무리 강조해도 지나침이 없다. 삼성오신(三省吾身)이란 '하루에 세 번 내 몸을 살핀다'는 뜻으로, 자기가 한 행위나 생각을 반성한다는 의미를 담고 있다. 이는 일일삼성(一日三省)과 같은 뜻이고, 자신의 잘못을 책망하고 수양에 힘쓴다는 자원자애(自怨自艾)와 일맥상통하는 말이다.

매일 자신을 돌아본다는 것은 아주 중요한 일이다. 자신을 돌아보지 않으면 좌표를 잃게 되고, 좌표를 잃으면 지향점을 놓치게 마련이다. 따라서 수시로 자신을 돌아보아야 한다. 그리하여 잘못된 일이 있으면 서둘러 시정하고, 잘된 일은 더욱 확대발전시켜야 한다. 그것이 성공으로 가는 지름길이다.

082
입방아를 찧지 말라

✳

본래 남의 말 잘하는 사람 치고 똑똑한 사람 없다. 자기 자신은 완벽한 인간인 듯 남을 도마 위에 올려놓고 인정사정 볼 것 없이 마구 난도질하는 사람들. 무슨 피맺힌 원한이 있다면 직접 만나서 해결할 수도 있을 텐데 당사자가 없는 자리에서 막말을 퍼부어대는 입 싼 사람들이 적지 않다.

그들은 자리에 앉기만 하면 남을 헐뜯고 욕하고 흉보며 입방아를 찧어댄다. 자기 부모를 죽인 원수도 아니건만 괜히 누군가를 사정없이 깎아내린다. 특히 술자리 같은 곳에서는 더 말할 나위가 없다. 술을 마시며 안주를 씹는지 안주 대신 사람을 씹는지 알 수 없을 만큼 입에 게거품을 물고 남을 중상모략한다.

한심한 노릇이다. 얼마나 할 말이 없고 할 짓이 없으면 금쪽같은 귀중한 시간에 기껏 그 따위 험담과 악담을 늘어놓는 것일까. 좋은 밥을 먹고 비싼 술을 마시면서 보다 더 건설적이고 미래지향적인 대화를 나누어도 시원찮을 마당에 남을 깔아뭉개서 뭘 어쩌자는 것일까.

그들은 구업이 얼마나 큰 죄업인지를 모른다. 만약 구업이 씻을 수 없는 대죄라는 사실을 안다면 그렇게 함부로 입방아를 찧지는 못할 것이다. 하지만 그들은 거의 습관적으로 누군가와 마주 보고 앉았다 하면 남에게 무지막지한 저주를 퍼부어댄다.

하지만 남을 그렇게 깔아뭉갠다고 해서 자기의 위상이 올라가는 것은 아니다. 차마 입에 담지 못할 험담과 악담을 퍼부을 경우 자기 위상이 올라가기는커녕 도리어 '상대 못할 사람'으로 낙인찍히기 안성맞춤이다.

배웠건 못 배웠건 남의 말 함부로 하는 것이 아니다. 사실은 남을 비판한다는 것 자체가 위험천만한 일이다. 설령 누군가가 마음에 들지 않는다 해도 섣불리 그를 탓하기에 앞서 먼저 자기 자신에게는 허물이 없는지 돌아보아야 한다. 이 점에 대해서는 예수님께서도 분명히 말씀하셨다.

"남을 판단하지 말아라. 그러면 너희도 판단 받지 않을 것이다. 남을 판단하는 대로 너희도 하느님의 심판을 받을 것이고 저울질하는 대로 저울질을 당할 것이다. 어찌하여 너는 형제의 눈 속에 있는 티는 보면서 제 눈 속에 있는 들보는 깨닫지 못하느냐? 제 눈 속에 있는 들보도 보지 못하면서 어떻게 형제에게 '네 눈의 티를 빼내어 주겠다'고 하겠느냐? 이 위선자야! 먼저 네 눈에서 들보를 빼내어라. 그래야 눈이 잘 보여 형제의 눈에서 티를 빼낼 수 있지 않겠느냐?"(마태 7,1-7. 루카 6,37-38. 41-42)

남의 말이라고 해서 함부로 했다가는 큰코다칠 날이 있다. 누군가를 향해 입으로 퍼부어댄 저주는 결국 부메랑이 되어 자기에게 되돌아올 것이기 때문이다. 따라서 그런 사람은 성공할 수 없다. 다시 『성경』을 인용한다.

예수께서 군중을 가까이 불러 모으시고 이렇게 말씀하셨다. "너희는 내 말을 잘 들어라. 입으로 들어가는 것은 사람을 더럽히지 않는다. 더럽히는 것은 오히려 입에서 나오는 것이다."(마태 15,10-11)

문제는 입이다. 깨끗한 음식을 먹은 입으로 어찌 더러운 말을 내뱉을 것인가. 쓸데없는 입방아를 찧지 마라. 입방아 찧는 그 입이 언젠가는 입방아가 아닌 진짜방아로 짓찧어질 것이다.

무릇 성공을 꿈꾸는 사람이라면 무엇보다도 입을 조심해야 한다. 역사적으로 볼 때 입놀림 잘못으로 망한 사람은 한둘이 아니다. 『천수경』을 통해 구업이 얼마나 무서운 죄업인가를 깨닫게 된 당신은 언제나 참되고 복된 말만 하리라 믿는다. 그러면 저절로 복이 들어와 대성하게 될 것이다.

083
궤도수정은 빠를수록 좋다

✽

　『천수경』은 '십악참회'에 다음에 '참회진언(懺悔眞言)'으로 이어진다. 이는 모든 불보살에게 귀의하여 청정한 마음으로 일체의 어려움을 끊고 부처님과 같이 복을 받음으로써 깨달음을 얻겠다는 다짐이다.

　참회진언(懺悔眞言)
　- 죄업을 참회하는 진언
　옴 살바 못자 모지 사다야 사바하
　- 모든 불보살님께 귀의하옵니다.
　준제공덕취(准提功德聚) 적정심상송(寂靜心常誦)
　- 준제진언은 온갖 공덕 갖추었으니 적정한 마음으로 항상 외웁니다.
　일체제대난(一切諸大難) 무능침시인(無能侵是人)
　- 일체의 모든 큰 어려움은 능히 이 사람을 침범하지 못하옵니다.
　천상급인간(天上及人間) 수복여불등(受福如佛等)
　- 천상 및 인간이 부처님과 같이 복을 받습니다.
　우차여의주(遇此如意珠) 정획무등등(定獲無等等)
　- 이 여의주를 만나면 결정적인 깨달음을 얻사옵니다.

나무칠구지불모대준제보살(南無七俱胝佛母大准諸菩薩)

– 칠억 겁 동안 부처님의 어머니이신 준제보살님께 귀의하옵니다.

독경할 때 중간제목은 읽지 않고 본문만 읽는다. 이 '참회진언' 을 시작할 때의 첫 진언 '옴 살바 못자 모지 사다야 사바하' 와 끝 부분의 '나무칠구지불모대준제보살' 은 세 번 반복해 읽는다.

본래 참(懺)은 산스크리트어의 '크샤마' 의 의역으로, 이는 '타인에게 자기 죄의 용서를 빈다' 는 뜻이다. 이에 비해 회(悔)는 '자신의 실수를 뉘우친다' 는 의미를 내포하고 있다. 이러한 두 글자가 합쳐져서 '참회' 라는 말이 생겨났다.

이러한 참회는 석가모니 부처님 당시부터 아주 중요하게 여겼다. 그리하여 불교에서는 아주 오랜 옛날부터 포살(布薩)과 자자(自恣)라고 불리는 참회법이 수행의 한 방편으로 자리매김 했다. 포살이란 보름에 한 번 계본(戒本)을 외워 죄과의 수를 세고, 자기가 범한 죄를 모든 사람들 앞에서 참회하고, 연장의 선배 승려로부터 용서 받는 것을 말한다. 자자란 안거(安居)를 마친 마지막 날에 스님들이 서로 비판하며 각자 참회하고 고백하는 의식이다.

사람이 살다 보면 본의든 본의가 아니든 실수와 시행착오를 범하게 마련이다. 그럴 때마다 뉘우치고 또 뉘우쳐야 한다. 잘못된 일이 있으면 그걸 말끔히 털어 없애고 그 자리에 새로운 희망을 심어야 한다. 잘못을 그대로 껴안고 가면 성공하기 어렵다. 그 반면, 실수와 과오와 시행착오를 조기에 발견하여 그걸 신속정확하게 궤도를 수정할 경우 당신의 성공은 훨씬 앞당겨진다.

084
우리 사회는 공정한가

✻

정부는 얼마 전 중요한 국정지표의 하나로 '공정한 사회'를 제시했다. 비록 늦었지만 쌍수를 들어 환영할 만한 화두였다. 그러나 훌딱 뒤집어 놓고 그 속내를 잘 들여다보면 정부가 그런 화두를 던진 이면에는 지난 세월 우리 사회가 그만큼 공정하지 않았다는 반증일 수밖에 없다.

사실 우리 사회에는 아직도 말 못할 병폐들이 너무 많다. 그 중에서도 기득권자들의 전횡은 이루 헤아릴 길이 없다. 부익부 빈익빈은 어제오늘의 문제가 아니라 갈수록 심화되는 고질병 중의 고질병이다. 한쪽에서 부의 세습으로 쾌재를 부르는 동안 다른 한쪽에서는 피눈물 나는 빈곤의 세습이 되풀이된다.

대기업은 중소기업을 상생의 동반자로 생각하는 것이 아니라 예나 지금이나 '납품업자'일 뿐이다. 대기업은 언제나 '갑(甲)'이고 중소기업은 항상 '을(乙)'이다. 갑과 을의 계약은 숙명적으로 공정할 수가 없다. 갑이 칼자루를 쥐고 있는 반면, 을은 그 시퍼런 칼날을 쥐고 있기 때문이다.

그뿐이 아니다. 현재 우리나라 공기업의 대부분이 빚더미에 올라앉아 있다는 것은 삼척동자도 다 아는 사실이다. 특히 우리나라 공기업의 경우 선진국과는 달리 정부의 국책사업을 대행하고 있는 까닭에 그들 공기업의 부채는 바로 국민들의 몫이다.

그런데도 공기업 임원들의 연봉이 적게는 수억 원에서 많게는 수십억 원에 이른다. 경영부실로 만년적자에다 감당하기 어려운 부채까지 지고 있으면 인건비부터 줄이는 등 과감한 구조조정을 단행해야 하련만 정부는 미적미적 수수방관하고 있다. 아니, 그들은 처음부터 공기업에 대해 아예 손댈 의지가 없다.

왜 그런가. 공기업은 바로 정부 공무원들의 수발을 척척 들어주는 산하기관일 뿐만 아니라 장차 공무원들이 옷 벗었을 때 '낙하산' 타고 내려가야 할 물 좋은 제2의 직장이기 때문이다. 정부 공무원들의 낙하산 인사가 바로 공기업을 대상으로 이루어진다. 그러니까 공기업은 그들 낙하산들이 사뿐히 내려앉아 각종 전리품을 챙기는 '낙하산 부대 작전지역'인 것이다.

정부 공무원들의 낙하산 인사는 관행이 되어 있다. 현직에서 단물 다 짜먹고 나면 그때부터는 산하기관의 임원 자리를 꿰차고 앉아 거액의 연봉을 챙긴다. 과거 군사정권 시절에는 '떨어진 별'들이 공기업의 요직을 싹쓸이하다시피 했지만, 민주화 이후에는 군홧발 아닌 정치 건달들과 일반직 공무원 출신들이 철 좋은 물때를 만나 영양가 넘치는 자리를 독식하고 있다.

그런 사람들이 이른바 실업률, 특히 청년실업을 걱정한다면 그 말발이 씨알이나 먹힐 것인가. 그건 아니다. 정부가 그들 임원의 연봉을 하향 조정하고 그 인건비만큼의 재원을 하급직으로 돌리면 대다수 국민들의 상대적 박탈감이 줄어드는 것은 물론이려니와 더 많은 일자리가 생길 텐데 그들은 자기들만 잘살면 그만이라는 생각에 풍덩 함몰돼 있다.

그렇다면 그들은 성공을 말할 자격이 없다. 정부와 정치권에서 끊임없이 외쳐대는 일자리 창출. 하지만 그런 일자리가 입으로만 외친다고 저절로 생겨나는 것은 아니다. 정책을 입안하고 집행하는 자들이 시대상황을 제대로 인식할 때 우리 모두가 더불어 사는 사회를 구현할 수 있다.

사실 언론에 보도되는 그들 특권층의 연봉 규모를 보면 그야말로 납득하기 어렵다. 그들이 잘나면 얼마나 잘났고, 일을 하면 얼마나 잘한다고 그렇게 어마어마한 천문학적 연봉을 받아 챙기는지 도저히 이해할 수가 없다.

따라서 우리 사회는 이래저래 공정한 사회가 아니다. 배부른 사람들은 시대상황을 제대로 판단할 수 없다. 정부와 정치권 등 일부 특권층이 배부른 소리나 탱탱 해대는 사이, 그러나 다른 한쪽에서는 아직도 일자리를 얻지 못한 '청년 백수'들이 이를 갈며 신음하고 있다.

따라서 『천수경』 수련으로 내공을 다진 사람은 뭐가 달라도 달라야 한다. 우리는 뭔가를 갖게 되면 갖게 될수록 더 많이 양보할 줄 알아야 한다. 그럴 경우 먹지 않아도 배가 불러지고 삶의 희열이 넘쳐난다. 희열이 넘치면 모든 일이 술술 잘 풀려서 더 큰 성공이 성큼 성큼 다가온다.

085
징징 우는 소리 하지 마라

✻

　『천수경』은 '참회게'부터 시작하여 '참제업장십이존불' '십악참회' '참회진언'에 이르기까지 참회에 큰 비중을 두고 있다. 모든 종교가 그렇듯 어느 누구라도 참회 없이는 죄업을 씻을 수 없다. 『천수경』은 몇 단계의 절절한 참회를 거쳐 이번에는 '정법계진언(淨法界眞言)'으로 들어간다.

　정법계진언(淨法界眞言)
　– 법계를 청정하게 하는 진언
　옴 남
　– 마음을 비웁니다.

　독경할 때 진언 '옴 남'은 세 번 반복해 읽는다. 오늘날 우리 인간 사회가 인간중심이 아닌, 황금제일주의 또는 물질만능주의로 흐르는 것은 대부분의 사람들이 탐·진·치의 포로가 되어 있기 때문이다. 하지만 마음을 비우면 그렇게 홀가분할 수가 없다. 정신건강에도 좋다.
　우리 주위에는 입만 열었다 하면 돈, 돈, 돈……'돈타령'하는 사람들이 부지기수로 많다. 항용 그런 사람들일수록 돈 없어 죽겠다며 징징 우는 소리를 한다. 그렇게 우는 소리 한다고 돈이 들어올까. 천만의 말씀이다. 그렇게 우는 소리를 하면 사람만 추해지고 들어오던 돈도 멀리 달아난다. 그런 사람들은 천박하기 짝이 없다. 그 내면에 탐욕이 가득하기 때문이다.

양반은 물에 빠져도 개헤엄을 치지 않고, 얼어 죽어도 겻불을 쬐지 않는다. 『천수경』 수련으로 내공을 쌓은 사람은 어떤 경우에라도 늠연해야 한다. 옷 입은 거지는 밥을 얻어먹어도 헐벗은 거지는 얻어먹지 못한다. 이는 옷차림의 중요성을 강조한 말이지만, 설령 밥을 빌어먹는 거지 신세라 하더라도 최소한의 체통만은 차려야 한다는 뜻으로 확대 해석할 수 있다.

어떤 시련 앞에서도 의연한 사람은 양반이다. 그런 사람에게는 누군가가 도움의 손길을 내밀지만, 시도 때도 없이 궁상떠는 천박한 사람은 그런 손길조차 기대할 수가 없다. 그런 사람은 도리어 누군가의 얄미움만 사게 마련이다.

고불(古佛) 맹사성(孟思誠) 대감은 고려 말부터 조선 초에 이르기까지 줄곧 관직에 있었다. 특히 세종 때에는 이조판서로 예문관 대제학을 겸하더니 우의정을 거쳐 좌의정에 올랐다. 그 분은 얼마나 청렴하게 살았던지 국록을 받으면 가난한 백성들에게 모두 나눠주고 정작 자신은 빈털터리로 살았다.

고불은 말 대신 소를 타고 다녔다. 얼마나 꾸밈없고 검소했던지 그 분의 행색을 보고 수령이 야유했다는 일화가 전해져 내려온다. 그뿐 아니라 그 분은 햇볕 가리고 비바람 막아야 할 가택조차 제대로 돌보지 않았다. 그리하여 비가 내렸다 하면 지붕 천장에서 빗물이 줄줄 새었다. 그럴 때마다 그는 삿갓을 쓰고 앉아 백성들을 더 염

려했다.

"나는 삿갓이라도 썼지만, 오늘 같은 날 삿갓 없는 백성들은 어떻게 지낼까."

고불은 우리 역사상 대표적인 청백리(淸白吏)로 기록되었다. 모름지기 양반이라면 그 정도 여유는 있어야 한다. 오늘날 장관이네 국회의원이네 뭐네 하는 사람들이 고급 승용차를 타고 기름진 음식을 먹으러 다니는 현실에 비추어 고불의 청렴성은 우리에게 많은 교훈을 던져주고 있다.

왕조시대에 정승 판서를 지낸 인물은 한둘이 아니었다. 그러나 그 인물들이 다 역사에 남은 것은 아니다. 마음을 비우고 깨끗하게 사신 분들만 역사 속에서 빛난다. 추악한 탐욕이 화를 부르는 데 반하여 마음을 비우면 큰 성공이 저절로 따라오게 되어 있다.

086
저질 코미디를 끝내라

✽

'코미디의 황제'로 통했던, 그러나 지금은 고인이 된 어느 불세출의 코미디언이 한때 국회로 진출한 적이 있었다. 그는 임기를 마칠 무렵 '국회에 들어가 코미디 공부 많이 하고 나온다'는 명언을 남겼다. 그 말은 국회와 국회의원을 향한 신랄한 풍자였다.

걸핏하면 고함지르고, 삿대질하고, 멱살잡이하고, 단상점거하고, 떼거리로 뒤엉켜 몸싸움을 벌이는 국회의원. 사태가 이 지경에 이르고 보면 법안과 예산안을 강행 통과시키려는 쪽이나 이를 물리적으로 막으려는 쪽이나 굳이 잘잘못을 따질 필요가 없다. 쌍방이 그렇게 육탄전을 벌이지 않으면 국민들이 당장 굶어죽기라도 한단 말인가.

더욱 우려하지 않을 수 없는 것은 정치인들의 경우 겉 다르고 속 다른 사람들이 많다는 사실이다. 평소에는 자기들끼리 골프다 외유(外遊)다 뭐다 해서 실컷 놀고 과소비를 일삼으면서 언론과 인터뷰를 하거나 카메라를 들이대면 태도를 확 바꾸어 점잔을 빼는 가운데 민생이 어떻고 서민경제가 어떻고 떠들어댄다.

물론 열심히 공부하고 연구하는, 그야말로 의정활동을 성실히 하는 국회의원들이 없는 것은 아니다. 하지만 기업이나 백화점 같은 곳에서 오래 전부터 '고객 감동'을 외쳐온 현실에 비추어 국민에게 감동을 안겨주는 '국민 감동'의 정치인은 찾아보기 힘들다.

국회는 2010년 2월 '대한민국 헌정회 육성법 개정안'을 기분 좋게 가뿐히 통과시켰다. 이 개정안의 골자는 국회의원을 역임한 전직 국회의원 한 사람 한 사람에게 65세부터 죽을 때까지 매달 120만 원씩 지원금을 지급하는 것으로 되어 있다.

알 만한 사람들은 다 알고 있다시피 헌정회 회원은 전직 국회의원들이다. 군대에 갔다 온 예비역 장병들이 재향군인회 회원인 것처럼 국회의원을 역임한 사람들이 곧 헌정회 회원이다. 이 단체는 나라 위해 일한 경험을 썩히지 말고 뭔가 국가와 국민을 위해 일해보자는 취지로 1968년에 만들어졌다.

정부는 그동안에도 헌정회의 운영비를 지원해 주었고, 헌정회는 이 비용의 일부를 매월 회원들에게 지급해 왔다. 말하자면 연금 형식의 지원금이었다. 하지만 이에 대한 법적 근거가 없기 때문에 이를 법적으로 뒷받침하기 위해 국회가 지난해 2월 관련 법률을 개정한 것이다.

아무튼 이 법률 개정안에 관한 한 여야의 구분이 없었다. 이 개정안을 의결할 때에는 여야가 한통속으로 짝짜꿍이 되었다. 이 개정안에 참여한 국회의원은 총 191명으로, 이 가운데 반대 2명, 기권 2명을 제외한 187명이 찬성표를 던졌다.

자기들부터 장차 죽을 때까지 매달 '종신연금'을 받게 될 법안이니만큼 기를 쓰고 반대할 사람이 없었다. 충분한 토론도 없었다. 그러니까 여야가 묵시적으로 합작한 날치기 통과인 셈이었다. 양심이고 뭐고 속이 훤히 들여다보이는 작태였다. 말하자면 여당과 야당의 '짜고 치는 고스톱'에 헌정회가 슬슬 '광(光)'이나 파는 가운데 애꿎은 우리 국민들은 자동적으로 '봉'이 되었다.

그래도 이 법률 개정안에 반대한 국회의원이 2명, 기권한 의원이 2명 있었다는 것은 불행 중 다행이다. 특히 반대표를 던진 2명의 의원에게 찬사를 보내지 않을 수 없다. 반대표를 던진 의원은 창조한국당 이용경 의원과 진보신당 조승수 의원, 기권한 의원은 한나라당 장해걸 의원과 민주당 최영희 의원으로 알려졌다.

한편, 이 법률 개정안이 통과됨으로써 임기에 관계없이 단 하루만이라도 국회의원 신분을 가졌던 사람, 심지어 국회의원 재임기간 중 금고 이상의 유죄 확정판결을 받은 전과자, 징계위에서 제명된 사람까지도 도매금으로 싸잡아 월 120만 원의 연금을 수령하게 되었다. 한마디로 말해서 어이가 없다.

그런 사람들이 국민을 걱정하고 민생을 걱정한다는 것은 헛소리에 지나지 않는다. 정부와 정치권은 그 따위 너절한 저질 코미디를 끝내야 한다. '국민 감동'까지는 아니라 해도 좀 더 맑고 깨끗한 정치가 그립다.

087
국민들은 뿔난다

✻

정부는 대한민국 건국에 기여한 독립유공자와 그 가족, 6·25 참전 국가유공자에게 약간의 보조금을 지원하고 있다. 6·25 참전용사인 T노인의 경우 이 보조금 명목으로 본래 월 5만 원씩 받아왔으나 지난 10여 년 동안 감질나게 찔끔찔끔 4만 원이 인상되어 2010년 현재 9만 원을 수령했다. 여기에 지방자치단체에서 주는 5만 원을 더해 총액 14만 원을 받았다.

그런데 T노인의 입장에서 볼 때 국회의원을 역임했다고 무조건 연금 형식의 지원금을 평생 받는다는 것은 도저히 이해할 수가 없다. 본래 국민 알기를 장기판의 '졸(卒)'로 아는 정부와 정치권에는 기대하고 자시고 할 것도 없지만, 여야 국회의원들이 한통속으로 똘똘 뭉쳐 그런 개정안을 거의 만장일치로 통과시킨 데에는 부글부글 끓어오르는 분노를 금할 길 없었다.

공무원·군인·경찰·교원 등은 복무기간 중 20년 이상 일정금액을 적립해야 퇴직 후 연금 수령 대상자가 된다. 국민연금도 다를 바 없다. 연금의 종류에 따라 적립금액과 그 금액을 불입해야 할 기간이 엄격하게 정해져 있다. 예컨대 노령연금의 경우 적립금액 완납은 물론이고 해당기간을 충족시킨 다음 법률로 정한 노령이 되었을 때 비로소 연금 혜택을 받을 수 있는 것이다.

현재 공무원연금, 군인연금 등 각 연금관리공단은 만성적인 적자로 재원 고갈에 심각한 위기를 맞고 있다. 이에 따라 '연금 더 내고 덜 받자'는 논의가 탄력을 받아 연금 수령시기를 60세에서 65세로 늦추고 연금 지급액도 종전의 70%에서 60%로 내리는 등 가입자의 간단없는 저항 속에 각종 자구노력을 기울이고 있다.

그렇건만 국회는 국민정서에 반하는, 시대상황에 역행하는 실로 어처구니없는 짓을 하고 있다. 그들이야말로 염불에는 마음이 없고 잿밥에만 눈독을 들이는 것일까, 아무튼 국회는 국민의 고통을 덜어주는 것이 아니라 도리어 국민의 고통을 가중시키고 있다. 그런 국회를 보면서 T노인으로서는 혀를 내두를 수밖에 없었다.

국회의원들은 현역으로 있는 동안 각종 특혜를 받는다. 의전은 차관급으로 예우 받고 불체포 면책특권, 철도·선박·항공 등 교통기관 무료, 항공기 일등석 이용에다 후원회 조직을 통해 매년 1억 5천만 원까지 정치자금을 끌어 모을 수 있다.

그 반면, 그들은 임기 중 헌정회에 연금 적립금을 불입하는 것도 아니며 다른 연금 수령자들에게 요구되는 기나긴 연한을 꽉 채우는 것도 아니다. 그럼에도 불구하고 그들이 진지한 토론 절차 없이, 즉 국민적 공감대 형성을 생략한 채 문제의 '대한민국 헌정회 육성법' 개정안을 기분 좋게 가뿐히 통과시켰다는 것은 나랏돈으로 자기들 잇속이나 챙기자는 치사한 꼼수가 아니고 무엇인가.

정치권에서 기껏 한다는 짓이 그 모양 그 꼴이니까 '국민에게는 배신'이라는 지적이 설득력을 얻는다. 한마디로 말해서 그들은 성공한 사람이 못 된다. 그런 사람들이 입만 열었다 하면 '국민통합'과 '국격 향상'을 외치고 있으니 푸줏간에 내걸린 소대가리가 히죽히

죽 웃을 일이다.

　그들에게 엄중 경고한다. T노인처럼 선량한 국민들을 더 이상 뿔나게 하지 말라. 하늘이 보고 땅이 보는 대명천지에 그런 못된 짓을 하면 언젠가는 반드시 매서운 철퇴를 맞게 되어 있다. 우리 민초들도 크게 각성하여 두 눈 부릅뜨고 그처럼 음험한 사람들에게는 두 번 다시 표를 찍어주지 말아야 한다. 아니, 그런 치졸한 사람들과는 함께 놀지도 말아야 한다. 자칫 그런 사람들과 어울려 놀다가 오지랖에 흙탕물이 튈까 두렵기 때문이다.

088
몸을 보호하라

✳

건강은 건강할 때 챙기라는 말이 있다. 이는 진리 중의 진리가 아닐 수 없다. 건강을 잃기는 쉽다. 하지만 한 번 잃은 건강을 되찾기는 쉽지 않다. 따라서 항상 건강을 잘 돌보아야 한다.

과음과 과식은 금물이다. 매일 술을 퍼마시면 몸이 제대로 견딜 수 없다. 아무리 건강한 체질이라도 술 앞에는 장사가 없다. 계속 과음할 경우 몸은 망가지게 마련이다. 과식 또한 좋은 것이 아니다. 입맛 당긴다고 마구 먹어대면 디룩디룩 살이 쪄서 나중에는 큰 병을 불러들이게 된다.

그 대신 적당한 운동은 건강을 지켜주는 보약 중의 보약이라 말할 수 있다. 예컨대 아침 일찍 일어나 동네를 한 바퀴 돌거나 마당이면 마당, 아파트 거실이면 거실에서 기구운동을 하는 것도 바람직하다. 그것도 하기 어려우면 가벼운 맨손체조라도 할 수 있지 않을까.

그럼에도 불구하고 현대인들은 운동을 하기가 쉽지 않다. 늘 시간에 쫓기기 때문이다. 학생들은 학생들대로, 직장인은 직장인들대로, 사업하는 사람들은 사업하는 사람들대로 항상 시간이 부족해서 헐떡거린다. 그렇게 하지 않으면 경쟁에서 살아남을 수 없기 때문이다.

사실 우리 사회는 과당경쟁 또는 과열경쟁 사회라 해도 과언이 아니다. 경쟁이 너무 치열하다. 그런데도 정부와 정치권은 입만 열었다 하면 '삶의 질' 어쩌구 저쩌구 헛소리를 늘어놓는다. 불행하게도 우리에게는 그럴 여유가 없다. 빨리빨리, 싸게싸게 '속도전'에 익숙한, 그렇게 밀어붙이지 않으면 살아남을 수 없는 시스템으로 말미암아 깊은 사색의 시간을 갖거나 여가시간을 즐길 겨를이 없는 것이다.

그래서 우리의 삶에는 스트레스가 넘쳐난다. 고위직에 앉아 띵까띵까 배부른 소리나 늘어놓는 사람들은 어떨지 몰라도 서민대중은 말 못할 스트레스에 시달리고 있다. 스트레스는 만병의 근원이다. 그래서 30대, 40대의 청장년층이 퍽퍽 쓰러진다. 한창 일할 나이에 쓰러진다는 것은 여간 불행한 일이 아니다.

호신진언(護身眞言)
– 몸을 보호하는 진언
옴 치림
– 행복과 평화를 주시옵소서.

'호신진언'은 문자 그대로 몸을 보호하는 진언이다. 독경 때 진언 '옴 치림'은 세 번 반복해 읽는다. 자기 몸의 건강상태는 자기 자신이 가장 잘 안다. 우리 몸은 아주 신묘해서 조금이라도 이상이 생기면 적신호가 들어오게 되어 있다. 따라서 자기 몸은 자기가 보호하지 않으면 안 된다. 건강은 성공의 전제조건이다. 건강을 잃으면 성공이고 뭐고 모든 것을 다 잃기 때문이다.

089
본심을 지켜라

✳

　사귀면 사귈수록 더 정감 가는 사람이 있고, 만나면 만날수록 피곤한 사람이 있다. 심지어 만날 때마다 정나미가 뚝뚝 떨어져서 두 번 다시 만나고 싶지 않은 사람도 있다. 그런가 하면 아예 평생 상대하고 싶지 않은 사람도 있다.

　오래오래 사귀고 싶은 사람은 본심을 잃지 않는, 더 나아가 본심을 더 심화시키는 사람이다. 그 반면, 이랬다저랬다 요랬다조랬다 방정맞게 수시로 마음을 바꾸는 사람은 별로 만나고 싶지 않다. 특히 변덕이 죽 끓듯 하는 사람 앞에서는 어느 장단에 춤을 추어야 할지 혼란스럽기만 하다.

　본래 간장·된장·고추장 같은 장류(醬類)와 와인·위스키 같은 주류(酒類) 등 발효식품은 오래오래 잘 숙성될수록 고급스런 참맛이 우러난다. 사람도 이와 같다. 착한 사람은 초지일관 본심을 잃지 않는다. 세월이 흐를수록 그 좋은 본심을 심화시킴으로써 성공을 이뤄낸다.

　하지만 까불까불 자발머리없는 사람은 시시각각 마음을 바꾸어 어쩌다 찾아온 행운까지 제 발로 걷어찬다. 더욱이 얄팍한, 제대로 성숙되지 못한 사람은 누군가를 이용해 먹으려다 속내만 드러내 보이고 '위험인물'로 찍힌다.

관세음보살본심미묘육자대명왕진언 (觀世音菩薩本心微妙六字大明王眞言)

– 관세음보살의 미묘한 본심이 담긴 여섯 글자로 된 크고 밝은 왕 같은 진언

옴 마니 반메 훔

– 처음부터 끝까지 여의주 같고 연꽃 같은 청정한 보살님이시여.

관세음보살의 본심은 무엇일까. 그것은 영원히 변치 않는 무한한 자비라고 말할 수 있다. 중생을 제도코자 하는 마음이 곧 관세음보살의 본심이라고 보면 된다. 따라서 여섯 글자, 즉 '옴 마니 반메 훔'은 관세음보살의 본심을 나타낸 크고 밝은 왕 같은 진언이 아닐 수 없다. 독경할 때 이 여섯 글자 '옴 마니 반메훔'을 세 번 반복해 읽는다.

본심을 지키는, 아니 본심을 더욱 심화시키는 사람이 진짜 훌륭한 사람이다. 본심의 대척점에 변심이 있다. 초심과 본심은 상통하는 말이다. 그 반면, 변심과 배신은 이웃사촌과 같다. 마음이 변하면 배신을 낳을 수 있다.

사실은 이혼 등 가정파탄도 변심에서 비롯된다. 사랑할 때, 그리하여 결혼을 굳게 약속할 때의 그 본심을 잃으면 이혼이라는 선택을 할 수밖에 없다. 어느 쪽이 먼저 변심했느냐 하는 것은 별개의 문제이고, 어느 일방 또는 쌍방 모두 변심했을 때 파탄이 일어난다. 처음에는 생사고락을 함께하기로 맹세했던 동업자들이 죽일 놈 살릴 놈 욕설을 퍼부으면서 갈라서서 원수 척을 지는 것도 변심에서 비롯된다.

마음이 흔들릴 때는 초심으로 돌아가라. 그러면 본심을 만날 수 있고, 그 본심을 잘 지켜야 성공한다. 그 반면, 아침저녁으로 변심하는 사람은 '왕따' 신세를 면치 못할 것이다.

090
특채와 특혜와 권력이 대물림되고 있다

✳

승자독식의 족벌정치와 특채와 특혜와 권력의 세습은 북한, 즉 조선민주주의인민공화국에만 있는 것이 아니다. 일찍이 민주화를 이룩한 우리 사회에도 버젓이 특채와 특혜와 권력이 대물림되고 있다. 우리 사회의 승자는 당연히 기득권 계층이다. 그 반면, 패자는 한 번도 승자의 반열에 들지 못한 서러운 사람들이다.

본래 가진 자의 아들딸들은 더 많은 돈과 시간을 들여 좋은 학교에 갈 수 있다. 하지만 손에 쥔 것이 없는 가난뱅이 자제들은 개뿔이나 정규교육조차 제대로 받기 어렵다. 좋은 학교에서 여유만만하게 공부한 사람과 밑바닥 박박 기며 정규교육도 못 받은 사람이 경쟁을 벌인다면 그 결과는 '뻔할 뻔' 자가 아닐 수 없다.

더군다나 '빽' 있는 사람과 빽 없는 사람의 경쟁은 물어볼 필요도 없다. 그래서 승자독식이 생겨나고, 그 연장선상에서 특채와 특혜와 권력의 세습이 되풀이된다. 이 과정에서 못 배우고 빽 없는 사람은 노상 맨땅에 박치기하다가 머리가 깨져 나가떨어질 수밖에 없다.

얼마 전 외교통상부가 Z장관의 딸을 5급 통상계약직으로 특채했다. Z장관은 그 직위를 이용하여 직계가족을 외교통상부로 불러들였다. 그는 어쩌면 외교통상부를 정부기관이 아닌, 그 자신이 설립한 개인회사 '족벌통상부' 로 착각했는지도 모를 일이다.

이때 외교통상부 관계자들은 딱 한 사람, 즉 현직 장관의 딸을 족집게처럼 꼭 집어 선발하기 위해 멀쩡한 규정을 '뭐 꼴리는 대로' 뜯어고쳤다. 그러니까 그들에게는 규정이고 나발이고 '엿장수 맘대로' 였다. 그들은 규정에 합당한 사람을 선발하기 위해 규정을 적용한 것이 아니라 장관의 딸을 특채하기 위해 규정을 뜯어고쳤다.

그 규정은 철저히 딸의 스펙에 초점이 맞추어졌다. 스펙이란 직장을 구하는 사람들 사이에서 학력·학점·토익 점수 따위를 아우르는 말이다. 위인설관(爲人設官)이 따로 없었다. 외교통상부는 장관 딸을 위해 관련규정을 '맞춤형' 으로 개정했다.

그건 '짜고 치는 고스톱' 보다 훨씬 더 심한, 이를테면 아예 화투장에 일일이 암호표시를 해놓고 치는 야바위꾼 수준이었다. 이 같은 비유가 적절치 않다면 특정인에게만 시험문제를 미리 보여준 뒤 멋모르고 덤벼드는 경쟁자들을 불러 모아 경쟁 아닌 경쟁, 시험 아닌 시험을 치르게 한 형국이었다.

특히 면접관 5명 중 2명이 외교통상부 간부였다. 그들은 장관 딸에게 높은 점수를 주었다. 그렇게 해서 장관 딸은 다른 응시자들을 여유 있게 따돌리고 '당당히' 합격했다. 그들은 이처럼 후안무치한 짓을 자행했다.

그런 내막도 모르고 외교통상부 특채시험에 응시한 사람들은 무엇인가. 그들은 결과적으로 외교통상부에 철저히 농락당한 들러리가 되고 말았다. 그들은 과연 무엇으로 어떻게 보상받아야 할 것인가. 젠장, 세상에 어찌 이런 일이 있을 수 있는가. 때마침 정부가 이른바 '공정한 사회' 를 외치고 나온 직후여서 그 파장이 더욱 컸다.

국내외 언론은 물론이려니와 누리꾼 등 뜻있는 국민들이 벌떼처럼 들고 일어나 인터넷, 트위터 등 모든 매체를 통해 소나기 같은 비난의 화살을 퍼부었다. 어떤 누리꾼은 우리 사회를 '공정한 사회' 가 아니라 '굉장한 사회' 라고 꼬집었다.

아무튼 Z장관은 묵사발이 되도록 여론의 뭇매를 얻어맞은 뒤 사직했다. 문제의 딸도 망신을 당할 만큼 당했다. 그들 부녀는 상식을 크게 벗어난 특혜를 누리려다가 보기 좋게 동반 공멸했다. 당연한 귀결이었다.

하지만 그 여파는 거기에서 끝나지 않았다. 국민들의 여론은 외교통상부 전체로 불똥이 튀었고, 국회에까지 비화되어 정치쟁점으로 확산되었다. 이와 함께 언론은 연일 객관성·도덕성·공정성을 저버린 Z장관의 처사를 맹렬히 비판했다. 이로써 Z장관은 성공으로부터 영영 멀어져 갔다.

091
민심은 천심이다

✳

외교통상부 Z장관 딸 특채 문제가 언론에 불거졌을 때 관계자들은 적당히 발뺌하려 획책했다. 이때 외교통상부는 '법에 따라 선발시험을 공정하게 치렀다'고 밝혔다. 이와 함께 '채점자는 서류·면접 심사과정에서 응시자가 장관의 딸인지 알 수 없게 돼 있다'고 덧붙였다.

하지만 Z장관의 딸은 부친이 차관으로 재임하던 2006년에도 이번과 비슷한 계약직에 특채돼 3년 동안 외교통상부에 근무한 적이 있었다. 그러다가 출산을 위해 퇴직했고, 이번에 다시 외교통상부로 돌아오기 위해 형식적인 특채절차를 밟은 것이었다. 그런데도 채점자가 장관의 딸인지 몰랐다는 것은 상식적으로 도저히 이해할 수가 없지 않은가.

이와 관련, 물의의 당사자인 Z장관은 특혜 의혹에 대해 '장관의 딸이니까 오히려 더 공정하게 심사하지 않았겠느냐'고 반문했다. 이는 '응시자가 장관의 딸인지 알 수 없게 돼 있다'던 외교통상부 관계자의 말을 정면으로 뒤집는 결정적 '증언'이었다. 그러니까 Z장관의 이 말 한마디로써 외교통상부 관계자의 말이 움직일 수 없는 새빨간 거짓말로 입증된 것이다.

아무튼 외교통상부는 이 문제가 들통 난 이후 미봉책으로 버티려 했다. 하지만 성난 민심을 잠재우기에는 역부족이었다. 이 파문이 점점 일파만파로 확산되자 Z장관은 '아버지가 수장으로 있는 조직에 딸이 채용되는 것이 특혜 의혹을 야기할 수 있다는 점을 간과한 데 대해 송구스럽게 생각한다'고 사과했다. 버티는 데까지 버티려다 국민들의 비판여론이 빗발치자 슬그머니 꼬리를 내리고 백기를 든 것이었다.

참으로 염치없는 사람들이다. 하기야 염치없는 사람들이니까 그런 짓을 했지, 염치의 '염' 자라도 아는 사람이라면 차마 그 따위 낯 간지러운, 속이 훤히 들여다보이는 행위는 하지 않았을 것이다.

Z장관의 처신은 빙공영사(憑公營私)의 전형이었다. 빙공영사란 '공적인 것을 빙자하여 사적인 이득을 꾀한다'는 뜻이다. 두말할 나위도 없이 Z장관은 특채 관련 규정, 특채시험 결과의 최고 결재권자였다. 이때 그는 자기 딸이 최종 합격자로 확정되어 올라온 서류를 보고 어떤 소회를 가졌을 것인가.

그런데 더욱 놀라운 것은 문제의 Z장관이 다른 사람도 아닌 외교통상부의 수장이었다는 사실이다. 그런 사람이 국격 향상을 외치면서 세계무대에 나가 활보하고, 우리나라의 모든 외교관을 지휘했다니 이만저만 실망스러운 것이 아니다. 그가 우리나라 외교통상의 주무장관이었기 때문에 국제적으로 우리나라의 체통이 크게 깎였다. 요컨대 그의 부적절한 처신은 '국제 망신'의 표본이었다. 그래서 정부와 정치권을 향한 날카로운 비판, 즉 '외교에는 망신'이라는 지적이 더욱 공감을 불러일으킨다.

자고로 민심은 천심이다. 민심을 거스르면 어느 누구라도 다치게 되어 있다. Z장관처럼 공직을 빙자하여 개인의 이익을 도모하는 사

람이 요직을 차지하고, 철학도 소신도 비전도 역사의식도 대의명분
도 없는 권력이 치졸한 농간을 부릴 경우 민심은 언제든지 등을 돌
리게 마련이다. 등 돌린 민심 앞에 온전히 살아남을 권력은 없다.

한편, Z장관 입장에서 본다면 어쩌다 '재수 없게' 걸려들었다고
생각할 수도 있다. 그 자신 차관 시절에도 문제의 딸을 특채한 전력
이 있을 뿐만 아니라, 다른 부처에서도 그런 특채가 얼마든지 관행
처럼 이루어진다고 인식한다면 그의 추락은 '재수 없는' 경우에 머
무를 수도 있다. 달리 말하자면 Z장관의 경우야말로 빙산의 일각일
수도 있다는 뜻이다.

아니나 다를까, 행정안전부 감사 결과 외교통상부의 특채에는 많
은 문제가 있었던 것으로 드러났다. 그렇다면 다른 부처라고 해서
전부 온전할 것인가. 설령 외교통상부를 제외한 모든 부처의 경우
공무원 특채에 하등 문제가 없었다 해도 그걸 가감 없이 믿어줄 국
민은 흔치 않다.

아무튼 Z장관은 결코 성공한 사람이 못된다. 한때 차관을 거쳐 장
관을 지낸 것은 사실이지만, 그럼에도 불구하고 그는 영원히 지탄의
대상으로 남게 되었다. 이미 언론에 보도된 그 기사만 하더라도 그
에게는 씻을 수 없는 치욕의 기록으로 전해질 것이다.

092
소문난 잔치에 먹을 것 없다

본래 빈 수레가 요란하다. 짐을 실으면 수레가 그 무게를 받아 조용히 굴러가지만 아무것도 싣지 않은 수레는 덜컹덜컹 왈각왈각 여간 요란한 것이 아니다. 소문난 잔치에는 먹을 것이 없다. 똥 누는 소리 요란하면 똥개 먹을 것이 없다.

예나 지금이나 잘난 체 하는 사람 치고 잘난 사람 없고, 똑똑한 체 하는 사람 치고 똑똑한 사람 없다. 그럼에도 불구하고 전면에 나서서 까불까불 나불나불 촐랑촐랑 잘난 체, 똑똑한 체 하는 것은 그 자신 빈 수레나 소문난 잔치처럼 실속이 없다는 결정적 증거가 아니고 무엇일까. 달리 말하자면 자기 자신이 함량미달임을 대중 앞에 입증해 보이는 것이다.

정작 잘난 사람은 잘난 체를 하지 않는다. 사람 자체만으로도 이미 잘났기 때문이다. 똑똑한 사람은 똑똑한 체를 하지 않는다. 사람 자체만으로도 똑똑하기 때문이다.

잘난 사람, 똑똑한 사람은 굳이 전면에 나서지 않아도 기품과 위엄이 있다. 하지만 전면에 나서서 나불대는 사람 치고 경망스럽지 않은 사람이 없다. 그런 사람은 성공할 수 없다.

246

준제진언(准提眞言)

– 준제보살의 진언

나무 사다남 삼먁삼못다 구치남 다냐타 옴 자례주례 준제 사바하 부림

– 천만억의 정각(正覺)을 이루신 부처님께 귀의합니다. 원만히 성취케
해주시옵소서.

아금지송대준제(我今持誦大准提)

– 제가 지금 대준제 진언을 외워서 지녔으니

즉발보리광대원(卽發菩提廣大願)

– 곧바로 깨달음에 이르는 큰 원을 일으켜 주시옵고

원아정혜속원명(願我定慧速圓明)

– 원하옵긴대 제가 지혜를 얻어 속히 둥글고 밝아지게 해주시오며

원아공덕개성취(願我功德皆成就)

– 원하옵건대 제가 공덕을 모두 성취케 해주시옵고

원아승복변장엄(願我勝福遍莊嚴)

– 원하옵건대 제가 이룬 수승한 복으로 장엄케 하며

원공중생성불도(願共衆生成佛道)

– 원컨대 모든 중생이 부처를 이루게 해주시옵소서.

'준제진언'은 준제보살의 진언이다. 준제보살은 인간세계를 교화
하는 보살인데, 독경할 때 진언 '나무 사다남 삼먁삼못다 구치남 다
냐타 옴 자례주례 준제 사바하 부림'을 세 번 반복해 읽는다.

듬직한, 무게 있는, 기품 있는, 위엄 있는 사람이 성공한다. 『천수
경』을 통해 내공을 쌓은 당신은 중후한 인품으로 꼭 성공하리라 믿
어 의심치 않는다.

093
'똥돼지'는 가라

✳

'빽' 없는, 그래서 빽에 한 맺힌 사람은 죽을 때에도 '빽!' 하고 죽는다. 우리 사회에서 이 빽은 오랜 세월 최대의 해악이 되어왔다. 빽에 살고 빽에 죽는 사회. 공직사회의 도덕성이 땅에 떨어지면 떨어질수록 빽이 기승을 부릴 수밖에 없다.

끗발 없는 민초들은 어쩌란 말인가. 빽 없어 취직 못한 자녀들이 부모를 원망하기 시작하면 부모는 벼랑으로 내몰릴 수밖에 없다. 도대체 빽이 사회적 문제로 대두된 것이 언제인가. 왕년의 자유당 정권 이래로 빽이 국민들의 원성을 키워 비판의 도마 위에 올랐지만, 60여 년이 지난 아직까지도 빽이 낮도깨비처럼 횡행하고 있으니 그저 한심하고 분통 터질 노릇이다.

최근 '똥돼지'라는 단어가 사이버 공간에서 검색순위 상위에 랭크되었다. 똥돼지란 제주도 지역에 자생해온 재래돼지의 일종이다. 그런데 최근에는 소위 빽으로 정부기관과 공기업과 대기업에 특혜 채용된 고위공직자 자녀를 일컫는 말로 통한다. 어떤 기업의 경우 이런 특채 인사가 너무 많아 전담부서까지 두었고, 그 부서에 근무하는 인사 담당자들 사이에서 특혜 채용 대상자를 일컬어 똥돼지라는 은어를 쓰기 시작했다고 한다.

특히 외교통상부 Z장관의 딸 특채 사건 이후 이 똥돼지 문제가 인터넷을 뜨겁게 달구었다. 그 중에는 음서제(蔭敍制)의 부활이라는 주장도 나왔다. 음서제란 고려와 조선시대에 관리의 친족 및 처족을 관직에 임용하던 제도를 말한다. 이렇게 선발된 관료들은 당상관 이상의 직책과 청요직(淸要職)에는 오르지 못했으나 문벌의 영향력에 따라 청요직과 그 이상의 고위직까지 올라가기도 했다.

이런 특혜가 민주사회의 대명천지에 어엿이 망령처럼 되살아나 세칭 똥돼지들이 우리 사회의 근간을 흔들고 있다. 특히 개인기업과 달리 국민 세금으로 임금을 주는 공직에 앉힌다는 것은 있을 수 없는 일이다. 그건 국가기관을 족벌기업으로 여기고 국민 세금을 부당하게 가로채는 일종의 범죄행위라고 말할 수 있다.

현재 우리나라의 청년실업 문제는 심각한 국면을 맞고 있다. 그렇건만 부모의 신분에 따라 그 자녀들의 사회적 신분까지 좌우된다면 이는 현대판 골품제(骨品制)가 아닐 수 없다. 골품제란 신라 때 혈통에 따라 나눈 신분 제도로서, 왕족은 성골(聖骨)과 진골(眞骨), 귀족은 육두품·오두품·사두품, 평민은 삼두품·이두품·일두품으로 차등을 두었다.

사실 우리 같은 서민들 사이에서는 아들딸들에게까지 자리를 챙겨주는 고위공직자들의 끝없는 욕심에 분노가 들끓고 있다. 부모가 고위공직자이면 성골, 고위공직자의 친인척이면 진골, 고위공직자와 아는 사람이면 육두품부터 사등품, 고위공직자와 아무런 연고도 없는 사람이면 삼두품 이하 평민이란 말인가.

제발 똥돼지는 가라. 젠장, 똥돼지들이 득실득실 들끓는 한 서민들은 발 들이밀 틈이 없다. 그 대신 똥돼지들이 사라져야 우리 같은 서민들의 자녀에게도 기회가 주어질 것 아닌가. 정부와 정치권은 입으로만 '공정한 사회'를 외칠 것이 아니라 이런 불법·불합리·불평등·부조리부터 바로잡아야 한다.

그런 것이 시정되지 않고서는 국격 향상이니 선진국 진입이니 그런 말을 외쳐봤자 공감할 사람이 아무도 없다. 아니, 자칫 잘못하면 성난 민심이 세상을 확 뒤집어엎을 수도 있다. 정부와 정치권, 고위 공직자들은 정말 정신 바짝 차리지 않으면 안 된다.

설령 그런 민심의 이반이 아니라 해도 죄는 지은 데로 가고 공은 닦은 데로 간다. 똥돼지와 그 부모들은 힘없는 민초들의 기회를 강탈함으로써 분명 형언하기 어려운 죄를 짓고 있다. 그러므로 언젠가는 그들에게도 피눈물 나는 날이 있을 것이고, 설령 그들이 살아생전 부귀영화를 누린다 해도 죽은 뒤에는 반드시 지옥에 떨어질 것이다.

따라서 『천수경』에 심취한 우리는 참는 데까지 참아야 한다. 참는 자에게 큰 복이 온다. '참을 인(忍)' 자가 셋이면 살인도 면한다. 참고 견디면 우리에게 큰 복이 들어오고, 후손들 중에서라도 누군가는 특출한 인물이 나타나 마침내 장쾌한 성공을 이루어낼 날이 있을 것이다.

094
바보는 자기가 바보라는 사실을 모른다

✳

바보는 자기가 바보라는 사실을 전혀 알지 못한다. 만약 바보가 자기 자신이야말로 바보라는 사실을 알게 된다면 그때는 이미 바보에서 벗어난 단계라고 말할 수 있다. 그런데도 이 세상에는 바보 같은 사람들이 부지기수로 많다. 예컨대 자기 혼자 모든 일을 다 할 수 있다고 착각하는 어리석은 사람들이 그들이다.

천만의 말씀이다. 사람이 만물의 영장임에는 틀림없지만, 그럼에도 불구하고 혼자서는 아무것도 할 수 없는 존재임을 알아야 한다. 가령 아무도 없는 사막이나 망망대해에서 혼자 무슨 일을 어떻게 할 것인가. 공부를 할 것인가, 취직을 할 것인가, 사업을 할 것인가, 정치를 할 것인가…….

하기야 그런 곳에서는 저 혼자 1등도 할 수 있고, 사장도 할 수 있고, 대통령도 할 수 있고, 무엇이든 제 맘대로 다 할 수 있다. 하지만 생명 자체를 보전할 수가 없다. 인간의 존립이 불가능하다. 그런 곳에서는 잘해야 겨우 며칠 견디다가 죽을 수밖에 없다.

따라서 인간은 숙명적으로 누군가에게 의지하고 서로 협조하면서 살게 되어 있다. 그래서 종교가 소중하다. 종교를 가진 사람은 일단 자기보다 훨씬 높은, 그리하여 자기를 도와주고 보살펴주시는 부처님, 인간을 구원해 주시는 하느님이 계시다고 믿는다. 달리 말하자면 종교를 가진 사람의 경우 자기가 최고라고는 생각하지 않는다는 뜻이다.

『천수경』은 '호신진언' '관세음보살본심미묘육자대명왕진언' '준제진언'을 거쳐 '여래십대발원문(如來十大發願文)'으로 이어진다. 이 '여래십대발원문'은 부처님께 올리는 열 가지 큰 발원문이다. 모든 일이 인간 혼자만의 힘으로는 안 되기에 부처님을 향해 이처럼 간절한 발원을 올리는 것이다.

여래십대발원문(如來十大發願文)
- 부처님께 올리는 열 가지 큰 발원문
원아영리삼악도(願我永離三惡道)
- 원하옵건대 제가 영원히 삼악도에서 떠나게 해주시고
원아속단탐진치(願我速斷貪瞋癡)
- 원하옵건대 제가 속히 탐·진·치를 끊게 해주시며
원아상문불법승(願我常聞佛法僧)
- 원하옵건대 제가 항상 불·법·승의 말씀을 듣게 해주시고
원아근수계정혜(願我勤修戒定慧)
- 원하옵건대 제가 부지런히 계·정·혜를 닦게 해주시며
원아항수제불학(願我恒隨諸佛學)
- 원하옵건대 제가 항상 부처님의 모든 가르침을 따르게 해주시고
원아불퇴보리심(願我不退菩提心)
- 원하옵건대 제가 깨달음을 구하는 마음에서 물러서지 않게 해주시며
원아결정생안양(願我決定生安養)
- 원하옵건대 제가 반드시 안양한 곳에 살 수 있도록 해주시고

원아속견아미타(願我俗見阿彌陀)

— 원하옵건대 제가 속히 아미타 부처님을 뵈올 수 있도록 해주시며

원아분신변진찰(願我分身遍塵刹)

— 원하옵건대 제 몸이 티끌처럼 나누어지게 해주시어

원아광도제중생(願我廣度諸衆生)

— 원하옵건대 제가 이 세상의 모든 중생을 제도할 수 있도록 도와주
시옵소서.

바보가 되지 않으려면 먼저 남을 인정해야 한다. 그래야 상대방도
이쪽을 인정하게 되고, 그럼으로 해서 성공의 기초를 다질 수 있다.
혼자서는 아무것도 할 수 없다는 이 극명한 사실을 깨달은 사람만이
성공한다. 그것조차 모르면서 성공을 기대한다는 것은 바보나 할 짓
이다. 당신은 『천수경』 수련을 통해 이미 성공기초를 확실하게 다져
졌고, 이제는 그 위에 성공의 탑을 쌓는 일만 남아 있다.

095
열정과 적극성을 가져라

✳

승리, 승리, 또 승리……. 2002년 제17회 월드컵축구대회에서 태극전사들이 연전연승 승리의 행진을 이어가는 동안 거리는 온통 붉은 티셔츠 일색이었다. 누가 시킨 것도 아니련만 우리 국민들은 전원 붉은악마가 되어 거리마다 인산인해를 이루었다.

어디에서 나타났는지 벽안(碧眼)의 외국인들까지도 꽹과리와 북을 두들겨대는 붉은악마들과 합세하여 열심히 태극기를 흔들었다. 거리의 자동차들은 '대~한민국' 리듬에 맞추어 빵~빵빵빵 축포 같은 경적을 울리면서 거리를 질주하고……. 밤이 깊을 때까지 태극기의 물결 속에 붉은악마와 거리응원단의 함성이 계속 지축을 흔들었다.

아무튼 붉은악마를 주축으로 한 거리응원단의 열띤 응원은 응원 문화의 새로운 모델을 제시했을 뿐만 아니라 전 세계에 우리 한국인의 응집력을 유감없이 과시하였다. 더욱이 한국 대표팀의 선전이 계속될수록 거리응원단이 젊은이 중심에서 남녀노소 모든 계층으로 확대되는 가운데 그 수도 기하급수적으로 늘어났다.

한 통계에 따르면, 거리응원에 나선 시민 수는 52만(대 폴란드전)→77만(대 미국전)→278만(대 포르투갈전)→350만(대 이탈리아전)→500만

(대 스페인전)→644만(대 독일전)→430만(대 터키전)으로 나타났다. 4강 진입을 놓고 격돌했던 대 독일전보다 마지막 대 터키전에서 인원이 줄어든 것은 이 경기에서 지더라도 최소한 4위가 확보된 3,4위 결정전이기 때문이었다.

이와 함께 더욱 놀라운 사실은 거리응원단이 보여준 질서의식이었다. 전국 주요 도시의 거리마다 수만에서 수십만의 응원단이 열광했건만 우리 시민들은 자율적으로 질서를 유지했다. 그뿐 아니라 그들이 떠난 그 뒷자리까지 언제나 깨끗했다.

우리 국민은 이 월드컵축구대회를 통해 스스로 성숙된 시민의식을 재확인하는 한편 모처럼 국민통합을 실현하였다. 입으로만 국민통합을 외치는 정치권이 아닌, 일부 지배계층이 아닌, 일반 시민들의 자발적인 노력으로 빛나는 국민통합이 이루어진 것이었다. 강대국의 논리만이 곧 정의로 통하는 이 살벌하기 짝이 없는 세계무대에서 우리 한국인이 우뚝 치솟아 제 목소리를 내며 살아가려면 바로 그런 고품위 시민의식과 자발적인 응집력으로 똘똘 뭉쳐야 하지 않을까.

아직도 귀에 쟁쟁한 거리응원단의 함성. 어쨌든 2002년 여름 제17회 월드컵축구대회 기간 중에는 우리 국민이라면 애국자 아닌 사람이 없었다. 이 월드컵대회를 계기로 우리 국민은 '하나'임을 재확인했고, 그 일체감 조성에 불을 붙인 주역은 바로 붉은악마와 거리응원단이었다.

그것이 우리의 저력이다. 향후 우리가 붉은악마와 거리응원단의 정신으로 굳게 뭉친다면 무슨 일인들 못할 것인가. 전국을 뜨겁게 달군 붉은악마와 거리응원단의 그 기백이야말로 향후 우리가 미래로, 세계로, 통일로 나아가는 데 크나큰 원동력으로 작용할 것이다.

한편, 붉은악마들은 2006년 독일월드컵 이전까지는 모든 축구팬을 서포터화하기 위하여 '온 국민의 붉은악마'를 지향했으나 독일월드컵 이후에는 회원 위주로 운영되는 정통 서포터즈 단체를 추구하고 있다. 아무튼 그들은 그동안 각종 국가대표 축구팀 경기에서 빛나는 활약을 보여주는 가운데 우리 사회의 역사를 새로 썼다. 특히 그들은 어떤 외교사절단도 해내지 못할 국격 향상의 주역으로 떠올랐다.

그들의 성공비결은 그 어떤 조직에서도 찾아볼 수 없는 순수성과 뜨거운 열정이었다. 그들에게는 어느 누구도 모방하지 못할 자긍심이 있다. 누가 시킨 것이 아니라 회원 모두가 자발적으로 참여하고 있기 때문이다. 그들이 있어 우리는 행복하다. 성공을 꿈꾸는 사람이라면 붉은악마의 자발적인 참여정신과 열정과 적극성을 본받아야 한다. 그러면 개인의 성공을 확실하게 이룩하는 것은 물론 더 나아가 국격 향상에도 크게 이바지하게 될 것이다.

096
끊을 것은 끊고 키울 것은 키운다

✳

『천수경』의 '발사홍서원(發四弘誓願)' 은 네 가지 서원을 세운다는 뜻이다. 한국불교에서는 법회가 열릴 때마다 모든 참석자들이 두 손을 합장한 채 이 '발사홍서원' 과 함께 뒤에 나오는 '발원이귀명례삼보(發願已歸命禮三寶)' 를 필수적으로 염송한다.

'발사홍서원' 의 네 가지 키워드는 '중생' '번뇌' '법문' '불도' 로 집약된다. 전반부는 중생을 위해 세우는 서원이고, '자성(自性)……' 으로 시작되는 후반부는 구제해야 할 중생에 나를 포함시켜 다시 한 번 다짐하는 내용으로 되어 있다.

발사홍서원(發四弘誓願)
– 네 가지 서원을 세웁니다

중생무변서원도(衆生無邊誓願度)
– 중생이 가이없어도 제도할 것을 서원하옵니다.

번뇌무진서원단(煩惱無盡誓願斷)
– 번뇌가 다함이 없어도 모두 끊을 것을 서원하옵니다.

법문무량서원학(法門無量誓願學)
– 불법이 한량없어도 끝까지 배울 것을 서원하옵니다.

불도무상서원성(佛道無上誓願成)

– 불도가 끝없이 높아도 성취하기를 서원하옵니다.

자성중생서원도(自性衆生誓願度)

– 제 마음속의 중생을 제도할 것을 서원하옵니다.

자성번뇌서원단(自性煩惱誓願斷)

– 제 마음속의 번뇌를 끊을 것을 서원하옵니다.

자성법문서원학(自性法門誓願學)

– 제 마음속의 법문을 배울 것을 서원하옵니다.

자성불도서원성(自性佛道誓願成)

– 제 마음속의 불도를 성취할 것을 서원하옵니다.

불자의 궁극적 목표는 성불이다. 수행은 곧 번뇌를 끊고 해탈을 얻기 위한 방편이다. 끊임없이 따라붙는 번뇌를 끊지 않고서는 성불할 수 없다. 그 반면, 성불한 존자는 번뇌로부터 자유롭다. 모든 번뇌를 떨치고 높은 경지를 성취했기 때문이다.

우리도 끊을 것은 끊고 성취할 것은 성취해야 한다. 술이나 담배, 게으름이나 좋지 못한 말버릇 등등 자기도 모르게 몸에 밴 나쁜 습관 따위는 과감히 끊어야 한다. 그 대신 자기가 설정한 목표를 향해 배울 것은 배우고 연구할 것은 연구하고 키울 것은 키워야 한다. 『천수경』으로 그 실력을 연마한 당신은 어느덧 성공의 목표지점에 근접해 있다.

097
자기가 하고 싶은 일을 하라

사람의 심리는 참으로 묘하다. 자기가 하고 싶은 일을 하면 신바람이 나고 하기 싫은 일을 하면 슬슬 싫증이 난다. 무슨 일이든 자발적으로 하면 으쓱으쓱 재미가 나서 시간 가는 줄을 모른다. 하지만 남이 시키는 일, 하지 않고서는 안 되는 일을 하려면 괜히 짜증과 꾀병이 난다.

자기가 하고 싶어서 하는 일은 안 되는 것이 없다. 아무리 일을 해도 지치지 않고 도리어 일을 하면 할수록 즐겁기만 하다. 일에 몰입하다 보면 늘 시간이 모자라 아쉬움을 느낀다. 그렇게 자발적으로 한 일은 결과도 좋게 나타난다. 거기에는 정성과 혼이 들어가 예술성까지 넘쳐난다.

공부만 해도 그렇다. 진짜로 공부 잘하는 학생은 공부 그 자체를 즐긴다. 공부가 재미있기 때문이다. 이는 결코 빈말이 아니다. 공부에 재미를 붙이면 그것처럼 기쁘고 즐거운 것이 없다. 따라서 공부에 몰입한 학생은 시간 가는 줄을 모른다.

『논어』 첫줄에 학이시습지불역열호(學而時習之不亦說乎)라 했다. 이는 '배우고 때에 맞추어 익히니 기쁘지 아니한가'라는 뜻이다. 사실 뭔가를 배우고 익힌다는 것은 이만저만 기쁜 일이 아니다.

예컨대 컴퓨터 게임에 푹 빠진 학생들을 보면 쉽게 알 수 있다. 그들은 결코 한눈을 팔지 않고 시간 가는 줄을 모른다. 오죽하면 '게임 중독'이란 말까지 나왔다. 컴퓨터 게임의 유해 여부는 잠시 논외로 하고, 자기가 하고 싶은 일이므로 이렇듯 몰입한다는 사실에 대해서는 이의가 있을 수 없다.

문제는 공부냐 컴퓨터 게임이냐에 있다. 만약 학생이 컴퓨터 게임에 몰입하듯 열심히 공부에 올인(all in) 한다면 못할 것이 없다. 달리 말하자면 '컴퓨터 게임'에 '공부'를 대입할 경우 '컴퓨터 중독'이 '공부 중독'으로 대체될 것이다.

하지만 마지못해 하는 일은 능률이 오르지 않는다. 특히 죽지 못해 하는 일은 더 말할 나위가 없다. 일을 잡고 있는 동안 줄곧 피곤하다. 대충대충 때우고 끝내려 해도 시간이 가지 않는다. 그렇게 억지로 한 일은 결과가 좋을 리 없다.

자발적이 아닌, 누군가의 지시에 의해 수동적으로 하는 일은 힘들 수밖에 없다. 가령 직장에서의 반복 업무도 여기에 해당된다. 대개 생산직이든 사무직이든 직장에 들어서면 업무의 시스템 또는 상사의 지시에 따라 거의 매일 동일한 업무를 반복한다.

이렇듯 반복되는 업무 속에서도 마음을 어떻게 먹느냐에 따라 직장생활의 성패가 완연하게 갈린다. 내가 하고 싶은, 하지 않고서는 못 배길 만큼 좋아서 선택한 일이라고 생각하면 성과가 자동적으로 극대화된다. 그 눈부신 성과에 기쁨이 넘쳐나고, 그 연장선상에서 기발한 창의력까지 분출하게 마련이다.

그 반면, 내 의사와는 하등 관계없이 업무상 어쩔 수 없이 하는 일이라고 생각하면 금세 싫증이 난다. 일에 싫증을 느끼면 재미가 있을 수 없고, 재미없게 하는 일은 무성의할 수밖에 없다. 그뿐 아니라 일이 무성의하게 진행되면 그 결과 또한 좋을 리 없다. 자칫 잘못하면 예기치 않은 사고까지 불러올 수도 있다.

사업도 다를 바 없다. 자발적으로 몸을 던져 올인 하면 성공하지만, 누군가에게 등 떠밀려 건성으로 하는 사업은 성공하기 어렵다. 아버지가 이룩한 창업을 2세가 수성(守成)하지 못하는 것도 그 때문이다. 따라서 사람은 어떤 일을 하든 '내가 하고 싶은 일' '내가 좋아하는 일' '내가 좋아해서 선택한 일' 이라는 인식을 가져야 성공할 수 있다.

특히 하지 않고서는 못 배길 정도로 즐거운 일이라면 그 성공은 물어볼 필요도 없다. 자기가 가는 길에서 열심히 노력하면 그런 단계에 이른다. 그때 성공은 벌써 당신 앞에 와 있을 것이다.

098
당신 마음이 곧 부처님이다

『천수경』은 앞에 나온 '발사홍서원'을 거쳐 '발원이귀명례삼보(發願已歸命禮三寶)'로 이어진다. '발원이귀명례삼보'는 발원을 마치고 삼보께 귀의한다는 뜻으로 약칭 '귀명삼보(歸命三寶)'라고도 한다. 삼보란 세 가지 보배라는 뜻으로 두말할 나위도 없이 불(佛)·법(法)·승(僧)을 가리킨다. 불은 부처님, 법은 불법, 승은 승가(僧伽)를 일컫는다.

발원이귀명례삼보(發願已歸命禮三寶)
- 발원을 마치고 예의를 갖추어 삼보께 귀의합니다
나무상주시방불(南無常住十方佛)
- 시방에 항상 계시는 부처님께 귀의합니다.
나무상주시방법(南無常住十方法)
- 시방에 항상 계시는 불법에 귀의합니다.
나무상주시방승(南無常住十方僧)
- 시방에 항상 계시는 승가에 귀의합니다.

이 경문에서 보듯 불·법·승은 시방에 항상 계신다. 독경할 때 중간제목 '발원이귀명례삼보' 이외의 본문 '나무상주시방불 나무상주시방법 나무상주시방승'은 세 번 반복해 읽는다. 이로써 『천수경』은 공식적으로 사실상 대단원의 막을 내린다.

무지몽매한 사람들은 요즘 같은 세상에 부처님이 어디 계시냐고 빈정거린다. 하지만 도처에 부처님이 계시다는 사실을 알아야 한다. 부처님이 그 어떤 별천지에 따로 궁궐을 차려놓고 앉아 계신 것은 아니다. 자연이, 사람이, 당신 마음이 곧 부처님이다. 그 부처님을 더럽혀서는 안 된다. 성공을 꿈꾸는 사람이라면 부처님을 잘 모시고 그 가르침을 실천해야 한다.

그런가 하면 요즘처럼 피가 팍팍 튀는 세상에 양심적으로 살면 굶어죽기 딱 알맞다고 푸념하는 사람이 있다. 오죽하면 요즘 같은 세상에서는 안면에 철판을 쫙 깔아야 한다고 주장하는 사람까지 있다. 그건 아주 잘못된 생각이다. 이런 세상일수록 마음을 더 청정하게 닦아야 한다.

철딱서니 없는 사람들은 요즘에도 과연 스님다운 스님이 있느냐고 반문한다. 그것은 스님에 대한 모독이요, 불교에 대한 모독이요, 더 나아가 모든 종교에 대한 모독이요, 우주만물 전체에 대한 모독이다. 그런 사람에게는 '너는 뭐냐?'고 되묻지 않을 수 없다.

그런 사람은 외눈박이에 지나지 않는다. 간혹 스님들이 사회적 물의를 빚는 일이 없지 않았다. 하지만 그것은 그 스님의 문제일 뿐 스님 전체의 문제는 아니다. 그렇게 물의를 일으켜 언론이나 세인의 입방아에 오르내리는 스님은 극소수에 지나지 않는다. 그보다는 지금 이 시간에도 선방에서 엉덩이가 짓무르도록 정진하는 스님들이 훨씬 더 많다.

이 '발원이귀명례삼보'에서의 '승(僧)'은 스님 한 사람 한 사람 개인이 아닌, 전반적인 승가를 아우르는 것으로 보면 큰 무리가 없다. 따라서 몇몇 스님의 신상문제, 사찰 내부의 분규 등을 들먹이며 이러쿵저러쿵 쓸데없는 이야기를 할 필요가 없는 것이다.

성공을 꿈꾸는 사람이라면 반드시 자기목표에 귀의해야 한다. 공부면 공부, 운동이면 운동, 직장이면 직장, 사업이면 사업, 수행이면 수행…… 어느 분야에서든 목표에 귀의하지 않고서는 성공할 수 없다. 『천수경』의 성공비결에 귀를 기울이고 있는 당신의 성공은 의심할 나위가 없다.

099
겨자씨가 세계를 움직인다

✳

'겨자씨 vs 8억 평'이라는 캐치프레이즈를 내걸고 인터넷상에 뛰어든 대한민국사이버외교사절단 반크(VANK, Voluntary Agency Network of Korea). 이 사이버사절단은 인터넷상에서 한국을 알고 싶어 하는 해외 학생들과 한인교포·입양아들에게 이메일로 한국의 모든 것을 친절하게 알려준다.

겨자씨는 회원 한 사람을 상징하고 8억 평은 지구상의 네티즌 숫자를 의미한다. 이 사절단은 21세기 한국을 '아시아의 중심, 동북아의 관문, 전 세계 모든 이들과 꿈과 우정, 비즈니스를 나누는 나라 대한민국 KOREA'로 변화시킨다는 원대한 비전을 간직하고 있다.

이들은 21세기 한국이 시대와 역사를 초월해서 아시아의 중심 동북아의 관문이 되고 나아가 전 세계적으로 가장 영향력이 있는 국가가 되기 위해서는 한국의 국가 이미지를 5대양 6대주 지구촌 구석구석까지 전달하고 전 세계 60억 인류의 가슴 깊은 곳까지 파고들 수 있는 해외홍보 능력이 필요하다고 믿는다.

이러한 신념에 따라 반크는 현재 '대한민국 국가 이미지 프로젝트(PRKOREA 프로젝트)'를 추진하고 있다. 이 프로젝트의 출발점은 전 세계 네티즌 8억 명의 최소단위인 단 한 사람의 외국 네티즌을 대상으로 한국홍보를 하는 것이다. 즉, 반크의 전략은 단 한 사람이 해외 이메일 친구를 대상으로 한국홍보를 시작하여 그 친구의 가족과 가정, 국가와 사회, 그리고 나중에는 60억 인류로 착실히 진행되도록 설계되어 있다.

이를 위해 반크는 사이버외교관 20만 명 양성을 주요목표로 설정해 놓고 있다. 그리하여 1인당 5명씩, 모두 100만 명의 외국 친구를 대상으로 한국을 적극 홍보함으로써 대한민국의 영향력을 점진적으로 확장하고, 작게는 그 친구의 가정에서부터 크게는 국가와 민족까지 한국의 영향력을 단계적으로 확장시켜 나가겠다는 것이다.

그들의 이러한 의지는 조금씩 결실을 맺고 있다. 예컨대 전 세계의 유명교과서 출판사와 인터넷 사이트를 대상으로 오류 시정을 요구하고 올바른 한국 관련 정보를 제공함으로써 지난 10여 년 동안 세계적으로 영향력이 큰 사이트 수백 건을 시정하였다.

그 중에서도 동해 표기와 관련, 〈네셔널 지오그래픽(National Geographic)〉으로부터 사과를 받아내고 '동해' 표기를 약속 받은 것은 최대의 수확이었다. 1888년에 창간된 〈네셔널 지오그래픽〉은 다큐멘터리 지리학 전문잡지로서 한국어판을 포함, 9개 언어로 동시에 발간되며 전 세계에 5천여 만 명의 독자를 가지고 있다.

그밖에도 세계 최대 온·오프라인 지도출판사인 그래픽스 맵스(Graphics Maps) 사에서 제작하는 지도에 동해 표기를 수정토록 한 것을 비롯, 세계 굴지의 인터넷 기업인 라이코스(Lycos) 사의 동해 표기 수정, 세계보건기구(WHO), 유네스코(UNESCO), 국제환경보호단체인 그린피스의 동해 표기 수정 등은 반크가 거두어낸 빼놓을 수 없는 성공이었다.

또한 세계적인 온라인 지도 제작업체인 월드 아틀라스사의 경우 반크의 항의서한을 받고 자사에서 발행하는 세계지도에 그동안 써오던 '일본해' 표기에다 '동해'를 병기하기 시작했다. 이 회사는 자사 홈페이지를 통해 '반크와 한국인들의 애국심이 이번 변화의 명백한 승자'라고 평가했다.

어린 학생들로 구성된 사이버외교사절단 반크. 정부나 대기업이 막대한 조직과 자금을 가진 거대한 공룡이라고 한다면, 반크는 가진 것이라곤 인터넷 통신망밖에 없는, 그들 표현대로 겨자씨 내지 개미군단이라고 말할 수 있겠다. 그런데도 그 개미군단은 지금 공룡이 하지 못한 일을 거뜬히 해내고 있다.

반크는 현재 인터넷상에서 'PRKOREA 프로젝트' 이외에도 'Global NIE(Newspaper In Education, 신문 활용 국제화 교육) 사업' '외국 친구 한국어 교육' '20만 사이버외교관 양성사업' '해외 e펜팔 친구 사귀기 운동' '오류 시정 프로젝트 사업' '국제협력 네트워크 구축사업' '사이버 국제학급 교류사업' '내 고장 포토제닉 사업' '한국 홍보자료 검색엔진 구축사업' '한민족 네트워크 구축사업' '영자신문 PRKOREA Times 사업' 등 다양한 사업을 전개하고 있다.

더욱이 반크의 주축은 어린 학생들로서 우리의 꿈나무들이다. 그들이 지금 세계를 상대로 인터넷 전쟁이라고 할까, 아무튼 지구촌 곳곳에 우리 조국을 바로 알리기 위해 사이버외교전을 펼치고 있다. 외교통상부 장관이 자기 딸이나 특채하는 현실을 감안할 때 이들의 노력이 참으로 가상하다. 그러니까 그들은 정부와 대기업이 못하는 일을 자진해서 하고 있는 것이다.

그들은 외교통상부 장관이 자기 딸을 외교통상부에 편법으로 특채하는 동안에도 다른 나라에 우리나라를 정확히 알리기 위해 힘썼다. 그들은 권력층이 아닌, 재벌이 아닌, 직업외교관이 아닌, 그야말로 돈도 없고 '빽'도 없는 평범한 학생들이다. 그들이 이런 일을 하고 있으니 상찬 받아 마땅하지 않은가.

그들은 분명 성공의 길을 가고 있다. 그들이야말로 시큼시큼 냄새 나는 정치권이나 재벌들, 부모들의 빽으로 우리 사회의 건강을 해치는 '똥돼지' 들과는 근본적으로 차원이 다르다. 그들의 성공비결은 바로 그 순수성에 있다. 반크는 정부의 직업외교관과 대기업에 포진한 기성세대가 못하는 일을 반드시 해내고야 말 희망의 싹이자 국격 향상의 첨병이라고 하겠다.

100
'지방방송' 은 물러서라

✳

『천수경』은 앞에 나온 '발원이귀명례삼보' 로써 사실상 끝난다. 하지만 예불을 드릴 때에는 그 뒤에 몇 가지 진언을 더 덧붙인다. '정삼업진언(淨三業眞言)' '개단진언(開壇眞言)' '건단진언(建壇眞言)' '정법계진언(淨法界眞言)' 이 그것이다.

정삼업진언(淨三業眞言)

– 삼업을 깨끗이 하는 진언

옴 사바바바 수다살바 달마 사바바바 수도함

– 귀의하옵니다. 본성이 청정한 일체법이여, 제 본성도 이와 같이 청정해지기를 비옵니다.

'정삼업진언' 전문이다. 독경할 때 진언 '옴 사바바바 수다살바 달마 사바바바 수도함' 은 세 번 반복해 읽는다.

삼업이란 신업(身業)·구업(口業)·의업(意業)을 말한다. 인간의 모든 활동은 이 삼업으로 이루어진다. 신업은 몸으로 하는 것이고, 구업은 입으로 하는 것이고, 의업은 마음으로 하는 것이다. 우리는 바로 이 삼업을 깨끗이 해야 한다.

하지만 우리 사회에는 이 삼업을 소홀히 함으로써 죄를 짓거나 성공으로부터 멀어지는 사람들이 많다. 예컨대 상식에서 벗어난 몸가짐, 무례한 입놀림, 쓸데없는 망상으로 허둥대는 사람들이 그 대표적 사례라 할 수 있다.

그 중에서도 우리나라 사람들에게 거의 공통적으로 해당되는 것은 토론문화의 미숙이 아닌가 싶다. 몸가짐과 망상이야 그렇다 치고 토론문화는 개인의 인격뿐만 아니라 더 나아가 국격과도 밀접한 연관이 있다.

결론부터 말하자면 많은 사람들이 토론에 서투르다. 토론을 할 때에는 일단 자기에게 부족한 점이 많다는 것을 인정하고 들어가야 한다. 하지만 우리 사회의 실상은 그렇지 않다. 자기는 다 옳고 상대방은 그르다고 생각한다. 사실은 그런 착각처럼 위험한 것이 없다. 착각은 독선을 낳고, 독선은 토론문화를 파괴한다.

토론의 목적은 서로 다를 수 있는 의견을 모아 보다 생산적으로 확대발전시키려는 데 있다. 달리 말하자면 토론이야말로 지혜와 중론(衆論)을 모으는 과정이다. 그런데도 제 생각만 옳고 남의 생각은 틀렸다고 단정하는 한 토론문화는 발전할 수 없다.

일상적인 대화 중에도 상대방을 무참히 무찌르고 윽박지르는 언어들이 난무한다. 이를테면 '모르는 소리 하지 마라' '그게 아니라……' '그것도 몰라?' '오늘 아침 텔레비전에서 봤는데 그게 아니었어' 따위의 언사는 지양해야 한다. 그런 말은 상대방으로 하여금 불쾌한 감정을 촉발시키는 독약과 같다.

그런 말버릇을 고치지 못하는 사람은 성공할 수 없다. 남의 마음을 끌어들이지 못하는 주제에 성공은 무슨 성공인가. 그런 사람들에게는 도리어 큰 손해가 있을 뿐이다. 더 나아가 그런 사람은 기피인물로 찍히게 될 것이다.

　모름지기 교양인이라면 그런 말을 함부로 쓰는 게 아니다. 상대방을 충분히 존중하면서도 자기 의사를 얼마든지 개진할 수 있으련만 시도 때도 없이 남을 무찌르는 사람들. 그들은 분명 수준 이하의 불상놈이라고 말할 수 있다.

　이와 함께 지적하지 않을 수 없는 것은 우리 사회에는 '지방방송'이 너무 많다는 사실이다. 여러 사람이 한 가지 의제를 놓고 진지한 대화를 나누는데 불쑥불쑥 끼어들어 잡소리를 늘어놓는 사람들. 그들 또한 천하의 불상놈들이 아닐 수 없다.

　양반은 본래 그렇게 처신하지 않는다. 상대방의 발언을 전부 귀담아 들은 다음 자기 의사를 나타낸다. 다른 사람들이 대화에 중뿔나게 끼어들지도 않는다. 화법, 토론문화에 대한 깊은 반성과 성찰이 없다면 정부가 아무리 국격 향상을 외쳐본다 한들 아무런 소용이 없다.

　하지만 당신은 그렇지 않다. 『천수경』으로 수련한 당신은 어디를 가든 상대방의 말을 들을 것 다 들어주면서도 당신의 의견을 자유롭게 펼칠 수 있다. 그리하여 당신의 의지대로 관철시킬 수 있다. 따라서 성공은 바로 이 책을 읽고 있는 당신의 몫이다.

101
희망의 강물이 넘친다

✳

　정직과 진실은 동전의 양면처럼 불가분의 관계에 있다. 정직한 사람은 진실하고, 진실한 사람은 정직하다. 그 반면, 정직하지 못한 사람은 진실할 수 없고, 진실하지 못한 사람은 정직할 수가 없다.

　정직이란 '마음에 거짓이나 꾸밈이 없이 바르고 곧음'을 의미한다. 따라서 정직한 사람에게는 가식이 없다. 항상 더도 덜도 아닌 '진실 그대로'일 뿐이다. 진실은 '거짓이 없는 사실' 또는 '마음에 거짓이 없고 바름'을 뜻하는 말이다. 따라서 진실한 사람에게는 '정직 그대로'일 뿐 허위가 있을 수 없다.

　정직은 인생의 주춧돌이다. 주춧돌이 튼튼하지 못하면 기둥을 똑바로 세울 수가 없다. 엉성한 주춧돌 위에 제 아무리 번듯한 기둥을 세운다 한들 무슨 의미가 있을 것인가. 그런 기둥 위에 대들보와 서까래와 지붕을 얹을 경우 그것은 곧 허물어질 수밖에 없다.

　모름지기 주춧돌이 튼튼해야 기둥을 똑바로 세울 수 있다. 그리고 그 기둥은 튼튼한 주춧돌을 딛고 우뚝 서서 대들보와 서까래와 지붕을 굳건히 받쳐준다. 그런 점에서 정직은 올바른 가치관의 모체라고 말할 수 있다. 인생의 모든 덕목이 정직에서 나오기 때문이다.

　두말할 나위도 없이 정직은 신뢰와 도덕성을 보장하는 최대의 자산이다. 설령 손에 가진 것이 없다 해도 정직한 사람은 어디를 가나 신뢰와 존경을 받는다. 그러나 세상이 워낙 험악하다 보니 더러는 정직한 사람이 손해를 보기도 한다. 하지만 그것은 일시적인 손해일 뿐 장기적으로 볼 때에는 결코 손해가 아닐 뿐더러 더 큰 복을 불러오는 기폭제로 작용할 수 있다.

정직한 사람이 손해를 보거나 어려운 처지에 놓이면 반드시 후원자들이 나타나게 되어 있다. 우리 사회가 아무리 혼탁하다 해도 어디엔가 의인은 살아 있다. 그뿐 아니라 부처님과 관세음보살이 언제나 정직한 사람을 보살펴준다.

한편, 정직의 대척점에 거짓과 가식과 위선이 있다. 그것은 멸망의 화근이다. 입에 발린 거짓말로 잠시 남을 속일 수는 있다. 하지만 그것이 오래 갈 수는 없다. 언젠가는 반드시 들통 나게 되어 있다. 속아도 한 번 속지 두 번 속지 않는다. 정직성을 상실한 사람은 그 순간부터 신뢰성을 잃는다.

예나 지금이나 정직한 사람의 입에서는 항상 올곧은 말만 나온다. 하지만 정직하지 못한 사람의 입에서는 시도 때도 없이 신뢰할 수 없는 허튼소리만 나오게 되어 있다. 특히 남을 헐뜯고 중상모략하려면 진실과는 거리가 먼 거짓말을 지어낼 수밖에 없다. 그런 사람의 경우 가뭄에 콩 나듯 어쩌다 옳은 말을 해도 믿음을 얻지 못한다. 예컨대 콩으로 메주를 쑨다 해도 믿어줄 사람이 없다.

무릇 정직은 성공의 전제조건이다. 정직이 인생을 성공으로 이끄는 진실의 얼굴이라면 거짓과 가식과 위선은 인생을 망치는 허위의 가면에 지나지 않는다. 정직한 사람이 정직한 사회를 만들고, 정직한 사회가 정직한 나라를 만들고, 정직한 나라가 세계적으로 존경을 받는다.

이 책을 펼쳐든 당신은 누가 뭐래도 정직하다. 정직하지 못한 사람들은 이런 진지한 담론에 전혀 관심이 없다. 그 대신 그들은 지금 이 시간에도 남을 헐뜯고 중상모략하기 위한 삿된 음모에 골몰하고 있다.

당신처럼 정직한 사람이 존재하는 한 희망의 강물이 넘쳐난다. 그 강물을 흐려놓는 일부 미꾸라지 같은 사람들이 없는 것은 아니지만, 그들에게도 언젠가는 당신의 '정직 바이러스'가 스며들게 될 것으로 확신한다. 그러면 그들도 기꺼이 회심하여 정직한 사회, 정직한 나라, 정직한 인류사회 건설에 적극 동참하게 될 것이다.

102
소 잃고 외양간 고친다

✦

X사장은 부품사업으로 돈 좀 벌었다. 종업원도 20여 명 두었다. 본래 화곡동에 살았던 그는 돈 좀 만지게 되자 강남의 중대형 아파트로 이사했다. 어떻게 보면 그는 도처에 지천으로 널려 있는 졸부(猝富)의 전형이라고 말할 수 있었다.

중대형 아파트, 룸살롱 출입, 주말마다 골프장 출입, 심심하면 한 차례씩 해외여행…… 그런 일련의 모양새가 다른 졸부들과 크게 다를 것이 없었다. 하지만 그에게는 말 못할 한이 있었다. 학력이 변변치 못한 데다 돈을 좀 벌었는데도 별로 알아주는 사람이 없어 은근히 세상을 원망하고 있었다.

돈은 좀 있겠다, 그는 두 아들에게 모든 것을 걸기로 했다. 그리하여 큰아들 공부방에는 '박사실' 작은아들 공부방에는 '장군실'이라는 아크릴 표지판까지 만들어 붙였다. 그러니까 큰아들은 박사, 작은아들은 장군이 되었으면 좋겠다는 강력한 희망을 그렇게 드러낸 것이었다. 말하자면 두 아들을 통해 대리만족을 구현하겠다는 뜻이기도 했다.

하지만 두 아들의 학교성적은 항상 기대치에 밑돌았다. 높은 점수로 선두그룹에 끼어도 시원찮을 판에 그 녀석들은 꼴찌 언저리에서

맴돌았다. 학원 과외를 시키다가 성에 안 차 족집게 과외까지 시켰는데도 두 아들의 시험성적은 늘 그 모양 그 타령이었다.

X사장은 술 취해 귀가할 때마다 두 아들을 앉혀 놓고 게걸게걸 해롱해롱 혀 풀린 소리로 잔소리를 퍼부었다. 그러던 어느 날이었다. 고등학교에 다니던 큰아들이 집을 나가 돌아오지 않았다. 물론 집안이 발칵 뒤집혔다.

그로부터 이틀 뒤 큰아들은 아파트 지하실에서 숨진 채 발견되었다. 얼기설기 지나가는 공조시설의 파이프에 목을 매달고 목숨을 끊은 것이었다. 축 늘어진 그의 발밑에는 자필로 쓴 유서 한 장이 놓여 있었다. 유서의 내용인즉, 장차 박사가 될 자신이 없다는 것이었다.

결과적으로 큰아들은 아버지의 지나친 기대와 강압을 견디다 못해 그런 선택을 한 셈이었다. 강박관념에 시달리다가 죽음을 선택한 그 청소년의 이야기는 그 학생에게만 해당되는 것이 아니다. 다른 집에서도 얼마든지 있을 수 있는 일이라는 점에서 다 함께 깊이 생각해볼 과제라 하겠다.

그렇다면 문제의 큰아들을 죽음으로 내몬 사람은 누구인가. 졸부 X사장이었다. 그는 큰아들의 뜻이나 형편, 그리고 적성과는 무관하게 자신의 욕망을 채우려다가 그런 참화를 불러들이고 말았다.

본래 인간사가 자기 맘대로 되는 것은 아니다. 그런데도 X사장은 그 진리를 미처 알지 못했다. 무식하기 짝이 없는, 가진 것이라곤 돈밖에 없는 X사장은 자기 한풀이를 하려다가 평생 씻을 수 없는 엄청난 한을 더 떠안게 되었다.

차라리 돈이 없었더라면 어떻게 되었을까. 그런 비극도 없지 않았을까. 하긴 자식들을 남부럽지 않게 잘 가르쳐 보겠다고 강남으로 이사한 것부터가 잘못이었다. 젠장, 강남에 있는 학교만 학교인가.

그것도 아니라면 꼭 강남 출신이라야 인간적으로도 성공하는 것일까.

천만의 말씀이다. 강남 출신이라고 해서 반드시 인간적으로 성공한다는 보장이 없다. 성공하는 사람은 강남에도 있고, 강남이 아닌 다른 곳에도 얼마든지 있다. 역대 대통령만 하더라도 강남 출신은 그만두고 더 범위를 넓게 잡아 서울 출신은 한 사람도 없다. 서울 이외의 다른 지역, 그것도 대도시가 아닌 머나먼 농어촌 지역에서 역대 대통령을 배출했다.

그런데 X사장의 불행은 그것으로 그치지 않았다. 큰아들 장례를 치른 직후 그의 부인이 정신이상 증상을 보여 기도원으로 보냈다. 그때부터 집안 살림은 엉망진창이 되었다. 중학생인 작은아들도 걸핏하면 가출해서 사고를 쳤다. 그 녀석은 불량소년들과 어울려 패싸움을 벌이는 것은 물론 얼마 전에는 절도사건에 연루되어 큰 곤욕을 치렀다.

개단진언(開壇眞言)

— 법단을 여는 진언

옴 바아라 놔로 다가다야 삼마야 바라베 사야훔

— 귀의하옵니다. 금강문이 열리면 삼매에 두루 들어가겠사옵니다.

불공드릴 때 읽는 '개단진언' 전문이다. 독경할 때 '옴 바아라 놔로 다가다야 삼마야 바라베 사야훔'은 세 번 반복해 읽는다.

아무튼 X사장은 큰아들을 잃은 이후 두 아들 공부방에 붙어 있던 아크릴 표지판을 떼어냈다. 말하자면 소 잃고 외양간 고치는 형국이었다. 그래도 뒤늦게나마 생각을 고쳐먹은 것은 참으로 다행이었다.

단언컨대 성공은 억지로 되는 것이 아니다. 돈으로 밀어붙인다고 해서 되는 것은 더더욱 아니다. 꽃은 누가 피워주는 것이 아니라 저절로 핀다. 자녀를 성공시키려면 좋은 꽃이 필 수 있는 토양을 만들어주어야 한다. 그 토양이란 부모 자신부터 참된 인간의 모범을 보이는 일이다.

103
축포를 그만 쏴라

2010년 6월 2일 제5회 전국동시지방선거를 계기로 전국 지방자치단체의 권력지형이 크게 바뀌었다. 중앙정부 집권세력과 정치적 노선을 달리하는 야당 후보들이 지방자치단체장 및 의회로 대거 진출했다. 이를 계기로 예전에 볼 수 없었던 새로운 현상이 나타났다.

예컨대 어느 지방자치단체의 지불유예 선언은 매우 충격적이었다. 재정자립도가 높은 것으로 알려졌던, 광역시에 버금갈 정도로 덩치가 큰 수도권의 한 지방자치단체에서 이 같은 선언을 내놓자 신문·방송 등 언론은 이를 대대적으로 보도했다.

사실 그 지자체뿐만 아니라 중앙정부의 방만한 사업과 그로 인한 재정악화는 오래 전부터 논란의 대상이 되어왔다. 이와 함께 공기업의 부실경영 또한 큰 문제가 아닐 수 없다. 최근 기획재정부가 발표한 「2010년 거시경제안정보고서」에 따르면 22개 공기업의 부채총액은 2009년 말 기준 212조 원으로 나타났다. 이는 2005년 말 98조 원에서 4년 사이에 무려 2배 이상 증가한 수치다. 물론 그동안 자산이 늘었다고 하지만, 정부의 국책사업을 대행하는 이들 공기업의 부채는 고스란히 우리 국민의 몫이다.

22개 공기업 중 어느 공기업의 부채총액은 오래 전에 1백조 원을 훌쩍 넘어섰다. 이에 따라 하루에 무는 이자만 1백억 원에 이른다. 정부는 이들 공기업의 부채증가가 지급불능 사태나 정부의 재정부담으로 이어질 가능성은 크지 않다고 우겨대지만, 그러나 그 막대한 이자를 물고 있다는 사실만으로도 경영부실과 재무건전성 악화는 의심할 여지가 없다. 문제의 기업이 공기업이 아니고 민간 기업이었다면 진작 부도가 나서 쓰러졌을 것이다.

사태가 여기까지 이른 배경에는 여러 가지 이유가 종횡으로 얽혀 있지만, 무엇보다도 중앙정부와 지자체, 공기업 수뇌부의 도덕적 해이를 꼽지 않을 수 없다. 그들에게 과연 주인의식이 있는가. 중앙정부든 지자체든 공기업이든 수뇌부가 투철한 주인의식을 발휘했다면 그토록 엄청난 빚더미에 올라앉지는 않았을 것이다.

개인의 경우 빚을 견디다 못해 스스로 목숨을 끊고, 가정의 경우 빚더미에 올라앉으면 파탄을 맞고, 민간 기업의 경우 부채가 증가하면 무참히 나가떨어질 수밖에 없다. 따라서 개인과 가정과 민간 기업은 허리띠를 바짝 졸라매는 것은 물론 그것도 모자라 아슬아슬 살얼음판 위를 걷듯 여간 조심하는 것이 아니다.

그렇건만 중앙정부와 지자체와 공기업 등 공공부문은 언제나 여유가 만만하다. 그곳에서는 경영부실이든 뭐든 책임지는 사람이 없고, 제 발로 걸어 나오기 전에는 쫓아내지도 않는다. 대형사고가 터져도 책임을 묻기는커녕 제 식구부터 감싸는 곳이 그곳이다. 그래서 공공부문은 '철밥통' '신의 직장' '신이 내린 직장' '신이 다니는 직장' 등으로 알려져 있다. 특히 공기업 임원진의 연봉은 '한 몫' 챙기고도 남을 만큼 높다.

최저생계비도 벌지 못하는 저소득층과 끼니거리를 걱정하는 극빈층의 고통을 몰라서 그런지 그들은 재무구조가 악화되든 말든 걸핏

하면 뺑뺑 요란뻑적지근한 불꽃놀이의 축포를 쏘아댄다. 그 이면에는 선거 때 표를 의식한 정치꾼들의 저속한 농간이 맞물려 있다.

정치꾼들은 선거 때마다 표를 긁어모으기 위해 실천하지도 못할 공약을 남발하는 가운데 일련의 선심성·전시성·이벤트성 사업에 부채질을 해댄다. 그 바람에 국민들은 가만히 앉아서 눈뭉치처럼 불어나는 빚만 떠안게 된다.

더군다나 공공부문의 부채는 당대의 문제로 끝나는 것이 아니라 후대로 넘어간다. 우리가 튼튼한 흑자 기조를 물려주지는 못할지언정 자손들에게 그 어마어마한 부채를 떠넘겨 그들의 부담을 가중시킨다는 것은 이 시대의 기성세대로서 할 짓이 아니다.

아무튼 그들의 깜짝쇼 내지 눈요깃거리 연출에 국민들은 골병이 든다. 축포를 그만 쏴라. 그렇게 불꽃놀이를 해댄다고 국격이 올라가는 것도 아닐 뿐더러 그 불꽃의 현란함이 저 멀리 농어촌까지 미치는 것도 아니다. 화려한 불꽃의 파편들이 밤하늘을 요란뻑적지근하게 수놓는 그 시간에도 그늘진 곳에서 눈물 흘리는 가련한 우리 이웃들이 있다.

그러나 안목 짧은, 오나가나 유권자들의 표만 쫓아다니는 천박하기 짝이 없는 위정자들. 그들이 과연 한 번이라도 국리민복(國利民福)이라는 대승적 화두를 잡아 보았는지 의심하지 않을 수 없다. 그래서 '경제에는 등신'이라는 말이 나온다.

따라서 그들이 국격 향상을 외친다는 것은 설득력이 부족하다. 만약 그들에게 진정으로 국태민안(國泰民安)·부국강병(富國强兵)을 실천할 강력한 의지가 있다면 국민의 혈세를 그렇게 낭비하지는 않을 것이다.

104
뺄셈(-)에 열중하라

✻

숫자를 잘 다루는, 숫자 속에서 사는 사람은 가감승제(加減乘除)를 모두 잘한다. 더하기(+)를 잘하는가 하면 빼기(-)도 잘하고, 곱하기(×)를 잘하는가 하면 나누기(÷)도 잘한다. 예컨대 은행·증권회사·보험회사 등 금융권은 말할 것도 없고, 회계사·세무사 직업을 가진 사람들 또한 덧셈·뺄셈·곱셈·나눗셈 등 계수에 능통하다. 경리 업무에 종사하는 사람들 역시 숫자를 다루는 일이라면 못하는 것이 없다.

우리 인간사도 잘 들여다보면 그 안에 가감승제가 있다. 더할 것은 더하고, 뺄 것은 빼고, 곱할 것은 곱하고, 나눌 것은 나누고……. 사실은 그것을 자유자재로 잘해야 성공할 수 있다. 아무리 많이 배우고 끗발 좋은 사람이라도 그걸 제대로 하지 못하면 실패할 수밖에 없다.

그럼에도 불구하고 우리 사회에는 덧셈과 곱셈만 잘하고 뺄셈과 나눗셈을 못하는 사람들이 너무 많다. 우리는 바로 그 점을 잘 눈여겨봐야 한다. 어떻게 하면 뺄셈과 나눗셈을 잘할 것인가. 그것을 잘 실천하면 성공할 수 있다.

M회장은 본래 가진 것이 없었다. 그 자신 부모님으로부터 아무런 유산을 물려받지 못했기 때문이다. 하지만 그는 언제 어디에서도 넉

넉함이 있다. 따라서 어느 누구라도 그를 보면 부잣집에서 성장한, 유산을 많이 물려받아 최소한 경제적으로는 곤란 받지 않는 사람으로 안다.

그러나 그 내막을 들여다보면 그렇지도 않다. 그에게는 과거 직장 생활 할 때 또순이 같은 부인이 애써 장만한, 현재 살고 있는 아파트 한 채만 있을 뿐 그 이상의 재산이 없다. 그런데도 그는 설령 지갑에 단돈 만 원짜리 한 장이 없어도 애면글면하지 않는다. 군색한 티도 내지 않는다. 사람이 워낙 양반이기 때문이다.

비록 재산은 없어도 그를 아는 사람들은 그의 인품에 저절로 감화를 받는다. 그는 직장에서 은퇴한 뒤 여러 단체의 회장직을 맡았다. 그가 감투 욕심을 내서라기보다는 주위에서 그렇게 추대했다.

사실 몇몇 사고단체는 M회장 취임 이후 정상화되었다. 소송이다 뭐다 내분으로 들끓던 단체도 M회장이 관여했다 하면 언제 그랬느냐는 듯 평온을 되찾으면서 일거에 화합으로 돌아선다. 그래서 M회장에게 '보스' '카리스마' '화합의 귀재' 등등 다양한 별명이 붙었다.

거기에는 남들이 잘 알지 못하는 M회장 특유의 독특한 비법이 있다. 그 비법이란 바로 뺄셈이다. 다른 대부분의 우두머리들이 권한을 극대화하려고 안간힘을 쓰는 반면 M회장은 도리어 자기에게 주어진 권한까지 모두 이양할 뿐만 아니라 조직에 끼어 있는 일련의 독소와 거품을 모조리 빼낸다.

M회장의 몸매는 군살 한 점 없이 날씬하다. 그는 어떤 조직이든 자기 몸매처럼 가꾸는 절묘한 수완을 타고났다. 따라서 그가 손댄 조직은 삐걱거리던 마찰음이나 뻥뻥 터지던 파열음을 뿌리치고 날렵하게 확확 돌아간다. 그래서 그 조직에 몸담고 있는 구성원들은 환희와 활력에 넘친다.

건단진언(建壇眞言)

— 법단을 세우는 진언

옴 난다난다 나지나지 난다바리 사바하

— 귀의하옵니다. 환희심이여, 작단심이여, 환희심을 가지고 오시옵
  소서.

'건단진언' 전문이다. 독경할 때 진언 '옴 난다난다 나지나지 난
다바리 사바하'는 세 번 반복해 읽는다.

아무튼 M회장은 크게 성공했다. 그는 그 자신이 수장으로 있는
단체 안에서 '절대자'의 예우를 받고 있다. 그래서 그의 명함이 더
욱 진가를 발휘한다. 지인들 사이에서도 그의 위상은 타의 추종을
불허한다. 그가 입만 열었다 하면 모든 사람들이 그의 말을 좇아 일
사불란하게 움직인다.

아이나 어른을 막론하고 덧셈과 곱셈에만 골몰한 시대에 M회장
처럼 뺄셈에 능한 사람이 있다는 것은 놀라운 일이다. 가족들 모두
건강하고, 자녀들도 모두 잘 풀려 승승장구하는 것을 본다면 M회장
은 그 어떤 고위층이나 재벌들보다 훨씬 더 성공했다.

105
예리한 화살을 정확히 쏴라

✳

경기도의 한 고등학교에 근무하는 U교감은 유명한 술꾼이었다. 그의 주력(酒歷)은 무려 30년을 헤아리고 있었다. 말술도 불사하던 그가 어느 날 갑자기 술을 딱 끊었다. 그렇게 술을 좋아하던 술꾼이 술을 끊다니 해가 서쪽에서 뜰 일이었다. 그전에 그랬던 것처럼 주위의 친구들이 술을 권했지만 그는 술을 한 방울도 입에 대지 않았다.

"나 술 끊었어."

"정말?"

"물론이지."

"헤헤…… 며칠이나 갈까. 혹시 작심삼일(作心三日)로 끝나는 거 아 냐?"

"그야 맘대로 생각하게."

U교감은 여유만만하게 응수했다. 하루 이틀 사흘이 지나고, 한 달 두 달 석 달이 지났지만 그는 한 번 끊은 술에 두 번 다시 미련을 두지 않았다. 그에게는 얼마 전에 태어난 늦둥이 아들이 있었다. U교감은 늦게 얻은 그 아들을 생각할 때 그전처럼 몸을 마구 학대할 수가 없었다.

아버지로서 늙마에 이르기까지 그 아이를 제대로 뒷바라지 하려면 우선 건강부터 잘 챙겨야겠다는 생각이 들었다. 신의 계시인 양 어느 날 갑자기 그런 생각이 번개처럼 번쩍 뇌리를 스쳤다. 그리하여 그는 급기야 벼락같이 술을 끊었다. 하지만 다른 술친구들이나 교직원들이 그냥 놔두지 않았다. 그들은 얄궂다 싶을 정도로 U교감에게 바득바득 술을 권하는 것이었다.

"언제까지 안 마실 거야?"

"죽을 때까지……. 말[馬]을 물가에까지 데려갈 수는 있지. 하지만 그 말에게 강제로 물을 마시게 할 수는 없을 거야."

U교감의 의지는 단호했다. 그러자 주위에서 이런저런 말들이 오 갔다.

"그 친구 죽을병 걸린 것 아냐?"

"그럴 수도 있지. 혹시 암에 걸린 것 아닐까."

"아니야. 술 때문에 어디에서 큰 개망신을 했던 모양이야."

"그렇지도 않아. 마음이 변한 것 같아. 마음이 변하면 쉬 죽는다는 데 죽을 때가 가까워진 것 아닐까."

"그러게 말야. 아직 죽기에는 이른 나이인데……."

나중에는 별의별 해괴망측한 소문까지 나돌았다. 물어볼 필요도 없 이 진실과는 거리가 먼 억측들이었다. 그들은 U교감의 본심을 알지 도 못한 채 무딘 화살을 픽픽 엉뚱한 방향으로 쏘아 댔다. 그럴 때마 다 U교감은 아둔하기 짝이 없는 그들의 소갈머리를 마음껏 비웃었다.

아서라. 진실을 제대로 알지도 못하면서 남의 신상문제를 놓고 그 렇게 함부로 입을 놀리는 것이 아니다. 그것이 곧 구업이다. 차라리 입을 다물면 최소한 중간은 간다. 『천수경』의 지혜를 깊이 깨달은 당신은 언제 어떤 경우에라도 예리한 화살로 과녁의 핵심을 정확히 명중시킴으로써 크게 성공할 것이다.

106
나눗셈(÷)에 공을 들여라

✳

필자가 자주 만나는 지인 가운데 인정 많은 P고문이 있다. 그는 전북의 한 농촌에서 태어나 1960년대에 서울에서 중·고등학교를 나왔다. 모두가 가난했던 시절이었다. 중학교 다닐 때, 그는 서울 창신동의 한 민가에서 하숙했다. 그 하숙집 위쪽 낙산 기슭 산비탈에는 무허가 판잣집이 즐비했다. 이른바 달동네였다. 그 달동네 무허가 판잣집에는 굶기를 밥 먹듯 하는 친구들이 살고 있었다.

P군은 누가 뭐래도 공부 잘하는 모범생이었다. 집안도 괜찮은 편이었다. 부농이었던 아버지께서는 꼬박꼬박 하숙비에다 용돈까지 보내주었다. P군은 하숙생활에 별 어려움이 없었다. 하지만 아주 가난한, 그래서 밥 굶는 친구들을 보면 안쓰럽기 짝이 없었다.

P군은 용돈을 아껴 그런 가난한 친구들에게 자주 빵을 사주었다. 그러던 어느 추운 겨울날, 하루는 온종일 밥 굶은 달동네 친구들이 하숙집으로 놀러왔다. P군은 그 딱한 친구들에게 뭔가 먹을 것을 사주고 싶었다. 하지만 마침 용돈마저 똑 떨어져 어떻게 해볼 방법이 없었다.

그는 궁리 끝에 영한사전과 국어사전을 가지고 나가 헌책방에 팔았고, 그 돈으로 배고픈 친구들에게 찐빵을 사서 나누어 주었다. 김이 무럭무럭 피어오르는 따끈따끈한 찐빵. 친구들은 그 찐빵으로 허겁지겁 주린 배를 채웠다.

그런데 웬걸, 찐빵을 먹은 친구들이 그 날 저녁 전부 설사를 하고 말았다. 그 이튿날 학교에서 만난 친구들이 설사 이야기를 했을 때 P군은 울어야 할지 웃어야 할지 난감하기 짝이 없었다. 하지만 P군은 그 뒤로도 굶주리는 친구들을 보면 여전히 찐빵이나 만두를 사서 나누어 주었다.

세월이 흘렀다. 창신동의 P군은 사회로 진출한 뒤 의료기 메이커를 일으켜 크게 성공했고, 현재는 그 회사의 고문으로 있다. 그는 지난 세월 주위의 많은 사람들에게 이것저것 골고루 나누어 주는 것을 실천했다.

P고문은 중·고등학교 동창들은 물론 지인들 사이에서 극진한 예우를 받는다. 특히 그가 사준 찐빵이나 만두를 먹었던 동창들은 '설사 사건' 때문에 P고문에 대한 고마움을 더 오래 기억하고 있다. 그는 나눗셈을 잘함으로써 크게 성공했다. 그의 마음 씀씀이는 아무리 상찬해도 모자란다. 두 아들도 일류대학을 나와 남부럽지 않은 좋은 직장에서 잘나가고 있으니 베푼 만큼 받는다는 격언이 그대로 들어맞는다 할 것이다.

정법계진언(淨法界眞言)

- 법계를 깨끗이 하는 진언

나자색선백(羅字色鮮白) 공점이엄지(空點以嚴之)

- 벌여놓은 글자의 색이 밝고 선명하오니 본래 비어 있던 것을 점으로 장엄한 것이옵니다.

여피계명주(如彼髻明珠) 치지어정상(置之於頂上)

― 이와 같이 밝은 구슬을 꿰어 머리 꼭대기에 두옵니다.

진언동법계(眞言同法界) 무량중죄제(無量重罪除)

― 진언은 진리의 세계와 하나이오니 한량없는 중죄를 없애주시옵니다.

일체촉예처(一切觸穢處) 당가차자문(當加此字門)

― 모든 더러운 것에 닿더라도 마땅히 이 글자를 더할 것이옵니다.

나무 사만다 못다남 남

― 널리 보리문의 부처님께 귀의하옵니다.

'정법계진언'의 전문이다. 독경할 때 진언 '나무 사만다 못다남 남'은 세 번 반복해 읽는다. 사실 '정법계진언'은 앞에서도 한 번 나왔다. 그럼에도 불구하고 여기에서는 주위를 한 번 더 청정하게 한다는 의미에서 이렇듯 반복하는 형식을 취하고 있다. 이로써 『천수경』이 모두 끝난다. 보라, 『천수경』에 얼마나 많은 영원불멸의 진리가 담겨 있는가를.

107
사람이 달라진다

✳

W사장은 본래 의지가지없는 고아였다. 부모도 모르고 형제도 모른다. 고아원에서 성장한 그의 어린 시절은, 그리고 그곳을 도망쳐 나온 뒤 밑바닥을 박박 기며 살아온 청소년 시절은 그야말로 불우하기 짝이 없었다.

그는 한때 길을 잘못 들어 '어둠의 세계'에도 발을 들여놓은 적이 있었다. 언젠가는 뒷골목 아이들과 패싸움을 벌여 '큰 집'에 들어가기도 했다. 그곳에서 죗값을 치르는 동안 그는 교화에 나선 한 스님을 통해 『천수경』과 만나게 되었다.

그는 매일 감방 안에서 『천수경』을 읽었다. 그러는 동안 그의 내면에 큰 변화가 일어났다. 이렇듯 마음의 변화가 일어난 이후 그의 외모도 크게 달라졌다. 『천수경』을 접하기 이전에는 안색이 노리끼리했고, 표정까지 항상 어둠침침한 데다 웃음기라고는 찾아볼 수가 없었다. 그런데 본격적으로 『천수경』을 수련하기 시작한 뒤로는 안색에 화기가 돌면서 쭈그렁바가지처럼 우그러져 있던 표정도 활짝 펴졌다.

그리하여 형기(刑期)를 마치고 출소할 때쯤에는 완전히 새 사람으로 변모돼 있었다. 그는 스님의 소개를 받아 서울 충무로의 한 인쇄소에 생산직 사원으로 취업하여 제2의 새 삶을 시작했다.

그때부터 그의 인생은 달라지기 시작했다. 그는 본연의 인쇄소 업무 이외에는 한눈을 판 적이 없었다. 아직 이렇다 할 기술이 없었던 터라 급여 등 모든 근무조건이 열악하기 짝이 없었지만, 그는 괴롭고 힘들 때마다 『천수경』 수련으로 어려운 고비를 넘길 수 있었다.

과거 '어둠의 세계'를 헤맬 때 그는 늘 자신을 학대했다. 하지만 『천수경』 수련 이후 그의 내면에는 절망(絶望) 대신 희망(希望)이, 자학(自虐) 대신 자애(自愛)가, 비관(悲觀) 대신 낙관(樂觀)이 자리 잡게 되었다. 그러니까 종래의 부정적인 사람에서 긍정적인 사람으로 확 달라진 것이었다.

인쇄소에 취업한 지 3년째 되던 해 그는 마음씨 착한 경리사원과 열애 끝에 결혼까지 했다. 그 후 그는 더욱 열심히 일했고, 독실한 불자인 사장의 주선으로 서울 을지로에 별도의 작은 인쇄소를 차렸다. 고아 출신의 전과자가 비로소 팔자를 고친 셈이었다.

물론 W사장의 인쇄소는 영세하기 짝이 없었다. 다른 인쇄소의 하청업체 수준이었다. 하지만 그로부터 10년이 지난 오늘날 그의 인쇄소는 번듯한 건물에다 최신식 시설을 갖춘 최고 수준의 중소기업으로 성장했다. 그리고 그는 충무로와 을지로 일대에서 탄탄한 알부자로 소문나 있다.

더욱이 W사장은 몸을 낮추고 남몰래 선행을 많이 하는 것으로 알려져 있다. 그는 제 몫만 챙기느라 혈안이 되어 있는 시중의 하 많은 졸부들과는 근본적으로 차원이 다르다. 그 자신 지난날 가시밭길을 헤치며 살아온 터라 자기보다 더 어려운 이웃을 위해 스스로 이타행(利他行)을 실천하고 있는 것이다.

나이가 들수록 그의 얼굴에서는 광채가 난다. 개기름으로 번들거

291

리는 그런 뻔뻔함이 아니라 너그럽고 향기어린 빛이다. 그의 얼굴에는 어두운 그늘이 없다. 따라서 그가 어린 시절 이후 청소년기에 이르기까지 험악한 시절을 보냈다는 것이 전혀 믿어지지 않는다.

그는 언제나 과묵하고 성실하다. 신용을 생명으로 여긴다. 비록 세속적인 학력은 내세울 것이 없지만, 그러나 그는 당대 최고의 고학력자들을 찜 쪄 먹고도 남을 만큼 항상 반듯한 언행으로 한껏 주위의 신망을 받으니 이 또한 놀라운 일이 아닐 수 없다. 잘 생기고 똑똑한 자녀들까지 어디 내놓아도 손색이 없을 만큼 건강한 모범생으로 자라고 있다. 그래서 그의 가정은 더욱 행복으로 넘쳐난다.

이렇듯 W사장이 저 쓰라린 역경을 딛고 일어나 멋지게 연출한 인생역전의 뒤안길에는 바로 『천수경』이 있다. 그는 언제부턴가 지인들 사이에서 '국제신사'라는 별명으로 통하고, 탁월한 기술과 신용으로 다져진 그의 인쇄소는 하루가 다르게 번창하고 있다. 이것이 『천수경』의 영험이요 원력이다. 그는 오늘도 『천수경』의 가르침을 인생의 원동력으로 삼아 가장 성공적인 삶을 살아가고 있다.

108
행복과 불행은
생각하기 나름이다

✳

예 간다 제 간다 하는 재벌 총수들의 관점으로는 W사장의 성공이 하찮게 보일 수도 있다. 물론 매출액 등 외형만으로 따진다면 W사장의 인쇄소는 감히 재벌과 견줄 수가 없다. 재벌들 입장에서 본다면 W사장의 인쇄소는 아직 '구멍가게' 수준에 지나지 않는다.

하지만 어떤 재벌 총수도 태어날 때부터 재벌 총수는 아니었다. 특히 요즘 재벌 총수들이 대부분 재벌 2세들인 점을 감안한다면 애당초 맨주먹으로 출발한 W사장의 성공은 그들을 능가하고도 남는다.

그러나 그보다 더 중요한 것은 W사장의 인생행로가 극에서 극으로 180도 바뀌었다는 사실이다. 음지에서 양지로……. 재벌 2세들이 부모 잘 만나 경영권을 이어받은 반면, 고아 출신에다 전과자라는 불명예 기록까지 갖고 있는 W사장은 순전히 자기 힘만으로 사업체를 일으켜 세웠다. 참으로 장한 일이 아닐 수 없다.

더욱이 그는 주위의 지인들이나 거래처로부터 아낌없는 존경을 받는다. 그의 넉넉한 인품 앞에 저절로 머리를 숙인다. 일부 재벌들이 정경유착과 탈세 등으로 지탄을 받으면 받을수록 W사장은 더욱 빛난다. 그의 사전에는 애당초 정경유착이나 탈세라는 단어가 존재하지 않는다. 그에게는 예나 지금이나 원리원칙이 있을 뿐이다.

W사장은 '책벌레'로도 널리 알려져 있다. 자투리 시간이라도 틈만 나면 책을 읽는다. 남들 다 치는 골프도 치지 않는다. 어린 시절 정상적으로 공부하지 못한 뼈저린 한을 풀기 위해 항상 책을 가까이 한다. 그의 독서량은 헤아릴 길이 없다. 이제 그는 여러 분야에 걸쳐 어떤 사람 못지않게 풍부한 지식을 축적하고 있다. 그는 주요 거래처 인사들과 회사 직원들에게 종종 좋은 책을 선물한다.

한편, 재물이 많다고 해서 반드시 행복한 것은 아니다. 도리어 그 반대인 경우가 허다하다. 재벌가의 2세, 3세들이 더 많은 재산을 차지하기 위해 법정다툼 등 골육상쟁(骨肉相爭)을 벌이는 것은 그 대표적 사례라 말할 수 있다.

그 반면, 가난한 사람들의 자제들은 최소한 재산문제로 다투고 자시고 할 것이 없다. 재물이 없어 이래저래 살기가 힘든 것은 사실이지만, 처음부터 그까짓 재산 때문에 혈육끼리 칼부림을 벌일 사유가 존재하지 않는다. 그런 점에서는 재벌보다 빈자(貧者)가 훨씬 더 행복하다고 말할 수 있다.

행복과 불행은 생각하기 나름이다. 있으면 있는 대로, 없으면 없는 대로 안분지족(安分知足)하면 그게 곧 행복이다. 가질 만큼 가졌으면서도 더 갖지 못해 안달하는 사람은 불행할 수밖에 없다. W사장은 결코 재벌을 부러워하지 않는다. 평소 큰 욕심을 부리지 않기 때문이다. 그런데도 그의 인쇄소는 매년 고도성장을 거듭하고 있다.

재물과 행복이 별개인 것처럼, 재물이 인격과 비례하는 것도 아니다. 만약 재물의 많고 적음이 인격과 비례하는 것이라면 이 세상의 거부(巨富)들은 모두 인격자여야 한다. 하지만 사실은 그렇지 않다. 그들보다는 도리어 청빈한, 결코 재물을 탐내지 않는 사람들 가운데 참다운 인격자가 훨씬 더 많다.

　W사장은 언제 보아도 여유롭다. 마음이 편안한지라 표정에도 평화와 향기가 넘쳐난다. 사업에서의 성공도 성공이지만, 그는 『천수경』 수련을 통해 인격적으로 이처럼 높은 경지에 올랐다. '국제신사' 라는 별명이 말해주듯 그는 세계 어느 곳에 나가도 존경받는 자랑스러운 한국인이다. 세월이 흐르면 흐를수록 그의 인품은 더욱 고결해질 것이다.

당신은 이미 성공의 한복판에 섰다

동서고금의 역사가 말해주듯 어느 국가 어느 사회를 막론하고 인간중심의 인본주의 사상이 활짝 꽃을 피울 때 인격·품격·국격이 치솟았다. 가령 14세기부터 16세기까지 이어진 유럽의 문예부흥은 그 대표적 사례라고 말할 수 있다.

유럽은 로마제국 몰락 이후 야만시대, 인간성 말살의 시대를 극복하기 위하여 다각적인 노력을 기울였다. 그 결과 마침내 문화와 예술과 사상과 철학 등 모든 분야에 걸쳐 눈부신 발전을 이룩했다.

이와 함께 18세기 중엽부터 시작된 산업혁명은 사회와 경제 전반에 지대한 영향을 미쳤다. 이로써 유럽은 이른바 경쟁력, 사회적 자본, 국제적 위상 등 여러 부면에서 5대양 6대주의 중심축으로 우뚝 떠올라 선두자리를 확실하게 굳혔다. 그러니까 문예부흥과 산업혁명이 맞물려 유럽은 지난 수세기 동안 대대손손 문화적으로 세계 최고의 지위를 누려왔고, 앞으로도 계속 그 여세를 몰아 찬란한 문화를 더욱 발전시켜 나갈 것이다.

그 반면, 인간중심의 문화창달에 힘쓰지 않았던 나라는 뒤처질 수밖에 없었다. 우리나라의 경우 찬란한 문화와 전통이 있다. 우리 조상들은 끊임없는 국난 속에서도 그런 문화를 일으켰다. 특히 조선왕조 세종대왕 연간에는 인간중심의 문화가 크게 발달하여 우리 역사를 더욱 빛냈다.

우리 겨레의 유전자 속에는 이런 저력이 있다. 우리는 그 저력을 바탕으로 불과 50년 만에 세계 역사상 유례가 없는 경제성장을 이룩했다. 하지만 이 과정에서 적지 않은 부작용이 나타났다. 그 중에서도 인간중심의 사상과 철학보다는 경제제일주의, 물질만능주의가 만연된 것은 아주 안타까운 현상이 아닐 수 없다.

이제는 달라져야 한다. 모든 가치는 인간중심으로 모아져야 한다. 어떤 경우에라도 물질문명이 정신문화에 우선할 수는 없다. 권력과 자본이 아무리 좋다 한들 인간이 그런 것들을 섬기기 위해 존재하는 것은 아니다. 따라서 정신문화가 물질문명을 주도적으로 이끌어 나가야 한다.

그렇다면 개나 걸이나 경제대국만을 외칠 것이 아니라 이제는 우리 모두가 문화대국을 지향해야 한다. 그래야만 '삶의 질' 높은 선진 일류국가를 일으켜 세울 수 있다. 아무리 경제력이 뛰어나도 문화의 발전 없이는 선진국이 될 수 없다. 아니, 문화의 뒷받침 없이는 경제가 더 이상 발전할 수도 없다. 우리의 삶에 문화의 향기가 넘쳐날 때 국격도 향상된다.

이렇게 볼 때 『천수경』에는 참으로 소중한 가르침이 담겨 있다. 그 가르침을 제대로 실천하기만 하면 성공은 물어볼 필요도 없다. 당신은 이미 성공의 한복판에 섰다. 『천수경』으로 내공을 다진 당신은 가장 인간적인 성공을 거두게 되었다. 더 나아가 당신은 세계 어느 무대에 나가서도 자랑스러운 한국인으로 우뚝 설 것이다.

천수천안관자재보살광대원만무애대비심대다라니경
(千手千眼觀自在菩薩廣大圓滿無碍大悲心大陀羅尼經)

정구업진언(淨口業眞言)

「수리 수리 마하수리 수수리 사바하」←(독경 때 세 번 반복해 읽음)

오방내외안위제신진언(五方內外安慰諸神眞言)

「나무 사만다 못다남 옴 도로도로 지미 사바하」←(독경 때 세 번 반복해 읽음)

개경게(開經偈)

무상심심미묘법(無上甚深微妙法) 백천만겁난조우(百千萬劫難遭遇)

아금문견득수지(我今聞見得受持) 원해여래진실의(願解如來眞實意)

개법장진언(開法藏眞言)

「아라남 아라다」←(독경 때 세 번 반복해 읽음)

천수천안관자재보살광대원만무애대비심대다라니(千手千眼觀自在菩薩廣大圓滿無碍大悲心大陀羅尼) 계청(啓請)

계수관음대비주(稽首觀音大悲呪) 원력홍심상호신(願力弘深相好身)

천비장엄보호지(千臂莊嚴普護持) 천안광명변관조(天眼光明遍觀照)

진실어중선밀어(眞實語中宣密語) 무위심내기비심(無爲心內起悲心)

속령만족제희구(速令滿足諸希求) 영사멸제제죄업(永使滅除諸罪業)

천룡중성농자호(天龍衆聖同慈護) 백천삼매돈훈수(百千三昧頓薰修)

수지신시광명당(受持身是光明幢) 수지심시신통장(受持心是神通藏)

세척진로원제해(洗滌塵勞願濟海) 초증보리방편문(超證菩提方便門)

아금칭송서귀의(我今稱誦誓歸依) 소원종심실원만(所願從心悉圓滿)

나무대비관세음(南無大悲觀世音) 원아속지일체법(願我速知一切法)
나무대비관세음(南無大悲觀世音) 원아조득지혜안(願我早得智慧眼)
나무대비관세음(南無大悲觀世音) 원아속도일체중(願我速度一切衆)
나무대비관세음(南無大悲觀世音) 원아조득선방편(願我早得善方便)
나무대비관세음(南無大悲觀世音) 원아속승반야선(願我速乘般若船)
나무대비관세음(南無大悲觀世音) 원아조득월고해(願我早得越苦海)
나무대비관세음(南無大悲觀世音) 원아속득계정도(願我速得戒定道)
나무대비관세음(南無大悲觀世音) 원아조등원적산(願我早登圓寂山)
나무대비관세음(南無大悲觀世音) 원아속회무위사(願我速會無爲舍)
나무대비관세음(南無大悲觀世音) 원아조동법성신(願我早同法性身)

아약향도산(我若向刀山) 도산자최절(刀山自催折)
아약향화탕(我若向火湯) 화탕자소멸(火湯自消滅)
아약향지옥(我若向地獄) 지옥자고갈(地獄自枯渴)
아약향아귀(我若向餓鬼) 아귀자포만(餓鬼自飽滿)
아약향수라(我若向修羅) 악심자조복(惡心自調伏)
아약향축생(我若向畜生) 자득대지혜(自得大智慧)

나무관세음보살마하살(南無觀世音菩薩摩訶薩)
나무대세지보살마하살(南無大勢至菩薩摩訶薩)
나무천수보살마하살(南無千手菩薩摩訶薩)
나무여의륜보살마하살(南無如意輪菩薩摩訶薩)
나무대륜보살마하살(南無大輪菩薩摩訶薩)
나무관자재보살마하살(南無觀自在菩薩摩訶薩)
나무정취보살마하살(南無正趣菩薩摩訶薩)
나무만월보살마하살(南無滿月菩薩摩訶薩)
나무수월보살마하살(南無水月菩薩摩訶薩)
나무군다리보살마하살(南無軍茶利菩薩摩訶薩)
나무십일면보살마하살(南無十一面菩薩摩訶薩)
나무제대보살마하살(南無諸大菩薩摩訶薩)
「나무본사아미타불(南無本師阿彌陀佛)」←(독경 때 세 번 반복해 읽음)

신묘장구대다라니(神妙章句大陀羅尼)

나모라 다나다라 야야 나막알약 바로기제 새바라야 모지 사다바야 마하 사다
바야 마하가로 니가야 옴 살바 바예수 달라나 가라야 다사명 나막까리 다바 이
맘 알야 바로기제 사바라 다바 니라간타 나막하리나야 마발다 이사미 살발타
사다남 수반 아예염 살바 보다남 바바말아 미수다감 다냐타 옴 아로게 아로가
마지로가 지가란제 혜혜하례 마하모지 사바다 사마라 사마라 하리나야 구로구
로 갈마 사다야 사다야 도로도로 미연제 마하 미연제 다라다라 다린 나례 새바
라 자라자라 마라 미마라 아마라 몰제 예혜혜 로계 새바라 라아 미사미 나사야
나베 사미사미 나사야 모하자라 마사미 나사야 호로호로 마라호로 하례 바나
마 나바 사라사라 시리시리 소로소로 못쟈못쟈 모다야 모다야 매다리야 니라
간타 가마사 날사남 바라하라나야 마낙 사바하 싯다야 사바하 마하싯다야 사
바하 싯다유예 새바라야 사바하 니라간타야 사바하 바라하 목카싱하 목카야
사바하 바나마 하따야 사바하 자가라 욕다야 사바하 상카 섭나녜 모다나야 사
바하 마하라 구타다라야 사바하 바마사간타 이사시체다 가릿나 이나야 사바하
먀가라잘마 이바사나야 사바하

「나모라 다나다라 야야 나막알야 바로기제 새바라야 사바하」←(독경 때 세 번 반
복해 읽음)

사방찬(四方讚)←(독경 때 이 중간제목은 읽지 않음)
일쇄동방결도량(一灑東方潔道場) 이쇄남방득청량(二灑南方得淸凉)
삼쇄서방구정토(三灑西方俱淨土) 사쇄북방영안강(四灑北方永安康)

도량찬(道場讚)←(독경 때 이 중간제목은 읽지 않음)
도량청정무하예(道場淸淨無瑕穢) 삼보천룡강차지(三寶天龍降此地)
아금지송묘진언(我今持頌妙眞言) 원사자비밀가호(願賜慈悲密加護)

참회게(懺悔偈)←(독경 때 이 중간제목은 읽지 않음)
아석소조제악업(呀昔所造諸惡業) 개유무시탐진치(皆由無始貪瞋癡)
종신구의지소생(終身口意之所生) 일체아금개참회(一切我今皆懺悔)

300

참제업장십이존불(懺除業障十二尊佛)←(독경 때 이 중간제목은 읽지 않음)

나무참제업장보승장불(南無懺除業障寶勝藏佛)

보광왕화염조불(寶光王火炎造佛)

일체향화자재력왕불(一切香火自在力王佛)

백억항하사결정불(百億恒河沙決定佛)

진위덕불(振威德佛)

금강견강소복괴산불(金剛堅强消伏壞散佛)

보광월전묘음존왕불(寶光月殿妙音尊王佛)

환희장마니보적불(歡喜藏摩尼寶積佛)

무진향승왕불(無盡香勝王佛)

사자월불(獅子月佛)

환희장엄주왕불(歡喜莊嚴珠王佛)

제보당마니승광불(帝寶幢摩尼勝光佛)

십악참회(十惡懺悔)←(독경 때 이 중간제목은 읽지 않음)

살생중죄금일참회(殺生重罪今日懺悔) 투도중죄금일참회(偸盜重罪今日懺悔)

사음중죄금일참회(邪淫重罪今日懺悔) 망어중죄금일참회(妄語重罪今日懺悔)

기어중죄금일참회(綺語重罪今日懺悔) 양설중죄금일참회(兩舌重罪今日懺悔)

악구중죄금일참회(惡口重罪今日懺悔) 탐애중죄금일참회(貪愛重罪今日懺悔)

진에중죄금일참회(瞋恚重罪今日懺悔) 치암중죄금일참회(癡暗重罪今日懺悔)

백겁적집죄(百劫積集罪) 일념돈탕제(一念頓湯除)

여화분고초(如火焚枯草) 멸진무유여(滅盡無有餘)

죄무자성종심기(罪無自性從心起) 심약멸시죄역망(心若滅時罪亦亡)

죄망심멸양구공(罪亡心滅兩俱空) 시즉명위진참회(是則名爲眞懺悔)

참회진언(懺悔眞言)

「옴 살바 못자 모지 사다야 사바하」←(독경 때 세 번 반복해 읽음)

준제공덕취(准提功德聚) 적정심상송(寂靜心常誦)

일체제대난(一切諸大難) 무능침시인(無能侵是人)

천상급인간(天上及人間) 수복여불등(受福如佛等)

우차여의주(遇此如意珠) 정획무등등(定獲無等等)

「나무칠구지불모대준제보살(南無七俱胝佛母大准諸菩薩)」←(독경 때 세 번 반복해 읽음)

정법계진언(淨法界眞言)
「옴 남」←(독경 때 세 번 반복해 읽음)

호신진언(護身眞言)
「옴 치림」←(독경 때 세 번 반복해 읽음)

관세음보살본심미묘육자대명왕진언(觀世音菩薩本心微妙六字大明王眞言)
「옴 마니 반메 훔」←(독경 때 세 번 반복해 읽음)

준제진언(准提眞言)
「나무 사다남 삼먁삼못다 구치남 다냐타 옴 자례주례 준제 사바하 부림」←(독경
때 세 번 반복해 읽음)
아금지송대준제(我今持誦大准提) 즉발보리광대원(卽發菩提廣大願)
원아정혜속원명(願我定慧速圓明) 원아공덕개성취(願我功德皆成就)
원아승복변장엄(願我勝福遍莊嚴) 원공중생성불도(願共衆生成佛道)

여래십대발원문(如來十大發願文)
원아영리삼악도(願我永離三惡道) 원아속단탐진치(願我速斷貪瞋癡)
원아상문불법승(願我常聞佛法僧) 원아근수계정혜(願我勤修戒定慧)
원아항수제불학(願我恒隨諸佛學) 원아불퇴보리심(願我不退菩提心)
원아결정생안양(願我決定生安養) 원아속견아미타(願我俗見阿彌陀)
원아분신변진찰(願我分身遍塵刹) 원아광도제중생(願我廣度諸衆生)

발사홍서원(發四弘誓願)
중생무변서원도(衆生無邊誓願度) 번뇌무진서원단(煩惱無盡誓願斷)
법문무량서원학(法門無量誓願學) 불도무상서원성(佛道無上誓願成)
자성중생서원도(自性衆生誓願度) 자성번뇌서원단(自性煩惱誓願斷)
자성법문서원학(自性法門誓願學) 자성불도서원성(自性佛道誓願成)

발원이귀명례삼보(發願已歸命禮三寶)

「나무상주시방불(南無常住十方佛)

나무상주시방법(南無常住十方法)

나무상주시방승(南無常住十方僧)」←(독경 때 세 번 반복해 읽음)

(↓아래 경문은 예불드릴 때에만 읽음)

정삼업진언(淨三業眞言)

「옴 사바바바 수다살바 달마 사바바바 수도함」←(독경 때 세 번 반복해 읽음)

개단진언(開壇眞言)

「옴 바아라 놔로 다가다야 삼마야 바라베 사야훔」←(독경 때 세 번 반복해 읽음)

건단진언(建壇眞言)

「옴 난다난다 나지나지 난다바리 사바하」←(독경 때 세 번 반복해 읽음)

정법계진언(淨法界眞言)

나자색선백(羅字色鮮白) 공점이엄지(空點以嚴之)

여피계명주(如彼髻明珠) 치지어정상(置之於頂上)

진언동법계(眞言同法界) 무량중죄제(無量重罪除)

일체촉예처(一切觸穢處) 당가차자문(當加此字門)

「나무 사만다 못다남 남」←(독경 때 세 번 반복해 읽음)

천수경에서 배우는 성공비결 108가지

이광복 지음

발행처 · 도서출판 청어
발행인 · 이영철
영　업 · 이동호
기　획 · 최윤영 | 김홍순
편　집 · 김영신 | 방세화
디자인 · 오주연 | 김바라
제작부장 · 공병한
인　쇄 · 두리터

등　록 · 1999년 5월 3일(제22-1541호)

1판 1쇄 인쇄 · 2011년 2월 10일
1판 1쇄 발행 · 2011년 2월 20일

주소 · 서울시 서초구 서초동 1588-1 신성빌딩 A동 412호
대표전화 · 586-0477
팩시밀리 · 586-0478

블로그 · http://blog.naver.com/ppi20
E-mail · ppi20@hanmail.net
ISBN · 978-89-94638-30-0 (03810)